拾级

江琦军 著

中国出版集团　现代出版社

图书在版编目（CIP）数据

拾级／江琦军著． －－北京：现代出版社，2022.11

ISBN 978 -7 -5231 -0026 -4

Ⅰ．①拾… Ⅱ．①江… Ⅲ．①散文集 - 中国 - 当代 Ⅳ．①I267

中国版本图书馆 CIP 数据核字（2022）第 216948 号

拾　级

作　　者　江琦军
责任编辑　张　霆
出版发行　现代出版社
通讯地址　北京安定门外安华里 504 号
邮政编码　100011
电　　话　010—64267325　010—64245264（兼传真）
网　　址　www.1980xd.com
印　　刷　北京荣泰印刷有限公司
开　　本　710 毫米×1000 毫米　1/16
印　　张　20
字　　数　230 千字
版　　次　2022 年 11 月第 1 版　2022 年 11 月第 1 次印刷
书　　号　ISBN 978 -7 -5231 -0026 -4
定　　价　78.00 元

目录

第一辑

我们的根，就在那里，你看不到她，她却用一股强大的精神力量在支撑着你……

根

一

根者，书之所谓柢也。——《韩非子·解老》

植物都可以用"根"来计量，足以说明根对植物的重要性。

根总是默默地将汲取的营养和水分送上树梢，化作灿烂的夏花。根深深地扎在心爱的土地中，仿佛地面以上的灿烂与繁华都与它无关，这便是根的伟大之处。

树有多高，根扎入大地就有多深，树梢可以在风雨中尽情地摇曳，却始终能屹立不倒，正是根牢牢将生命的意义固着在大地之中。根性如此，默默无闻，却从不奢求回报。

偶尔见到一根被锯了主干的树桩，那一圈圈、疏疏密密的年轮告诉我，它曾是这片区域的见证者。更让我震惊的是几片嫩绿的叶子从锯了的树干边缘冒出，那一刻我突然意识到是一种强大的精神力量在衬托着这几片叶子，这种精神力量来自地下那庞大的根系。没有这坚强的根，没有这坚强的精神力量，何来"枯木逢春犹再发"？坚强地立在塔里木河流域的胡杨，因为有着非同寻常的根，才成了沙漠的"精神之树"。

3

二

根，始也。——《广雅·释诂一》。

1958年，浩浩荡荡新安江水被水坝所截断，宁静的水面淹没了千年的淳遂古城，如同一根历经千年风雨的大树被锯断了树干。从此"根"的概念流进了近三十万外迁的淳安人的血脉之中。

寻根，时下又成了一种现象，成为一种对生命的思考和对文化追溯的现象。

贺城，一座有着一千七百多年历史的城，在1958年消失在世人的视野里。也为寻根埋下伏笔。我们身边有很多例子，他们从新的居所赶回淳安，就为看一眼，这根脉所系的故乡，站在千岛湖畔，望着那湖水，这便是魂牵梦萦的故乡，那深淹水下的古城、古镇和古村，正如深埋地下的根，她们静静地躺在水下，却仍绵绵不断地向她的子孙们输送着无穷的精神力量。

我们的根，就在那里，你看不到她，她却用一股强大的精神力量在支撑着你，你可以摧毁她外在躯干，却灭不了那流在血脉里的精神之根。

千岛湖镇，这座只有50多年历史的小镇，她所汲取的正是水下那千年的文化养分，水下的一切是一个庞大的根系。历经千年所形成的庞大根系，虽然树干在1958年被锯断了，但根还在，仍在源源不断地向新淳安输送文化的养分。千岛湖镇只是被锯断树干边缘所冒出来新嫩叶中的一片，总有一天小小嫩叶可长成参天大树。

三

万物有所生，而独知守其根。——《淮南子·原道训》

上直街九十六号——这是一处普通的门牌号，是来访者祖辈的故居，余年春老人在自己手绘贺城图上点给来访者看，对于来访者，是震撼的，而对老人来说，那是一种割不断的文化情愫，根的意义他理解得比我们更透彻一些。

这幅三米多长的贺城画卷，老人用了五年多时间，走访了零落各方的故人，然后一笔一笔地将那个躺在水底下的故乡画在纸上，那种对故乡的魂牵梦萦的感情，那种对根的感激之情，我们能懂。望着这一湖秀水，老人口中念着，"看得见的未来，回不去的故乡"。

"不要问我到哪里去，我的情牵着你，我是你的一片绿叶，我的根在你的土地"，这是《绿叶对根的情意》。

根，是大自然最纯美的艺术品，她孕育了伟大的生命，将地球扮成了绿色，绿色生命之源色，而孕育生命的根，却用大地掩藏了自己。

根雕，是以树根的自生形态为艺术创作对象，通过艺术加工及工艺处理，而创作出的艺术作品。是自然美与艺术想象的结合体。根雕素有"三分人工，七分天成"之说，利用根的天然形态来表现艺术形象，因此，根雕又被称为"根的艺术"或"根艺"。

欧阳小惠，千岛湖镇坪山村人，这位只上过几年小学的农家老妇人，经过不懈的努力，站到了中国美术艺术的最高殿堂——中国美术馆敞亮的展厅里，她的根艺作品《幻》获得中国第三届根艺美术作品大赛铜奖和"刘开渠根艺奖"。她用淳安人那种淳朴的思维将根的美、根的精神进行了新的演绎和延续,向世人展示了根的艺术和艺术的根。

一个地域的文化得以延续和传承,得益于守根之人的不懈努力,文化的力量在他们手上发挥更大作用。

四

求木之长者,必固其根本;欲流之远者,必浚其泉源。——唐·魏征《谏太宗十思疏》

2001年9月至2002年7月,千岛湖风景旅游局对狮城进行了长达11个月的水下探摸,传来让淳安人兴奋而自豪的消息:狮城还完整地保存在水下。

2012年4月27日至5月1日,由浙江卫视联手央视,对千岛湖水下古城之一的狮城进行了为期五天的水下直播。尤其是4月30日晚《焦点访谈》的播出,让这次水下考古成为举国瞩目的一件事,也是让淳安人感觉到自豪的几天。那几天,所有的淳安人都在关注,包括在淳安的和不在淳安的。这是一次淳安文化的寻根,这是一次淳安人文精神的回归。

淳安一千八百多年的历史在哪儿?不在书上,不在传说中,而在这碧波万顷的千岛湖水下,她仍在源源不断地向所有淳安人输送着文化养分,作为淳安的精神支柱而存在着。从山越文化到受新安文化的辐射,再到千岛湖形成之后的断层文化,在一千八百多年的历史里,淳安已经形成了自己独特的地域文化。

借助了现代化的传媒技术,让所有淳安人在银屏上目睹那千年古城的面貌,看着那水下的画面,城里的原居民都流下了眼泪。那,不仅仅是一座水下古城,更是淳安人的文化之根,是淳安人的精神力量的根源。城里的一切,桥梁、古井、牌坊以及雕刻在建筑上的图案,这些都承载着淳安人民古老的文化记忆。

五

有根株于下,有叶荣于上。——《论衡·超奇》

千岛湖镇、汾口、威坪、姜家这些在被锯断树干边缘所冒出来的新嫩叶,正在茁壮成长。

见过很多盆景,将植株连根一起置到盆中,将枝叶扭曲,以一种病态的美展示给世人,虽然人们所赋予它们的价格不菲,但被植入了太多的外在因素,而非本义。

淳安是一根大树,有着千年的文化根基,而不是盆景。

第 二 辑

而我种下的童年回忆，也长出了浓浓的乡愁。

活水

一

知道朱熹，从一首《咏方塘》的诗开始。

"半亩方塘一鉴开，天光云影共徘徊，问渠哪得清如许，为有源头活水来。"

此诗又名《观书有感》，从一个侧面反映了程朱理学思想的哲理性。将外在的风光与内心的哲思融为一体，源头汩汩而来的活水，正如不断探寻的新知识，半亩方塘，因为有活水不断地注入，才能清澈如镜。认知也一样，认识事物由表及里，知识内涵越深挖，越能解释更多更广生活常识。温故而知新，书本知识与人生阅历的对照，就能体会到知识的内核，只有这样，思维才具活力。

这首诗，是朱熹在瀛山书院讲学时所写。也是对自己探索学问经历的写照。

南宋绍兴年间，偏安江南的汉人，兴起一股"妄佛求仙之世风"，年仅28岁的朱熹意识到此世风必会"凋敝民气，耗散国力，有碍国家中兴"。忧国忧民的朱熹便求学于李侗。但在"未发、已发"的领悟上，朱熹始终不得要领，直到李侗去世，仍找不到这种体验。

李侗去世之后，朱熹以"若穷人之无归"的心境，有所得又不自信的心态，与当时严州知府张栻交流，又经过两年的极力思索，形成了"中和旧说"的思想,即"丙戌之悟"。

在40岁那年,朱熹用"敬"和"双修"思想重读程颢、程颐著作,从全新角度提出了"中和新说",这便是"己丑之悟"(乾道五年,1169)。"心兼体用,贯性情,摄动静,涵已发未发",这就是朱熹"己丑之悟"之后所悟到的要点,标志朱熹思想逐渐成熟,为其后心性论奠定了基石。之后朱熹的心性论也在这里得到进一步的发展,即明确提出了"心统性情"的思想。

两年之后,朱熹应詹仪之之邀,第一次来到当时还是叫"双桂堂"的瀛山书院。

看到当地浓厚的耕读氛围,学子们对学问的向往,百姓安居乐业。朱熹想起自己求学的经历,几多徨徨,正如天光云影的徘徊,几多迷茫,却又有所收获。正是因为自己敢于向世间诟病发起质疑,从学术的角度开出治理的方子,这种积极向前的心态使然。这种时代的责任感,就是心中源头的活水。眼前的景象,他心有所感,便将一首《咏方塘》留在了得源亭。

位于郭村北面的瀛山书院遗址,大观亭、得源亭和方塘犹存。那位于山顶的大观亭,像位历经沧桑的老人,俯视着大地,他在等一位儒雅的学者再次光顾,再现南宋年间那书声琅琅的场景。时光或许能带走许多,但带不走这片土地对这位学者的记忆。

大观亭曾作为郭村的地标,已经深深地植入了这片土地上人们脑海之中,他们崇学尊教,已经融入当地人们潜意识,成为当地的文化基因。朱熹的脚步,也成就了从狮城到瀛山这条文化长廊。就连20世纪80年代的乡镇企业都流淌着这种味道,儿时喝过的"瀛山汽酒",就有它的味道,那源头活水的味道。

二

一艘小舟沿着新安江逆流而上,穿过铜官峡,最终停泊在武强溪与郁川溪交汇处的许由山下。从小船上下来几位先生,打扮朴素,眉宇间透出一股非凡之气。他们驻足东望,狮城外一派繁华景象,商船来往频频,装货卸货井然有序。环顾四周,层峦叠翠,绿,随风轻轻一抖,便掉入溪水,荡漾开来的碧波,将溪中的鹅卵石幻成五彩斑斓。

较为年轻的那位先生叹道:"这水如此清澈,难怪太白有诗云:清溪清我心,水色异诸水。"

"元晦,这仅仅是开始,此地虽不出奇山异石,但山清水秀堪称一绝。"一旁的张栻说道,"此去虚舟之瀛山,北去尚有三十余里。咱们边走边看,元晦你必定有所收获。北上十余里有村名康塘,村内隐士洪志曾乃东晋洪绍后人,善乐器,建有一楼,藏有百琴,曰:育英堂。"

"人杰地灵,虚舟者并不虚呀。"几个人相视哈哈一笑,沿着青石板路继续北上。

这一年,乾道七年(1171)仲春,赋闲在家的詹仪之邀请这几位理学大家前来瀛山书院讲学论道。

当晚,一行几人入住遂安县城北十余里的康塘。历史记下他们的名字:朱熹、张栻、吕祖谦。

几个人沿着崎岖小路,顺着小溪水逆行而上,溪水叮叮咚咚,山路蜿蜒,小溪和山路夹在两山之间,水向外流,人向内走,而山岿然不动。一行人中,对于眼前的景象又有了自己的哲学思考,行了一刻钟,眼前突然开阔,一座村落便显现。

"这难道就是陶潜笔下的桃花源？"

"是不是陶公的桃花源，不敢说。但村内洪氏乃东晋洪绍后人，洪绍续弦便是陶侃的孙女，陶公的姑母。"

一进村，朱熹便被村口一间小屋发出的声音所吸引，那小屋半间建在岸上，半间建在溪上，那声音沉闷又有节奏。

朱熹撇下众人，独自跑到小屋内观看，只见小屋正中有一石臼，一根木头中间用插销固定在石架上，一个圆柱形的石头固定在木头的这头，木头的另一头被凿成一个水槽。一根竹筒引来的水正好流进水槽之中。一段时间之后，水槽水满了，便往后倒，绑石头这边便高高翘起，因为后倒，水槽的水倒光了，绑石头的这边又迅速落下，正好砸向石臼，石臼内填着谷物。如此反复，木头在平衡与失衡之间来回地运动，下压的重力碾去了谷物外壳。

张栻随之进到小屋内，见到朱熹，本想轻轻推他一把，却见朱熹冥思之状，心想莫非元晦又悟出什么道理来了？便退出小屋外等候。

许久，朱熹仍在小屋之内。而张栻等仍候在屋外。此时，从村内走来一位长者，见到张栻等人，上前一揖，"请问，可是南轩大人？"

张栻上前回礼，"正是！"

"久仰！久仰！在下洪志曾，受虚舟先生嘱托，在此恭迎大人。各位大人，请随我到寒舍小憩。"

"洪老居士，稍等片刻，我们还有位朋友正在悟道。"说着朝水碓小屋指了指。

天渐渐暗去，洪志曾叫了家人提了几盏灯笼过来，一盏送进了水碓房内。

朱熹此时看看灯笼，又看看水碓，似有所悟，拂袖出了水碓房。见到张栻等人提着灯笼在屋外等他，他哈哈一笑，"让大家久等了。"

"元晦兄,又悟到了什么?"

朱熹笑着念道:"心兼体用,贯性情,摄动静,涵已发未发。存天理,灭人欲。"

"想必元晦,今日到康塘又悟到什么?张栻愿听元晦详说。"

一边的洪志曾急忙上前,"早听虚舟先生说过,此次接待的是学问大家,学术探讨也不能饿着肚子,还是请各位先生到寒舍边吃边论。"

席间,朱熹将水碓房中所悟,说与大家听。

水碓本身处于一个不平衡的状态,可当水槽积累一定的水量后,它达到一个平衡,继续积累水量后,平衡又一次被打破。此时,木头向水槽那边倾倒,因为倾倒,槽中水自然就被舍弃,木头再次失衡,倒向了石头这边,我们便获得碾谷物的动力。世间万物都在追求平衡,但平衡不是常态,只有动态平衡才是"天理",月有盈缺,昼夜有长短,长短交替产生四季,只有在春分与秋分才达到平衡,也为同一道理。再如世人追求长寿是天理,但求长生不老便是人欲,这就是一个度的问题。只要把握好度,才是顺应天理,积累财富是人的天性,但积累到一定程度就要舍得放弃,才能像水碓那样永不停歇地运转下去。

朱熹一开口便将宴席变成了讲坛。

三

众人听着朱熹的论道,不由得佩服,那些身边之事,极小之事,在朱熹这里都成了至理。一席听罢,意犹未尽。

洪志曾将长子洪守成、次子洪守引、三子洪守泽带到朱熹、张栻等人跟前。三人受其父影响，爱琴书。三人便为远来的客人演奏了一曲。三人同出一律，如一人抚琴。三个人，三把琴，六只手，拨抚挑拎抹，手指在琴弦间舞动，音律顷刻间充盈了厅堂。其声高，萧萧如静夜鹤鸣；其声古，洞洞如金徽传太初；其声洪，冗冗如金戈铁马；其声幽，溶溶如花落泉流。

一曲奏罢，惊艳四座。朱熹叹道："惜子期不再，空负此高山流水也。"

话音刚落，屋外有人吵着要找洪志曾，被拦在门外。洪志曾问家人，外面发生了什么事。

家人告知，是村民洪三前来借粮，因他去年借的粮尚未还清，所以没借给他。

洪志曾脸突然阴沉下来，"你们怎么可以这样，我家又不缺这点粮，洪三家贫，但人勤且孝，上有两老，没粮可是要饿肚子的。"

家人喏喏退下。洪三却进来给众人磕头谢恩。一点小插曲，让朱熹开始沉思起来。

第二天一早，朱熹又被一阵悦耳的琴声所吸引，在洪志曾的带路下，朱熹、张栻等人上了育英堂。原来洪守成正在楼上抚琴。

上得楼来，只见楼内摆放了各式各样的瑶琴，有一百来张。洪守成只抚一张琴，但满楼的琴都发出共鸣，那磅礴的气势让众人惊叹。

下得楼来，洪志曾向朱熹作揖，"不才有三件事，想让先生帮我解释解释。"

"请说！"朱熹作揖回礼。

"小村出了三件怪异之事：第一件，春笋怒发，高达数丈；第二件,塘中莲子每枚体大如盏;第三件,荷塘中菱大如枕。在下怀疑是花木之妖作祟。望先生帮忙说道说道,以解在下心头之忧。"

朱熹听后,哈哈一笑,"洪兄不必多虑,我进村后,对村里的事物有所体察,民安乐居,一派欣欣之气。洪兄所忧虑的妖邪之气并无依据。再说你志曾兄,你为人厚善,以礼待人,体恤孤寡,不卑不亢。上天好德,所以不必多虑。我反而觉得是祥瑞之气,草木对于祥瑞之气比人要先一步感应到,竹、莲、菱正是感应到了这种祥瑞之气,村内才出现三件怪事,这是吉祥之兆。"

洪志曾仍不放心,继续问道:"不知是何祥兆? "

朱熹看看洪志曾身后的三位公子,会心一笑,"志曾兄三位公子,我跟他们谈论过古今,他们文章才气出众,是文坛的骥足,今后必有成就。竹、莲、菱三种异象,实为对应三位公子的吉兆。"

朱熹等人第二天向洪志曾辞行,继续北上赶往瀛山,赴詹仪之之约。

四

瀛山,四周环水,犹如舟行海中,因而得名。詹仪之号虚舟,是否与瀛山有关,不敢妄断。书院坐落于瀛山之上,初名"双桂堂",山顶建有一亭,为"大观亭"。在山脚凿有一塘,名为"方塘",塘边建有一亭,原名"得清亭",后因朱熹《咏方塘》诗而改名为"得源亭"。因瀛山四周有水环绕,登瀛山必上"登瀛桥"。

一股清流从源头村汩汩而来,活水注入方塘,流入郁川,最后奔向大海。

朱熹在瀛山书院留下的哲学思考,以及他与詹仪之的君子之交,在姜家这片土地上留下的佳话,也如同一股活水,清澈见底,源源不断流淌至今,激励着后人。

1994年8月初,我和几位同学一起上了瀛山,在书院遗址上感慨了一番。面对那些历史留下的残垣,仍然肃然起敬,因为朱熹,因为《咏方塘》诗。

同来的几位同学,就在一个月前,参加了高考,以不错的成绩考入了理想的学校。这次登瀛山似乎是无心之为,并非策划已久,对文化的顶礼膜拜,也没有取"登瀛"之意。正是因为这种随意性,让此行成了我的文化之旅。

我们站在瀛山书院的遗址上谈论朱熹,谈论那个年代的科举制度。那些肤浅的观点,如今想来也是好笑。突然发现关于朱熹,关于瀛山书院,甚至与我们休戚相关的生活常识,我们知道得太少,太单薄。我们站在大观亭内,想去体会"问渠哪得清如许,为有源头活水来"的心境,最后却是一头雾水。

在下山的时候,同来的一位同学,从废墟上捡了一片残瓦,说要带回家。在山脚,他将残瓦洗净,又找了一张报纸小心翼翼地包好。问他为什么要捡片残瓦回去,他反而问我们,你们知道朱熹吗?你们知道"程朱理学"吗?

说真的,我被他的反问给怔住了。

五

乾道七年(1741)仲春,"双桂堂"(瀛山书院)迎来三位贵客。

詹仪之出身书香门第、官宦世家。祖父詹安,北宋末年举人。他的父亲及四位叔伯：詹林、詹至、詹厚、詹柽、詹械均进士登第，在淳安留下"五子登科"的佳话。詹仪之的父亲詹械，宣和六年(1123)进士，一生致力于教书育人，四个儿子全都进士登第。

詹仪之在当时也是一位理学家，名气没有朱熹大。但术业有专攻，在某些领域也有他的独到之处。乾道七年詹朱之约，朱熹前来瀛山，目的是会友与论道，讲学只是顺便之事。詹仪之对《大学》格致章有着独到的研究，朱熹此行目的就是要与他共商此章。

《礼记·大学》有句："物格而后知至，知至而后意诚，意诚而后心正，心正而后身修，身修而后家齐，家齐而后国治，国治而后天下平"。如何让一个社会健康地发展，这是读书人身上扛着的时代责任。这是詹仪之的认识，也是把这个责任扛在肩上的。

淳熙四年(1177)，詹仪之任两广经略安抚使，看到盐官的弊病，不顾个人利益上书要求革除盐官鬻之弊。得到宋孝宗嘉奖，升为吏部侍郎，在静江任知府，在位六年，改善民生，革官鬻之弊。用他自己的话来说："居官之法，尽心平心而已。尽心，则无愧，平心，则无偏。"但功成之后，受利益集团的排挤和诽谤，最后被贬官到袁州。他对自己所做的一切从未后悔过，他用自己的言行践行了"修身、齐家、治国、平天下"的格言。

作为挚友的朱熹，同样也在践行这个格言。他向李侗求学，是因为看到了时弊，想要改变这种世风。淳熙八年(1181)九月，朱熹改任浙东提举，目的是让他前往浙东赈灾。他原本可以把粮食发放到各州就行了，可他坚持每月到各州县进行实地巡查。这一巡就发现了问题，他发现知州唐仲友横行贪污的证据，朱熹清楚地知道他面对的，是一个庞大的利益集团，但他不怕，他有着破釜沉舟的决心，先后六次上书弹劾。虽然最终结果并不如他所愿，但朱熹身上表现出来的坚韧精神,正是自己恪守格言的表现。

朱熹最终没有扳倒那个庞大的利益集团,反而被人诬陷,说他是伪君子。并拿出他的重要观点"存天理,灭人欲",进行抨击。但真相,都在百姓的眼里。

乾道七年五月,朱熹从瀛山回到武夷山。正值春夏之交,青黄不接之时,他看到平民百姓无粮的疾苦,想起在康塘的水碓,洪志曾借粮以及和詹仪之商议的格致之事。为了根本上解决百姓灾年生计问题,在五夫,他游说富人和官府,拿出部分余粮来创建"社仓"。他要让富人和官方手中那些"多余水"倒给挨饿的百姓,让社会重新回到平衡。"社仓"大大减轻贫民困难,缓和社会矛盾,也减轻朝廷的施政压力,后为许多地方所仿效。

六

2016年国庆长假,我带着十岁的女儿登上了瀛山。

她先我一步爬到山顶。站在大观亭内问我,这就是朱熹讲学的地方?我指指边上那片茅草地。地基可以辨认,但历史的痕迹已荡然无存。女儿似乎有点失望。

我说,一个人会死,一座书院会塌,但"天理"永存,朱熹这个名字,只要中国人在世界上存在,就不会被忘记。

我们会背的那首诗,《观书有感》,一直被人传诵,他创下的心性学,在中国传统哲学中仍占相当重要的位置。别看一座小山丘,那么普通,那么不起眼,但它背后的意义和人文故事,会让它继续成为淳安的名山。山不在高,有仙则名。这"仙"并一定是神仙,可以是有才能的人，而朱熹、詹仪之就是这样的人。

大观亭的墙壁上写了名字，而真正能够让后人记得的，不是把名字写在墙上，而是把名字写进历史里，写进百姓的心里。

七

乾道九年（1173），朱熹再次受詹仪之约。沿着两年前走过的那条路，再次造访康塘和瀛山。在康塘，他建议洪志曾把"育英堂"改为"百琴楼"，并为其写了"百琴楼"的匾额和一副门联："三瑞呈祥龙变化，百琴协韵凤来仪。"他得知洪志曾的三个儿子在去年的州试全都上榜，应了他对"三异"事件的解释，看到洪志曾新落成了房屋，就为他题了"三瑞堂"的匾额。

从乾道五年（1169）的"己丑之悟"，到淳熙二年（1175）的"鹅湖之会"，这六年是朱熹理学思想走向成熟的关键时期，历史上称这六年为朱熹的"寒泉著述"时期。这六年，朱熹两次来淳安，从狮城经康塘再到瀛山书院，为理学在淳安传播打下基础，在淳安这片土地上留下很多佳话。同时淳安的人和事也给了他很多启示。

詹仪之比朱熹年长七岁，他们对于理学的研究和执着，让他们成为志同道合的战友。"君子和而不同，小人同而不和"，詹仪之和朱熹无疑属于前者，研究理学是他们共同之处，但詹仪之更侧重于实践，朱熹侧重于学术研究。

淳熙二年（1175）五月，朱熹送吕祖谦到鹅湖寺（今鹅湖书院）。心学代表陆九龄、陆九渊及刘清之也都前往鹅湖，史称"鹅湖之会"。作为理学的代表詹仪之也闻讯赶来。鹅湖之会的直接动因是吕祖谦想利用这个机会调和朱、陆学说之间的矛盾。在学术上，朱熹认为心与理是两个不同的概念,理是本体,心是认识的主体。二陆主张心与理是一回事,坚持以心来统贯主体与客体。朱熹与陆氏兄弟论辩、讲学达十日之久。鹅湖之会心与理之争,虽然没有达成统一的目的,但使他们对对方有了新的认识,也促使他们自觉不自觉地对自己的思想进行反省。这又是另一种"和而不同"的境界。

淳熙二年(1175),瀛山传来好消息,詹安第五代孙詹骙高中状元,詹氏家族以取"登瀛"之意,将"双桂堂"更名为"瀛山书院"。

八

淳熙十六年(1189)二月,光宗允许詹仪之退休回老家。而此时,朝廷下旨令朱熹到漳州任职。在上任之前,朱熹再次来到淳安,来到瀛山书院与老友詹仪之会面,继续他们的学术研究。在之前的几年中朱熹将《大学章句》《中庸章句》《论语集注》《孟子集注》四书合刊,经学史上的"四书"之名才第一次出现。之后,朱熹仍呕心沥血修改《四书集注》。同年七月,詹仪之去世。朱熹闻讯赶来吊唁。

小船再次停靠在狮城之西的许由山下。狮城的繁华依旧,此时朱熹已六十花甲。他看着清澈的溪水,抬头看了看眼前的小山,问:"这山可有名字?"

"许由山!"

"许由,传说中的高士许由吗?"

"正是,传说尧想让位与他,许由听后感到耳朵受了污染,用水洗耳,然后继续优游山水之间。传说他最后隐居在此。"

朱熹听后,沉思片刻。他想起自己致仕以来,始终恪守"修身、齐家、治国、平天下"的儒家思想,把天下百姓的疾苦放在心上,但

22

总是受到各种利益集团的排斥,甚至无端地捏造出他的是非,他的好友詹仪之尽管当的官比他大,但也一样逃不出这样那样的是非。或许他们都一直坚持自己心中的理念。而眼下他又接到朝廷的旨意,去漳州任职,而朝廷用他的目的也十分明确,就是解决当地突出的社会矛盾。

许由优游山水,不问世俗之事,或许有他的道理,但朱熹不一样,他读书的目的就在于把天下百姓的疾苦放在心上,他不可能把世间的苦难抛在脑后,不闻不问。但为何不能让自己暂时忘记那些世俗的烦恼,学学许由那高洁的做法。

想到这儿,朱熹微微一笑,走下船来,往许由山上走去。感受这青山绿水间的灵气,把那些烦恼暂时全都抛在脑后,让那些流言蜚语自生自灭,没有必要计较,相信后人会有一个公道的评价。就像这武强溪的水,虽然在汛期可能是浑浊的,但清者自清,一年大部分的时候仍是清澈见底。

下得山来,他拿过笔墨写下一首《过许由山》:

"许由山下过,川水映明珠。洗耳怀高洁,抛节墩上娱。"

九

1959年,新安江水库蓄水,狮城写进了人们的记忆之中,沉入了新安水库。西边的许由山也变成岛屿。水向东流变成了垂直升涨。水抹平了村庄,抹平了城池,却抹不平心中的那些记忆。

一座城的消失,却让另一座城开始成长。人们心中那些记忆就如流淌的活水,源源不断而富有创造力。这座小镇就叫姜家,它承接了狮城的人口、产业以及文化。20世纪80年代的繁华,在淳安仅次于县城排岭。

2015年，还是在姜家，一个叫"文渊狮城"的项目将水下古狮城复制上岸，一千四百多年的根，沉寂了近60年，再一次展现在世人的面前。让文化的传承如活水不断。姜家也亮出自己独有的竞争力——乐水！

水不是无源之水，也不是死寂的池塘之水，而是可以追根溯源的活水，它流过三国，流过魏晋，流过唐宋元明清，多少文人墨客在水边留下诗篇，甚至他们自己也成了这股活水的源头之一。

问渠哪得清如许，为有源头活水来。

陌上石颜

淳安地处浙西山区，以"石"入村名，自然很多，在现有的425个行政村就有13个村名中有"石"，如果算上自然村，那就更多。而以"颜"字入村名的，唯独"石颜"。

石颜，我祖祖辈辈生活的小村庄，那里有我的童年，有祖辈留给我的文化遗产，那里的山川流经过的血脉，影响着我的思维方式。

"金木水火土"，五行相生相克，每一个村庄都是五行相生相克，既相互滋生又相互制约，一个平衡的结果。这是祖辈们用朴素的唯物观，认识村庄，维系着村庄。

土地是农村的根基，农民的命根子。我的父辈就曾对我说过，土地不但种出粮食，也种出了我们世世代代，他们的人生与土地息息相关，他们自己就是土地里长出来的一棵庄稼。可有那么一段时间，"土"成了被鄙视的对象，"土包子""土鳖"等带有明显鄙视的词语不断涌现。而我的生活，也与石颜渐行渐远，唯一的联系只有从故乡土地里滋长出来的，留在心中的那些淡淡的乡愁。

土地是可以长出金子的，这是我小时候听村里长辈们说的。这句话可能来自五行的"土生金"，我没有认真考察过。但我亲身经历过。20世纪80年代，土地承包到户后几年，全村土地一片欣欣向荣，每一寸土地都被种上各类粮食蔬菜。不仅是土地上生机勃勃，全村人脸上都洋溢着笑容。

每年七月底八月初,是农村"双抢"季节,抢收抢种,也是一年中最热的季节,人心中对丰收的渴望热度与天气热度共同营造出村里一派忙碌景象。

　　除了水稻,全村的旱地几乎种满桑树。蚕茧是全村的主要经济来源,全村家家户户都是养蚕能手,劳动力多的家,光春蚕就能养五六张种。村民们将一担担雪白的蚕茧挑到镇上卖了,换成一把把钱回来。我对长辈们的话深信不疑,"土地是可以长出金子"的。

　　一到五月我就往桑园里钻,桑树上挂满乌黑的桑葚。因为饱满,乌黑的桑葚果粒闪着光泽,那样诱人,摘一颗就往嘴里塞,果浆在嘴里爆开,舌头就被酸甜包裹起来,欲罢不能,直到嘴唇吃得乌黑,肚皮滚圆为止。

　　到了暑假,也往桑园里钻,学校勤工俭学要我们挖半夏。烈日炎炎,而在桑园里,桑树形成了天然的遮阳伞。且桑园地里长的半夏,个儿大。

　　忙完"双抢",接下来的任务是给稻田灌水。石颜村背靠大山,但此山名"公山尖"。公山尖因来水少而得名。山上来水少,水就是稀缺的。童年的八月总与水有关,因为热,解暑就下水游泳,因为热,水田要灌水。水是共用的,就那么几股水,要往自己的田里灌就要排队轮流。那几年,为灌溉,大家就形成了君子协定,先来后到,排队为自家的水田灌水。为了防止在灌水时被人截流,或是使了小动作,就要在水源与自家田之间来回巡查。直到水位快平田塍为止,才把水权交给下一位。

　　儿时对五行相生了解并不多,但知道"金生水"一说。我也曾怀疑水少是不是因为村里还太穷,水才不够。问过几位长辈,没有人给我准确的答案。

　　1993年,村里人用几桌酒席将我送出了村,"金生水"的问题没答案。

　　那之后,每次回村,就会发现石颜村在一天天地萎缩,地荒了,水稻改种一季,数量也越来越少,桑树被整片整片地挖了。村两委将村北被抛荒的旱地连同几个小山丘一起平整出成片的土地,然后流转给人种香菇,种铁皮石斛。

　　有年春节,我带着女儿把村东边那些小山丘走了个遍。我告诉她,这里每一寸土地里都埋藏了我的童年,漫山遍野都是童趣和笑声。那些童年埋进故乡土地里的快乐种子,总有一天会发芽,会长成乡愁。春天有杜鹃花、兰花。兰花开的时候,那淡淡的幽香沁人心脾。夏天,松树林里可以采到松毛菇。秋天,野柿子、金樱子可以摘了。女儿似懂非懂地问我,什么是乡愁? 我说,乡愁就是故乡土地里种下的回忆。

　　有个假期回老家,在经过香菇基地时,看到几个小孩拎着篮子在基地边上废弃的菌棒堆里拾捡黑木耳。我笑了,儿时捡过麦穗、稻穗。有些事不用担心会消失,它们一直都在,只不过换了形式而已。

　　也就是这一年,东边小山丘地被征用,旱地和小山丘一起被挖平,成了姜家镇的工业园区。

　　入驻这片工业园区第一家企业是丰源建材,生产罐装水泥。

　　起初村里很多人反对,说有污染,粉尘很大。

　　做一件事,尤其是村里人从来没有接触过的事,阻力肯定很大。习惯了与土地打交道的农民,习惯了自己就是一棵庄稼的农民,突然有人告诉他们,土地里不仅仅能长出庄稼,还能直接长出人民币。此时任何怀疑，任何质疑都是正常的。于是，反对也是正常的。其实他们担心的远不止是污染这事，而是对即将到来的全新生活，存在未知，在心理上习惯性地抵触反应。究其原因，是对土地的依恋不舍。

镇里会同村两委组织了一批党员去现代化生产技术的罐装水泥厂参观。父亲和叔叔都是党员，一起去了外地已有罐装水泥厂参观。回来之后，父亲告诉母亲，也告诉了我，现在的技术确实好，水泥在几乎全封闭的流水线上运转，不要说粉尘，连噪声都几乎没有。

反对的声音渐渐平息了，几个月后丰源建材的标态性建筑——几只大水泥罐立在村庄的东边。圆头圆脑，村里有人说像个弥勒佛。

对的，弥勒佛总是笑口常开。接下来的日子，石颜村的人也渐渐地接受了这个又圆又大的家伙。一批人进了丰源建材厂里工作，不用再出村打工了，照样赚到钱。石颜村享受的待遇还不止这些，丰源建材还决定，每年给村里70岁以上老年人发福利。70岁以上的每年200元，80岁以上每年300元，90岁以上每年500元，除此之外村里的婚丧嫁娶，他们都送上贺礼。

每次回家，老爸老妈都会跟我聊村里那些老板。这个老板好，那个老板也不错。

老妈还很自豪地跟我说，她今年在厂里做零工，赚到了四千多块工资。老妈在聊天中，不断把"工资"两个字突出。一辈子跟土地打交道的老妈，早年赚过工分，承包到户后，养过蚕，养过母猪，赚下不少家底。赚钱与拿工资似乎还有点区别，工资是有身份认同感和归属感。就是这一点儿区别，让老妈引以为豪。

我隐约地感觉到，现在的石颜有了那么一点改变。这种改变，不仅是表面的改变,而是村民内心的改变,这种改变就是母亲拿到工资后那种欣喜之情,这种改变也是全村村民在心里接纳了那些来工业园区开办企业的老板。村与园区,各自融入对方,各自认同了对方。我心里还有一个小小的心愿,希望村两委将这些园区老板,包括承包流转土地的老板一并聘为荣誉村民,让他们成为石颜村的一员。

丰源建材的老板是淳安本地人,枫树岭镇窄坑村。对土地一样有着深厚的感情,他有一个愿望就是把企业打造成花园式的企业。厂房的周围种满了花花草草,以及水果树。他尤其对石头情有独钟,厂房走廊以及他的办公室里摆放了各种各样的石头。这似乎又与石颜有了不解之缘。

在石颜这片土地上,不管是祖辈还是父辈,他们种下生活的希望,也收获了幸福。而我种下的童年回忆,也长出了浓浓的乡愁。

公山之巅

在淳安说起公山尖,大家首先想到的肯定是大墅的公山尖。其实,淳安有三座公山尖,除了大墅的公山尖(海拔658米),还有两座:一座在浪川占家(海拔391米),另外一座,也是最高的一座在姜家。从高度来说,姜家这座公山尖海拔722米,而且又地处姜家和浪川的腹地,四周无高山与之匹敌,唯有其旁边的银峰与之相伴。在姜家和郭村没合并之前,这公山尖就是姜家与郭村的分界线,山北为郭村,山南为姜家,具体地说山北是郭村的银峰村,山南为姜家石颜村。登上山巅可俯视姜家、郭村、浪川、界首、汾口等地。

从三座公山尖的外貌来看,大墅和浪川的公山尖,崖岩外露,挺拔峻险,有着男性雄伟之姿,而唯独姜家的公山尖,山形相对委婉端庄,无峭壁外观,为什么也称为公山尖?听村里的老人说,是源于山下水少的缘故。在过去的农耕时代,水是农业的命根子,而山便成了农耕时代的天然绿色水库,这"水库"无须过多人力去维护,泉水常年潺潺不竭。尽管从公山尖下来的水有四股,其中两股流经石颜村,另外两股,一股流向庙岭村,另一股从北坡流向银峰村(原名方宅),但总水量却比旁边银峰下来的水量要少得多。无论从山的体量和高度来说,公山尖都比银峰胜出一大截,从这个角度来解释,称它为公山尖,是在理的。

小时候的我并不觉得这公山尖有多么值得我去骄傲的地方,

或许是司空见惯，更多是我没有真正地去了解它，没有了解它对一个村庄，甚至是一个地区的意义。直到那一年，我在浪中就学，在一次元旦会演中，一位叫章炬顺的语文老师，在即兴诗歌中提到了公山尖："巍巍公山尖，海拔七百五。"那瞬间的骄傲感便油然而起，因为公山尖是我们村的。浪川初中与公山尖面面相对，一抬头便能看到。从这以后，我对公山尖便有了另一种特殊的情感，那山脚下就是我出生成长的村庄，这村庄是公山尖的孩子，这山也就成了我心中地标。

公山给予农耕时代的水量是吝啬的，但它并不吝啬给予村民们其他的物产。俗话说，"靠山吃山，靠水吃水"，公山尖的物产极为丰富。我小时候经常跟着外婆在公山尖上穿行，从东侧到西侧，拔过春天的竹笋，摘过夏天的胡桃（猕猴桃），采过秋天的山菊；捡过松毛菇，捉过斗米虫，还有覆盆子、箬叶、裂瓜（三叶木通）以及各种中药材。只要你不怕荆棘，不惜体力，公山尖遍山都是自然的馈赠。十四岁那年暑假，还是跟着外婆上公山尖摘箬叶，沿着公山尖的西侧山坡往上走，第一次爬上公山尖顶。站在公山尖之巅，俯视大地，悠悠天地间村庄，河流，田地井然有序。环顾四周，北面瀛山书院清晰可见，南面可见千岛湖水域，那座浪川占家公山尖也在视野之中。当年年少的我，出生于小山村的我，对于前人的志向并无切身的感受，可站上公山尖之巅时，这宏伟的山川也震撼了我，那时我唯一能念出的只有杜甫的诗句"会当凌绝顶，一览众山小"。我将柴刀垫在屁股下面，拿出干粮，慢慢咀嚼，山风抚摩丛林，发出低沉的声音，犹如轻吟的歌声。抬头望天，碧空间几朵白云悠闲飘逸，我在这离云更近的山巅，感受着征服山峰的喜悦。外婆却滔滔不绝地讲起了这山的故事。

公山尖是农耕时代的公山尖，因为公山尖，才有了另外一座山峰的名字"犁公尖"，这更具农耕时代的山名。犁公尖在公山尖的正南面，紧紧挨在公山尖的怀里，尖尖的山头，像一把刀刺向天空，与公山尖的宽厚形成鲜明的对比。

犁公尖这山名的来由，得从另一处自然景观说起。这处自然景观处在公山尖东侧山麓的一处岩壁上。平滑的石壁上有一凹坑，这凹坑有人屁股那么大，小时候，每次路过这里都会爬上去坐一下。如果只是一处凹坑也就罢了，这凹坑却出奇的像牛蹄印，一条中轴线将凹坑均匀地分成两部分，在底部，两个尖尖孔对称地分布在中轴线的两侧，就像牛蹄踩过留下的。村里人都称它为"金牛脚印"。而这岩壁的另边侧却是一道弧线，极像套在牛脖子上的牛轭。

外婆口述的传说也就开始了。

在很久以前，石颜所处之地为崇山峻岭，在山下住着一户人家，老母亲和儿子两人，有天儿子上山干活，遇到一老者，老者问他喜欢打猎还是喜欢自己种田，他回答说当然自己种田好些。老者就告诉他，十天后再来看，不要提早来。儿子回家后第五天才把事情告诉母亲，母亲责怪儿子怎么不早说，准备了些饭菜让儿子给老者送去，刚进山就发现原来的很多高山已经变为平地，再往山上走时看到老者牵着一头金牛在犁山，金牛见有人来，便长啸一声，一脚踏在岩壁上钻进了岩壁之中，在岩壁上留下这个"蹄印"，老者也随之不见，那犁头甩了出去变成一座山，这座山就是"犁公尖"，牛轭落在岩壁边上，在岩壁上形成一道弧形。再看这座"犁公尖"，整个山形就像是一个竖着的犁头，直指公山尖。

造物的神奇，在得不到科学解释的时候，人们就想到了用传说来解释，希望借助传说中的神奇力量来代替一些常人无法办到的

32

事情。也无意间把最原始的愿望植入了传说故事。牛,应该是农耕时代的象征,金,是物质财富的向往。两者叠加在一起,也就成全了这一传说故事最广大的群众基础。金牛的不见,也蕴藏了人们对于财富观的辩证哲理,我们不能只靠外来神奇力量的帮助,更多的时候需要自己辛勤付出。就像公山尖那遍山的自然馈赠,还需要我们付出汗水去采摘。

十四岁那个暑假下得山来,夕阳已经下山,我跟着外婆矫健的步伐穿梭于故乡的阡陌小道,背后的公山尖在渐暗的天空下,像是张开了双臂,把一个村庄紧紧地拥在怀里,包括那些传说也一同被拥进了大山的怀抱。外婆喋喋不休地叮嘱我小心脚下路,如今想来,那时的我也被幸福所拥在怀里。

外婆已去世多年,母亲也已年过花甲。但故乡的公山尖,我再也没上去过,可每每仰望它,都有一种莫名的情绪涌上心头。在我心中,与这公山之巅还有一个盟约,外婆走过的山路在上面等我。那些被草木遮掩的记忆在上面等我。那些被村人代代相传的农耕传说在上面等我。我知道这个盟约有点大,大得有点像宗教朝圣的礼仪,一边是我,一个多年在外的游子,一边是故乡,神圣而端庄的公山尖。

灵岩瀑布

　　小时候认为瀑布只应在书本上才有，对于瀑布的概念也有点模糊，觉得瀑布落差应该在五米以上。但在老家姜家，还是见到过几处瀑布的，黄村桥有一处，原姜家造纸厂边（现姜家汽车站）有一处。但这两处瀑布，因为水的缘故，只在上半年梅雨季节，才能看到瀑布那该有的豪迈气势，水从高处奔泻而下。或许是落差的缘故，书上所描绘的瀑布之美，跟这两处没有一点儿关系，瀑布那种绝境奋蹄的英雄气概，震撼心灵之美，似乎只存在于书中以及想象之中。

　　1992年的暑假，我第一次骑自行车从姜家前往梓桐。记得那是下午，刚刚下完一场雨，我沿着当年还是砂石路的郑鸠线，从甘坞转入双溪口方向，远远地就听到了轰鸣的水声，这声音吸引了我的视线，我停下车来，驻足向声音传来的方向望去。那一泻而下的壮观之美，犹如千军万马般的气势，似乎一下子从唐诗中倾泻而下，诗韵快意一股脑儿地穿过唐诗宋词，展现在了我眼前。对我来说，这是人生所遇的第一次。不由得自言自语说着，这才是真正的瀑布，纸厂和黄村桥那两个根本就不算瀑布。这是我与瀑布的第一次邂逅，也更加坚定了以前对瀑布的认识，瀑布应该像这样，要有气势，有震撼力，有着绝境逢生的人生快意。我驻足观望好久，才依依不舍地离开。

　　在此之前，没有人告诉过我，这里有一座如此壮观的瀑布。因此，那时我并不知这瀑布有名字，也不知这瀑布在遂安历史上非常有名，更不知道很多文人都为它留下大量诗词歌赋。工作以后，接触了一些地方志，有记载："灵岩，县西北十里，山半有岩，容数十人，悬处有迹若人脐，泉滴沥而下，号龙脐泉。岩上有泉，自山岭石罅中流出为小涧，涧中有自然井三，若鼎足然，泉注于井，满则循石壁为瀑布二百尺，秋冬不竭。"

我细细想来，1992年暑假，我邂逅的那个瀑布正是灵岩瀑布。灵岩瀑布为老遂安县城十景之一，在如今的甘坞与谢家两个自然村之间，千汾线与郑鸠线交汇处。千汾线通车后，灵岩的地理位置是相当优越的。每次乘车经过此地，我都朝那个方向多望一眼，脑海中浮现的仍是当年邂逅此瀑布的情景。我也经常在思考一个问题，我们对于家乡山水的认识，多数只能从长辈们的口中去得知，只有一定条件的才有机会接触一些地方志之类的书籍，这种口口相传的方式，有它的局限性。但也因此造就了我与灵岩瀑布的那次美丽的邂逅。如果我早知道这里有座瀑布，那个暑假的邂逅便少了一些神秘感，少了一些惊艳和感叹。

有年国庆期间，我特意带着家人去观看了灵岩瀑布，只是现在的灵岩瀑布，因上方的水被截流，只有一股细小的水流往下流，没了第一次邂逅的壮观与诗意，不免有些怅惜。水是瀑布的灵魂，没有水，瀑布只空有形式。淳安县曾经名噪一时的流湘瀑布，因为建水库而干涸。不免又想起了秀水码头和安吉百草园的人工瀑布，人们试图在破坏中又去复制自然的美，其实自然的美根本无法复制，每一处自然景观都是独一无二的。

或许是这个原因，只是到现在为止，知道灵岩瀑布的淳安人仍不多，灵岩的文化底蕴仍鲜为人所知。在《民国遂安县志》中就记载了十几首以灵岩瀑布及灵岩寺为主题的诗歌和辞赋。可见灵岩的名气并不亚于同在姜家的瀛山书院，而且灵岩不仅仅有人文底蕴，更有自然之美，但在灵岩的底蕴挖掘上却明显弱于了瀛山书院。

印象龙川湾

离上次经过龙川湾已经有三十多年了,记忆中的茅草丛生,七拐八弯的山路,已经很模糊了。看过龙川湾的秋色照片,静是第一印象,再是美不胜收,红色的渲染,成了我向往龙川湾的唯一的颜色。

这个双节长假是龙川湾开业以来迎来的第一个长假。虽然李子老师已约好在十一月原创版块的网友去龙川湾感受一下,但我已经迫不及待了。十月五日,约了几个文友:依然如故、好心人520、西楼、麦子青青和红前往龙川湾。

我带着女儿搭乘麦子青青的车前往。姜家是我老家,对姜家感情随着年龄的增长,那股恋乡的情结便日益浓烈。站在前往龙川湾的班船船头,回头看看那山那水,碧波万顷,这样熟悉的画面,随着千汾线的全线贯通,再也没多少机会体验在湖面上回望家乡的感觉了。远处的公山尖和银峰跃入眼帘,那山之下便是我老家,如今一年也很少回去几趟,细细想来真是愧对家中父母。

船十几分钟就到达了龙川湾码头,下船拾级而上,竹子搭成牌楼跃入眼帘,"千岛湖龙川湾"几个字镶嵌牌楼之上。背后是苍苍郁郁的山林,还有随风起浪的竹林。相信这一切对淳安土生土长的人来说,再熟悉不过了,这样的景色,这样的画面在淳安到处皆是。

过了检票口,就有电瓶车将我们直接送到70公社或80公社。坐在电瓶车上,浏览路两边的风景,道路两边最多的是俗称甘茅的草,这个季节,正是甘茅开花的季节,白色的花絮在日光下摇曳,像是在向前来的游客招手致意。湖与岛错落有致,致使道路蜿蜒,是当年知青在此修筑道路的路基,有些路基便是当年围湖成塘的堤坝。正如宣传中所说的,"湖中有岛,岛中有湖",因此有"百湖岛"之称。乘坐电瓶车前往虽然没了行走的劳顿,却也少了些许乐趣。只有这弯弯曲曲的小路才勾起我儿时经过这里的一点点记忆。

电瓶车把我们一行人带到70公社处,停车处是一泥墙木梁的亭子,亭子上面是铺了一层稻草,一切看起来都是那么原生态,没有钢筋水泥那都市般的感觉。70公社四合院式的结构,中间是一个院子。在70公社,我们参观了知青观,当年知青在这里生活生产。低矮的房子已被翻新,当年墙上的标语也被重新刷过:"深挖洞,广积粮"那个富有时代特色的"墙体广告"显得格外显眼,还有毛主席语录等配套的宣传画。那时的宣传画没有现在这样绚烂多彩,全是白底红色,以暗喻红色政权万万年。

然后又在放映厅里小憩。放映厅里正放着革命老片,一台老式的放映机只作了摆设,真正在放还是放映的在中间的那台投影仪。放映厅四壁都是那个时代的宣传画,放映机上方挂着五位共产主义的伟人:马克思、恩格斯、毛泽东、列宁和斯大林。走进这里若不是那台投影仪的提示,还真以为走进了时空隧道,回到三十多年前那个时代。

从70公社到80公社有两条路可前往,一条水路,一条步行路。我们选择了步行,走过用砖头铺成的小路,这条路是在修建时特意留下的,正是当年知青们铺成的,现在被叫作"知青路",这条路建在堤坝之上,两边芦苇荡漾,湖面在芦苇间若隐若现。走完这段知青路,再上了一条沿库湾而修建的山路,显然已被翻新过,但仍没破坏其原始的模样,两边郁郁葱葱的大树遮挡了阳光的照射,丰富的负离子空气呼吸起来特别清新。同来的几个小尾巴你追我赶,别有乐趣,她们里面有人对路边的野花产生浓厚的兴趣,时而学着鸟叫。

走到80公社后,大家都有点累了,一到就坐到中间那台榨油机边上,开始享受在80公社买的现磨的豆浆和辣豆腐。红便和三位小朋友一起开始踢起了毽子,女儿也乘机上去玩了一把,她的踢法特别,先把毽子放在脚上,然后用力一踢,毽子飞出老远,引来大家一阵哄笑。因特殊原因我们不得不又从80公社回到70公社,这次我们在渔人码头上乘了船回到了70公社,由此,从70公社到80公社的两条路都经过了。船是机动船,有顶棚,坐在船上可欣赏两岸的风景。

再乘电瓶车回码头时,经过三里亭时,几个小孩强烈要求下来玩一把。驾驶员不得不把车停下来让她们过把瘾。回到了码头,结束了龙川湾之行,带着些许遗憾,因为是电瓶车的接送,没能把乐趣散在前往的路上,加上龙川湾正处建设中,还有好多地方都没能尽兴地玩。

龙川湾,下一次当你红妆之时,我再来光顾。

浪川记事

浪川不是我家乡,但是我对浪川的了解比自己的家乡要多。从小学二年级开始到初中毕业,我在浪川生活了八年。

大联

大联是我认识浪川的第一站,大联是浪川乡政府所在地,当年的大联村有竭头、邵家、占家坞、毛家队、毛家山底、孙家六个自然村。当年的乡政府驻地就在竭头,除了竭头村,大联村其他五个自然村的分布呈圆弧状,一条公路将五个自然村串起。竭头村南是当年乡政府所在,除了乡政府还有供销社、邮电所及食堂。而父亲所在单位食品组,却在竭头东边的邵家,大联小学在占家坞,每天早上从邵家走到竭头吃早饭,然后跟着同学穿过毛家队村,到占家坞的大联小学,晨跑的路线从占家坞到孙家,也就是说每天都把大联的六个自然村跑个遍。乡卫生院在邵家往北的方向。

竭头南边那块空地,东边是乡政府、南边两棵大樟树下是邮电所、西边是供销社、北面是食堂,这里是当年最热闹的地方,一到吃饭时间,来自各个单位的工作人员都会集中在这里海侃。尤其是一年一度的物资交流,那块空地人山人海,就连村弄堂都挤满了人。一条小溪将空地划成两块。在小溪入村口上有一口大池塘,秋季我经常与同伴们下水捞小菱角,那种粉嫩粉嫩的小菱角,比嘉兴的大菱角美味多了。池塘的另一边是一家饮食店,常年出售面食,只在物资交流期间,母亲带我去尝一次美味的炒面。

邵家夹在两座山丘之间,整个自然村沿地形成一条东西走向狭长带状,这个村的村民基本上都是新安江水库的后靠移民。与揭头村隔畈相望,一条小溪从村西头而过,父亲所在食品组就在村西头上。沿着小溪向下走不到一百米就是毛家队村。

毛家队村东面靠山,西边临溪,整个村落夹在两条小溪之间。沿着东边的小溪一直走,经过一小片柏树林,再穿过公路就是大联小学了,大联小学就坐落在占家坞西村头。公路不穿过占家坞村,而村的北侧,公路的北边是一个茶场,沿着公路往东走就到了邵家村的东头,再往前走就是收购站、卫生院、食品厂、粮站和铁匠铺。沿着公路往西走依次就是毛家山底村和孙家村,再往前就出了大联村的领地,到了沙众和洪家了。

大联小学

我小学一年级像打游击一样,从姜家到浪川,再由浪川到自己村里,我也记不清自己一年读了一个学期还是两个学期,印象就是跟着父亲四处转悠。从二年级开始,我正式就读于大联小学。那时的大联小学就四个年级四个班,老师也就四位。每个老师都是全能的,既教语文也教数学,当然除了这两门主课之外,还开设了体育和音乐课。这四位老师都是大联村的,一位是方老师兼校长,是邵家村人;一位占老师是占家坞村人,兼任音乐老师;还有一位毛老师,是毛家山底人。教我的老师姓孙,是孙家的。方老师只教一年级,接下来由一位老师从二年级带到四年级,一到三年级的教室在楼下,四年级的教室在楼上。

四位老师中,毛老师最年轻,孙老师排第三,但孙老师的身体最差。在三年级下半学期和四年级上半学期这一年中,孙老师因为身体缘故住院就医,其间带我们这个年级的是邵家村的一位代课老师,姓方。

学校开设的体育课不叫体育课,叫军体课,至今记忆犹新。军体课上,基本没有什么体育项目,除了跳远就是几个人抢抢篮球。音乐课是全校集体上的,全校学生都集中在学校的大厅里一起上。每天第二节课后,全校学生都集中在操场上做操,领队是占老师。

学校没有电铃,上下课的信号全是敲铁块。那块铁就挂在二楼的大厅里。上课铃声敲得急促些,下课铃声敲得悠长些,放学铃声又是另外一种敲法。而敲铃的都是四年级的同学,因为就四年级在楼上,我在四年级时因为成绩好,荣幸地被孙老师指定为敲铃人。

上完四年,就算在大联小学毕业了,五年级得上浪川中心小学去读了。后来学校撤并后,大联小学被废弃了,但那幢学校的房子还在。高中毕业时,曾旧地重游过一次,曾经上音乐课的大厅不知怎么的,被挖了一个大坑,楼板也有些腐朽了。如今的大联小学依然立在千汾线边上,每每经过都禁不住看一眼。

乡政府办公楼

在浪川八年中,乡政府曾两度搬迁,最初的乡政府在竭头村头那块空地的东面,那幢两层的大楼曾经是1949年后去台湾,担任十八军十九师师长、台中警备司令的鲍步超家的,新中国成立后被收为公有,也成了浪川乡政府的办公楼。之后乡政府搬到卫生院上面的一幢楼内，就是目前浪川街的南边。后来乡政府再次易址，也就是现在所在地。

乡政府在碣头村的时候，曾经在浪川疯传一个消息，在乡政府的后院内，有人曾经挖到一坛银圆。乡政府从碣头村搬走之后，那幢办公楼被用作了纺织厂的厂房，别有用心的人，将整幢楼后院挖下近三尺，有没有挖到传说中的银圆，那不是我所能了解到的事。

乡政府搬到邵家后面的公路边上，热闹便转移了，那条公路又是街道，乡政府办公楼右侧是信用社，左边是理发店，照相馆，后边是从马石搬过来的电影院，前面一时也搭起了许多小板棚店，经营着各色小吃。父亲所在食品组也搬到了信用社边上。从那时起浪川乡的第一条街道就这样形成了。

之后乡政府的办公楼又被规划在了现在的地址上，同时被规划过去的还有供销社大楼，就在乡政府的前面。现在的乡政府大楼是哪一年投入使用的，我记忆已经很模糊了，但那时我还在浪川读五年级或是初中，是1985-1987年之间。

在浪川新街形成的时候，最让我难忘的就是板棚店，一个个板棚店造就了浪川今日的辉煌。

供销店、邮电所

供销社是那时商业活动的代表性产物，初到浪川时，浪川供销社就在乡政府的对面，一字形的两层建筑，楼下是店面，楼上是职工的宿舍，南面是一望无际的田畈，北面一条小道通往鲍家。供销社是那时代繁华的代表，每天都有来往购物者，虽然那里购物需要凭票据。

那供销社有三个门,东面那门朝着乡政府,北面两门朝着路开。记忆中供销社内部分三段,第一段卖百货,第二段是布店,第三段是书店。

每天中午吃饭的时候,我基本上都是端着碗在店里溜达,有时运气好还能捡到一两分硬币,袋子还没捂热,到了学校又交给孙老师,就是为了听到一声表扬,满足自己的虚荣。

供销店里那些事,让我印象最深的是那个冬天的早晨,我去食堂吃早餐,好多人围在供销社的西边,我好奇地挤进去一看,墙壁上一个大洞,刚好容一人进去,警察将现场围了起来。从大人的口中得知,这洞是昨晚小偷打的,店里失窃了部分现金,但货没怎么少,只少了些吃的。

供销社在空地的西边,南边是邮电所,那房子就小多了,可能是因为与门口那两棵大樟树形成了对比。那两棵大樟树有几百年的历史了,盘根交错,我和同伴们经常坐在树根上玩耍,夏日更能享受树荫的清凉。

邮电所有位老同志,那时四五十岁,有点胖,那时的胖跟现在完全是两个概念,看上去还是挺和蔼的,还经常跟我开些玩笑。有次在吃饭时,听说他被绑上乡政府办公楼上。我听着好奇,为什么好好一个人被人绑起来了,我年幼不敢问,只能听。听到后来,我才听出些东西来。什么,用一个电灯泡就骗了人家上床,还有什么的什么的,反正很多,那时小小脑袋装下很多东西,只记得了一个大概,也不懂什么男女不正常关系,觉得那事挺可恶的。

几天后,他被放出来了,我们远远地看到他就开始躲,同伴们都觉得他是个十足的大坏蛋,几个调皮的还上前向他扔石子。

电影院

浪川乡的电影院最初放在马石村,可以说是在当时的浪川乡边界上,再往上走一点就到了双源乡了。第一次去马石电影院看电影是学校组织的,看的是《武当》,听说这电影非常好看,打打杀杀的场面非常壮观,同学们排着长长的队伍从大联小学出发一路走去,有说有笑,走了大半小时才到。

当年娱乐项目少,哪儿放电影都要去凑个热闹,学校里组织在下午看,晚上又跟着父亲去看了一遍。那个晚上,已经入冬,我记得我当时已经穿上了"卫生衣",动作显得有些笨。但同去一位同学的哥哥,身上只穿了一件破了袖子的衬衣,他的动作奇快,或许是想用运动来抵抗初冬的寒冷。到电影院时,第一场还没结束,我们就在门外等候。大家把门口挤得满满的,还有几个在山脚下烧了堆火,那位同学的哥哥缩着身子蹲在火堆边上。

马石电影院的繁华,随着乡政府办公楼的搬迁而搬迁到了乡政府大楼的后面。

新的电影院投入使用后,我们这些小家伙就不用跑那么多路去马石看电影了,有什么新片就想着办法到大人那里要钱买票,实在不行就跑到偏门处,从门缝里过一把电影瘾。

渐渐发现门缝越来越不好使了,门缝里面经常被人占去,或是门里面有人站着,实在不行了,站在电影院外面听听声音也感觉到满足了。

我倒是发现一条"生财之路",每天去供销社转悠,把一些硬纸板藏在衣服内带回家去,积到一定程度时,就拿到收购站去卖,每次都能换个几角钱回来,基本上解决了看电影的问题。有个伙伴见到我捡硬纸板，也学我样，但他电影瘾比我大，这些钱不够他看电影，就想了一招，在硬纸板里放几块石头，第一次成功了，第二次却被收购站的人当场拆穿。

食品组

食品组，就是我父亲工作的单位，初到浪川时，食品在大联邵家村头，食品组的建筑群占据整个村的十分之一上下，有办公房一幢，职工宿舍一幢，还有两幢猪圈，外加一幢屠宰场，附加有两个菜园子。

食品组在20世纪90年代初就已经被历史所淘汰，它的社会功能对"80后""90后"来说，已经不甚了解了。食品组是食品公司在乡镇一级的单位，是向农村农民收购家畜、家禽等农产品的一个机构。早年我在食品组还见过收购鸡蛋，但后来渐渐地走向了单一的生猪收购和屠宰。

那时食品组有五位工作人员，父亲是小组长。在平常，食品组每天都要杀一两头猪，逢节的话一天杀十几头也是有的。父亲虽然身子骨小，但挥刀砍肉那个功夫准让当地人都叫绝，说一斤就一斤，不会多一两，要出栏的猪看一眼就能说出净重，误差在五斤之内。每天早上，父亲都起得比较早，要张罗着屠宰的事宜，天蒙蒙亮，屠宰场就开始热闹起来了，随后就能听到猪的惨叫声，每次我起床后，父亲已经站在肉铺上，外面也已经排了好长的队伍，父亲先问"多少"，然后上秤报数，拿到肉的到会计那里付钱。这是我看到最多的场景，还有一个场景就是收购生猪。

收购生猪都在凌晨，特别是夏天，因为天热，怕猪热出病来，所以都在凌晨进行。头天晚上或是凌晨农户们都把猪喂得饱饱的,来增加猪的毛重。一大早农户们推着独轮车,或是双轮车,邻村的干脆就两人抬着过来。半路上如果猪撒个尿,拉个屎什么的,有的农户就一路骂着猪它妈的。有的猪抬上秤,四脚朝天一紧张就拉屎撒尿,气得主人骂爹叫娘的。父亲对此见怪不怪的,等猪消停了,报出数字,边上的叔叔把事先准备好的单子填好,并在数字上盖上章交给农户,然后农户拿着单子去结算。生猪收购完之后就马上装车运往排岭。

我读四年级时候,为了配合乡政府办公楼的搬迁,食品组也开始了易地重建工作。新的食品组从邵家西边搬到了信用社边上。总共两幢楼,前面一幢楼下是营业房,二楼是宿舍,后面那幢是毛猪仓库加屠宰场。新食品组的两幢楼父亲操了不少心,房子竣工那天晚上,请了好多人来喝酒,父亲喝了好多酒。

我读初中后,父亲因为工作需要调离浪川去了郭村,在郭村待了几年,市场经济的开放,生猪屠宰权的放开,食品组走向了末路,父亲也就成了隐性的失业人员,到了1998年彻底地失业下岗了,2011年父亲六十周岁,退休了。那些有关食品组的回忆在我心中留下浓厚的一笔。

电视机

1983年,电视机对我们来说算是个稀罕物,除了几家单位有几台14寸黑白电视机,对百姓来说,那是一个奢侈品,四百多元的价格对于一般的家庭来说算得上是巨款了。而在塥头村里这样一个有图像、有声音的电视机不止五台,感叹于浪川人赚钱的本领。而且这个数字在不断地刷新，因为当时电视里正播放着《霍元甲》，如果说十几年以后因为Windows 95让电脑在中国普及，那么武打影视让电视机在当时的中国普及开来。

那十几天内，吃完晚饭赶紧做作业，为的就是看《霍元甲》，二十集的电视要分在两星期内看，每天《新闻联播》一过就跑到有电视机的人家占个位置。那些有电视的人家为了让更多的人分享电视的乐趣，把电视机移到院子里来。在看电视之余，大人们总是用一种让人羡慕的语气说，在哪儿看到一台20寸的电视机，而且还是彩色的。到了第二天，我们再去那家看电视时，发现电视机前面被粘上了一层三色纸，果然图像变成了彩色。

播放了《霍元甲》，接着又播了《陈真》，那真叫人过瘾，只是好梦不长久，播《陈真》时闹上了电荒，时不时地就停两三小时的电，那可真叫苦了我们这些武打迷了。在烛光下做完作业，就盼着来电。记忆最深的那次，我一直等到了晚上九点多才来电，我顾不上父亲的呵责，像离弦的箭一样冲出了食品组的大门，在田畈里直奔到对面那家有电视的人家。

他们也早就做好准备，一来电就在院子里开了电视，"孩子，这是你的家"《陈真》的片尾曲伴随着广告已响在了耳边。我不死心，还是傻站在那里，直到"谢谢观看"的字幕亮出来，才回去睡觉。

那时播的电视还能记住几部，除《霍元甲》《陈真》《霍东阁》三部曲外，印象最深的还有《魔域桃源》《万水千山总是情》《排球女将》《血疑》等。记得有次孙老师让我们写作文，我就写了看电视，觉得有内容好写，要把霍元甲的爱国热情写出来，但一时恍惚把"看电视"的作文题目写成"看见神"，三个字错了两字，被孙老师批得无地自容。

二十多年的时间转眼即逝,看着如今的荧屏,屏幕越来越大,图像越来越清晰,但带给百姓的快乐却越来越少,远远比不上当年那个14寸的黑白电视。

火柴枪

儿时女孩们常玩跳绳、踢毽子、捡石子,男孩子们玩的就是有一定的杀伤力的玩具,弹弓还有火柴枪。制造火柴枪的材料都来自生活,七个自行车链条节扣,前二、后五用胶布固定,前二个头上再敲进一枚自行车轮胎辐条的螺母,然后把铁丝弯成手枪形状,其中一根穿过七个链条扣的一排孔,再用铁丝弯一个活扣和直扣,用几根橡皮筋作为动力绕在直扣上面,这样一把火柴枪就完工了。用的时候,将前面两个链条扣旋出,插入一根火柴,火柴头留在链条扣内,火柴杆穿出辐条螺母,将两个链条扣旋进与后面五个平整,扣动活扣,直扣在橡皮筋的带动下直冲火柴而去,火柴头受到撞击瞬间燃烧,膨胀的气体迫使火柴杆飞出去。为了增加火柴枪的威力,同伴们在插入火柴时,还在链条扣孔内倒一些鞭炮中剥出来的火药。

这样的火柴枪,我曾经拥有一把,不过拥有它的时间前后加起来只有两周,而且也不是自己做的,而是花了两角钱从同学的手上买来的,这两角钱是我捡硬纸板换来的。拥有它的第一天,我试着对着油菜花开了一枪,不知是我枪法准还是瞎猫碰上了死老鼠,一枝油菜花应声而断。那个兴奋劲儿,如今还时不时在脑海中蹦出来。由于它的危险性,很快就被父亲知道了此事,我的枪被没收了。

方老师不知从哪里带来一位老师模样的人到学校里来,他说他是江西的老师,是淳安移民过去的,他们那学校穷,老师和学生们用蜡烛、线和小石子做了些工艺品,把这些小玩意儿放在玻璃瓶里,然后灌上水,那工艺品就像水中开的花朵一样漂亮。这些工艺品当然不会是免费,得花点零花钱来买,五分一个,就权当是支援江西的老表们。

我想买几个,向父亲要钱,父亲说这爱心最好是自己赚来献,我看看自己的积蓄,只有两片硬纸板了,根本不够,就想到了那把被父亲没收的火柴枪,于是又跟父亲商量能不能把枪还给我,我卖给其他同学。父亲同意了,于是这把火柴枪我以一角八分的价格卖给了另一位同学,同时我也买了三朵那个蜡烛做的工艺品。回到食品组,找了个干净的瓶子,装上水,看着漂亮的蜡烛花浮在瓶中,想着江西那些未曾谋面的小朋友,不由得会心地笑了一笑。

火罾

火罾,是不是这个字,我就不知道了,我只取这个音,火罾的外壳是用竹篾编成,看上去有点像小竹篮,中间放了一个陶罐,放上些炭火,盖上些灰,就是一个最简单的取暖器具,可以拎着四处走动。别看这只是个小小的取暖工具,却给我们的童年生活带来了很大的乐趣。一到冬天,教室里四面透风,坐在那里冰冷冰冷的,有时手冻得笔都揎不住。好多同学都拎着火罾上学,烤烤被冻僵的手,上课时把脚往上面一放,暖意自然涌上心田,我却没那个福分。

不过我享受的是火罾在课间给我带来了平日享受不到的乐趣。一下课就往有火罾的同学那里靠,一是为了烤烤被冻僵的手,二嘛就是享受一下美味。这美味何来?

　　大联村地处浪川平原的边缘,村边山上生长着很多乔木,橡树、苦槠等,秋天橡树籽、苦槠籽成熟了,有人捡回去晒一晒,磨成粉做成豆腐,在那个缺吃少穿的年代,主要是为了充饥,跟现在享受绿色食品完全不是一个概念。我们趁着放学闲时,也上山捡些回来放在书包里备用。到了可以带火罨去学校的时候,把用完的百雀灵小罐子洗干净放在书包里一同带到学校里。一下课就把小罐子放在炭火上,把炭火扒得大大的,然后在罐子里放上苦槠、玉米、黄豆之类的东西。熟了就大家分享着吃,一人一颗,有时把握不好时机,烤焦了,有时却还是夹生的,那味道自然好不到哪儿去,但大家都觉得是美味,毕竟是自己亲手做出来的,享受的是一个过程。

　　火不够大或暗下去时,他们就抢起火罨打转转,瞬间炭火在空气的急速流转下明亮起来,有时还火星四溅。有次有位同学不小心站在一个稻草堆边上抢火罨,火星飞进了稻草堆没留意,等到上课了,听到外面有人哇哇大叫,起火了,天干物燥的,一个好好的稻草堆瞬间就烧成了灰。

　　如今在农村火罨还能见到,但拎着火罨上学的情景已经不复存在了。

茶桃

　　一到春天竹笋出的时节,大联村后面山上的油茶树上挂满了茶桃,茶桃是怎么样来的,当时我们真不知道,只知道茶桃味美,也不是每棵油茶树都能结的,看着那脱了皮后的茶桃,白白的,诱惑着我们。运气好的话还能采到茶耳,这茶耳也是油茶树上的,不过这个是叶子变的,同样脱去外面一层皮后,白乎乎的,咬在嘴里清脆可口。

我们一放学，就三五一群往山上跑，把大人和老师的忠告全都抛在脑后，一路飞奔而去，就是为了抢一个头口水。在邵家与占家坞中间有一个山坳，往年乡里的民兵训练就在这里，两座山头之间有三十米左右，一边是射击点，一边是枪靶，射击完我们捡弹壳的捡弹壳，刨子弹头的刨子弹头。我们摘茶桃都是从这里进山的，那一片片的山坡上零星地种着些油茶树。我们的眼睛就在树枝梢头不断扫着，生怕漏掉一只茶桃。有的长得低，站在地上就能摘到，有的长在顶上要爬上树才能摘到。

那时没有塑料袋子，头几个肯定是填了肚皮，再摘到的就是放衣服袋子里，如果运气好的话，只有放在书包里了。我无奈，书包里放着书本，因为茶桃怕压。我奇怪地看着他们怎么书包能放那么多。等我们高兴而归，经过山坳口时，我终于发现了他们的小秘密，他们把书本事先就藏在了这里。那时的书包绝对没有现在小朋友的这么重，就两本课本，加两本作业本，条件好的话还有一个文具盒。

回到食品组，已经是麻黑了，食堂肯定已经关门了，我开始害怕起来了，担心的倒不是晚饭的问题，而是如何面对父亲的责问和他手中棍棒。我轻轻地推开房间门，父亲没在家，我稍稍稳定情绪后，把几个茶桃放在桌上，然后拿出书本开始做起了作业。

肚子实在有点饿了，现在上哪儿找吃的，只有啃几个茶桃了，但这东西只能解馋，不能充饥，又喝了一碗凉水。

"上哪儿疯去了，晚饭也不去吃。"我刚把碗放下，父亲的声音突然响起，着实让我吓了一跳，习惯性地缩了缩身子。父亲大概已经看到桌上的茶桃，横了我一眼，把一碗面放在桌上，"赶紧吃了，我还要洗碗去呢。"

我狼吞虎咽地把一碗面吃光了,连汤也喝掉了一半,然后小心地把碗放在桌上,父亲拿过碗,顺便拿上两个茶桃,走了。

第二天,我去学校的时候发现教室的钥匙没了,估计是昨天上山摘茶桃的时候丢了,只能等孙老师来开门了。

排溪

排溪从北到南穿过浪川,最后经七堡流入千岛湖,排溪不直接穿过大联村,但之前提过的大联几条小溪,全是人工河道,水源是从排溪引入的。埠头村向西沿小道走一华里左右就到了排溪边,大联村的人工河道取水口就在这里,一道水闸控制着进入大联村河道水流的大小,一到汛期就放低,以免成涝。

夏天,排溪是我们的天地,一放学先不回家,而到排溪里游泳,光着屁股游,什么泳姿都来点,最多的还是狗爬式。为了取水方便,在排溪中有很多矮坝,我们就在坝上游,水不深,我们都能站到底。但坝下就不一样了,水往往都很深,有年比较干旱,坝上水太浅,狗爬式游一会儿水就浑,有人建议到坝下游,坝下的水显着深绿色,不见底。不敢往中间去,只在边上小嬉一会儿。

坝下那摊水,也往往是炸鱼的人的天堂。我们在游泳时经常看到他们将雷管炸药什么的点着往水里扔,一声闷响之后,鱼儿就翻白地浮到水面上来,他们就迅速地用网兜打捞。不一会儿就满载而归,胆大的几位同学也下水捞几条上来,用草穿了鱼鳃拎着回家。带条鱼回去有几大好处,一来可以改善一下伙食,二嘛不用说大家也能猜到,就是免去家长们的责骂,把作业丢一边而去游泳的事用一两条鱼来掩饰过去。

当年在排溪上的桥并不多,从北到南有双源桥、马石桥、鲍家桥和洪家桥,还有几座叫不出名来的石桥和木桥。在大联小学读完四年级,就得去浪川中心小学读五年级,从大联到鲍家得过排溪,如果走鲍家桥就得绕一个圈,一般都是从排溪的坝上过去,水流之中三十公分左右一个石敦子,大家排着队慢慢过河,也不失一种乐趣。但在汛期,石敦子也让水给淹了,才不得不从鲍家桥上走。

浪川平原一度曾是淳安的粮仓,排溪贯穿了整个浪川平原,为这座粮仓提供了水利的保障。在排溪的上游有着丰富的森林资源,在当时交通极为不便的情况下,木头很难运出来,但浪川人有着自己运木头的方法,每年的汛期借助排溪水流的力量,将在上游砍伐好的木头扔在排溪之中,木头顺着水流顺势而下,只要在几个转弯处让人看守,木头就顺利地运到大联村,然后装车,往需要的地方运。

物资交流会

在那个计划经济的年代里,市场是一个陌生的词汇,但有一个词可以代替当时的市场,就是物资交流会,物资交流会相当于赶集。每到物资交流会,卖小吃的,卖各种各样物品的都有,而且不一定用钱来交易,有时直接物物交易。大家拿自己剩余的东西去换取想要的东西。只要有物资交流会,从浪川、双源、龙川以及姜家的人都赶过来,把一个塥头村挤得水泄不通。在物资交流会上,最开心的还是要数我们这些小鬼了,一到物资交流会,就挤在人群里,看热闹不是主要的目的,两眼直勾勾地盯在地上四处找寻,希望能捡到一两张纸币,那比考试拿满分还开心,当然整个小学阶段,任何一次考试,我都没拿过满分,也就根本不知道拿满分是什么滋味。

随着改革开放的进一步深入,物资交流会这种旧时的市场行为慢慢地退出了历史舞台,浪川乡一条新的街道随着新乡政府的搬迁而逐渐形成,在这条街道上搭满了板棚店。物资交流会在浪川人的心中埋下了市场的种子,改革的风一吹,浪川乡从商的人如雨后春笋,曾一度形成了两个商业中心,一个是乡政府所在地大联,另一个是沙众。

历史已经不再重复,物资交流这种赶集也不会出现在市场经济相当发达的今天,那些挤在人群中希望捡到一两张纸币的小屁孩也只有在自己的回忆中出现了。

浪川中心小学

大联小学最高年级只有四年级,读完四年级,就得前往浪川中心小学读五年级了,当时小学还是五年制的,当时所谓的中心小学也就是四个村的生源:大联、鲍家、马石和联欢。而当年浪川乡虽然不包括马石以北的双源,但也远不止这四个村,东面还有芹川、芹畈、新桥,南面还有洪家、占家、杨家等,所以说当时的浪川中心小学并不大,总共才三幢楼,还包括了一幢是食堂,一幢是厕所,一到四年级四个班,生源就是鲍家村的,五年级三个班。

当年的浪川中心小学还坐落在鲍家村一个山坡上,与鲍家村邻而不融。

在浪川中心小学读书是我第一次住校。因此在我的记忆里第一次有了学校的食堂和寝室的概念。食堂只提供蒸饭和老师的开水,不像现在的学校食堂,什么都提供。全校只有两个寝室,男女各一个。三个班的学生混在一个寝室,不热闹都不行。一到晚自习结

55

束后,那寝室的天地就是另一番景象。住的全是两层的高低床,从这班到那班,只有半米左右的距离,住上层的同学经常跳来跳去地玩耍,难免会出现摔下来的现象。最严重的一次是第一学期期末考试结束后,二班的一名同学在玩耍时从上层摔到地板上,当场晕厥过去。老师用自行车把他送到了大联村那边的卫生院,被确诊为轻度脑震荡。

学校后面有一块地势较高的平地,被划了几小块分给每个班级,那年春季,学校组织我们开展劳动课,就是种花植树,班级与班级之间比赛看谁的责任地规划得更漂亮,植被长得更茂盛。在平地边上有一棵老桂花树,老得树干都空了,我们那瘦小的身体刚好可以钻进树干的空洞里。老树没有茂密的树枝,几根粗壮的树干,零零落落地长出几片叶子,顽强的生命仍在苍老的历史中挣扎着向前。

那时候经常停电,晚上一停电,晚自习就进行不了。为了不让同学们无事生非,鲍校长将大家集中到操场上,让教历史的项老师给大家讲历史故事,讲民间故事。这效果挺好的,大家都很自觉,而且时不时还盼望着停电,可以听项老师讲故事了。讲了些什么故事,我已记不起来了,但快乐却永远留在了我们记忆中。

我在浪川中心小学读书时间是1985—1986那个学年,如果没有记错的话,这个学年中《西游记》电视剧是大家永久的记忆。有的同学晚自习时经常找借口去村里看《西游记》,校长了解这一情况后,做出一个让大家欢呼的决定,将晚自习提前,鲍校长从自家抱来一台14寸的西湖黑白电视机放在教学的过道上,让同学们过足了几周的电视瘾。

岁月的痕迹已经冲淡了很多的记忆,但总有一些东西会留下来,留下来的那些记忆成了我们最珍贵的东西,在今后的岁月里仍将激励着我们向着希望前进。

之后的浪川中心小学从鲍家村里面搬到鲍家村对面,每次经过时,都不由得多看几眼,当年学校的旧址只能远远地看着,那段时光再也回不去了。

五(1)班

我在浪川中心小学读五年级,被分在五(1)班,班上有多少名同学我已经记不清了。班主任姓杨,浪川杨家人,教语文,同时也是浪川乡少先队大队长。在大联小学时就听高年级的人说过这位杨老师。说他有功夫的,而且对学生们很好,因此对他就有了一点点的小崇拜。在排座位时,我跟一位来自马石的女同学同桌。这是我求学以来,第一次与女同学同桌,有点儿拘谨。

某个中午吃完午饭去蒸饭,在门口遇到这位同桌的女同学,她冒出来一句:"日头好大。"跟我同行的男同学就笑道,"鼻子好大。"不想这话惹得那位女同学生气了,去杨老师那里告了状,害得我跟那位取笑她的同学罚站了一节课,然后杨老师就给我换了位置,换到跟那位取笑的男同学一桌。也算是暂别了尴尬的局面。

那时候就是这样,男女同学基本上不说话,有时还形成男女两派对立的阵营。但有时也特别地奇怪,明明喜欢跟那位女生在一起,却喜欢跟她作对,看到她跟你越生气心里也越开心。这些青春期的冲动却让杨老师用一种无形的力量糅合在了一起,让我们懂了五(1)班是一个集体,是所有同学的共同体,而不是一个符号。有了杨老师的带领,五(1)班在五年级三个班中各项成绩都排在首位。

杨老师也让我们认识到了学无止境的具体意思,在自习课上,杨老师也坐在讲台上看他的自学考试的书。我小时候总以为大人是不用读书的,想干什么就干什么,读书只是小孩子的事。杨老师为了鼓励大家多看书,经常以书作为奖励。为了得到一本杨老师的书,大家都暗自加强学习。

　　一年时光很快就流逝了,告别了五年级,也就告别了小学的生活。

　　听说杨老师后来取得了大专的文凭去了双源教初中了。

　　再后来我参加工作了,偶尔得知杨老师到千岛湖职高教书了。偶尔在街上还能遇到杨老师,一声"杨老师",感觉又回到了当年的五(1)班,只是杨老师的背影已经显得有些苍老,岁月带走了一些东西,却只给人们留下两样东西——白发和皱纹。

五(2)班的两位女生

　　五(2)班有两位女生,我在大联小学时就认识了,这种所谓的认识就像大家认识明星一样,你认识她,她不认识你,是单方面的。认识她俩是在四年级时,全乡举行的一次普通话大赛上面,我作为大联小学的代表参加了比赛。由于紧张,我把普通话大赛当成了读书,上去不到一分钟就把内容读完了,而且没有丝毫的停顿。是一次很失败的比赛。

　　而那位女生本来就在中心小学读书,父母好像都在千岛湖附近上班,在同龄当中较早接触普通话,这也是到中心小学后才听说的,一个讲的是《我的理想》,看着亲人的离世,就有了想当医生的理想。另一个讲的内容我已经忘了。到了中心小学之后,那两位女生都分在了五(2)班。不想当医生的那位女生,因为像当年演《霍元甲》中陈真的梁小龙,因此全校都偷偷地说她是"陈真"。

"陈真"的成绩很优秀,但不住校,所以接触的机会较少。偶尔有一次,让我幼小的虚荣心得到了极大的满足。我用父亲给的零用钱,加上当年卖硬纸板的钱买了一套《西游记》画册,借着电视剧《西游记》的热播,这套《西游记》画册,拿到学校后受到同学们的极大追捧,向我借的人不计其数,其他班的同学也来向我借阅,还有低年级的人都慕名来借。

"陈真"也向我借过,一到课间时间,我一出教室门口,她就追着我,要我借给她看。那时我就知道卖关子了,总是说被借光了,其实是想让她再来找我。向我借了两次,我都没借。我等着她第三次来借,她却不来了,我好失落,就亲自送过去一本。不想,她对我说,"已经有人给我看过了。"我可以保证这套《西游记》画册,全校只有这么一套,肯定是哪位男生想讨好"陈真",从我这里借过去给她看了。我问她还有几本没看,她笑笑,没说话。从那时以后,我的《西游记》画册只收回,不外借,等全都收回以后,我把整套拿到"陈真"面前说,"你看看,还有哪几本没看?"

她看着全套的画册,对我一笑,把整套都拿了过去。

现在这套《西游记》画册都不知哪儿去了,怎么找也找不到。

五(2)班的那两位女生,那位想当医生的没有当成,"陈真"后来初中又同班了几年,之后再无她们的消息。

秋季运动会

全乡的学校秋季运动会算是浪川乡的一件大事,每年都在国庆节后举行,举行地点——浪川中学,全乡所有的学校都派人参加,也算是全乡各学校之间的一次交流活动。我个人的性格偏内向,喜静不好动,所以参加运动会与我无缘,但每年国庆我都会随着同学们一同去那个叫浪川中学的地方看运动会。也不算是观看,完全是去凑热闹,看人头。

大联小学操场很小,一圈还不到二十米,不足以开展各项体育运动,就连日常的晨跑都是在公路上跑,操场上只有一个小小的沙坑,供跳远跳高用。但大联小学的抛掷项目却很突出,抛手榴弹,掷铅球,扔垒球都在秋季运动会上取得过优异的成绩。如今想来,这些项目有优势,大概跟学校的传统文化有关,大联小学一直以来把体育课叫作军体课,而且这些项目受操场小的限制小,开展起来很方便。

到了浪川中心小学后,全乡的运动会我仍是当观众,不过加油声比以前多了,项目从单一的抛掷项目拓展到了各个领域。

每年都借运动会之机参观一下浪川中学的校园,那个200米的操场,是当时我见过的最大的操场,还有三层楼的教学楼,在我眼里简直就是高楼大厦了,盼望着自己赶紧长大,踏进浪川中学读书。

我离开浪川中学时,这个运动会仍每年都举行,现在很多学校被撤并了,不知还照常举行不?

毕业照

那天五年级三个班被集中在了操场上,在三个班的班主任及校领导的指挥下,三个班的同学被穿插在了一起,还是学校领导说得好,我们本来就是一个整体,分班只是为了更好地教学,现在大家毕业了,大部分将升入初中,在毕业之前大家拍一张毕业照。

毕业照,我见过的,在鲍校长的办公室的墙上有很多,但我这是第一次拍毕业照,有点儿兴奋。桌子、椅子,还有我们和老师被摄影师指挥坐定后,在闪光灯下我们留下了灿烂的笑容。

拍完照后,鲍校长说,要毕业照的交点钱到他那儿,到时把照片寄给大家。

我乐颠乐颠地去交了钱,多少,我忘了,好像是一角还是两角。

不久之后升学考试结束了,我们都卷起铺盖离开了浪川中心小学,我心中一直惦记着毕业照,不知什么时候鲍校长会把照片给我们。我等完了一个暑假,也没有收到照片。

接下来的日子就是去浪川中学报到了,这次升学考试考得不理想,开学之后也就忘了毕业照的事。有个周末,放学回到父亲单位时,在浪川街上遇到了鲍校长。由于升学考试没考好,我也挺怕见到小学老师的,我正想避开他的视线,却被他叫住了。我很不自然地叫了他一声,"鲍老师!"

他叫住我后,走到我面前,从兜里掏出一张纸币递给我,"那个毕业照曝光了,没用了。"

我接过钱,心里却不是滋味,第一次拍毕业照就这样浪费了表情,又没能留一下瞬间的纪念。我看着校长,他也是一脸的无奈。谁都想把一些记忆用照片或是文字保留下来,但总有些意外让人惋惜。

照片没有了,但记忆不能丢,虽然只有一年的浪川中心小学的生活,现在还时常隐隐约约地在脑海中浮现,那些老师们慈祥和蔼的笑容还留在脑海中。

写这段文字的时候正好是2012年教师节,祝愿天下所有老师们快乐,并且永远年轻。虽然现实让你们很无奈,但你们在学生的眼里永远是那样的高大。

浪川中学

浪川中学毗邻芹畈的自然村老山庵叶家,学校坐南朝北,东面芹畈村,西边接壤大联村,与乡政府只有一条岭三百米左右的距离,北面正对老山庵。老山庵,据老人所说,是一座远近闻名的尼姑庵,在解放后被拆除。

每个星期奔波于浪川与老家之间,都会路过浪川中学,远远望着浪川中学,对学校里的三层楼极是神往,那时三层楼很少见,在浪川中学就有一幢。庆幸的是,每年国庆后浪川乡都举办一年一度的全乡学校运动会,地点就在浪川中学,借此机会可以好好观摩一下那三层的高楼,但也只是站在楼下,不敢走进。对学校里的一切都怀有好奇,最让我惊奇的是学校里光厕所就有三四座。第一次到浪川中学参观运动会时,就像是刘姥姥进了大观园。

浪川中学的校园以200米的操场为中心,教学楼、寝室、行政楼、食堂分布在操场的四周。操场北面中间是学校入口,入口左右两边各一幢二层楼教学楼,一楼安排初一、二的四个班级,二楼均为男生寝室。南边靠山,从东到西分别为教学楼、行政楼和大会堂。中间的行政楼为全样唯一的三层建筑,老师的办公室以及校领导的宿舍都在这楼里。南教学楼,安排了初三的班级以及物理化学实验室,但很大一部分还是老师的宿舍,初三(1)班的女生寝室也在这幢教学楼的一楼。行政楼西边是大会堂。

操场的东面是食堂,西边为女生寝室,全为一层楼的平房。

校园内到处可见高大的苦楝树,将操场以南的那条石子路遮得严严实实。1986年9月,我带着梦想进入浪川中学的校园,对这里一切都充满了好奇,很快就把整个校园都走遍了,还画了一张校园地图,除了上述介绍的楼房,在大会堂后面还有几间平房,听说以前是寝室,也办过复习班,但随着时间的推移,这里一度曾为我们的音乐课教室。

在西北角上除了厕所外,还有一个养猪场,每年的六月学校都会宰掉几头猪供毕业生聚餐用,那时对毕业生的聚餐极为向往。对学校的布局,现在有时想想,校领导也真考虑周到,比如说初三(1)班女生单独设在南教学楼一楼,也是有考虑的,因为当时的姜家区重点班就放在浪川中学,按惯例这个重点班就是(1)班,安排在这里,一是方便,二是安静,有利于学习。当年考高中不是最主要的目标,对我们农村的孩子来说,最重要的目标就是初中中专。

区重点班

当年的浪川属于姜家区,在六十多个乡镇的时代,姜家区辖十个乡镇:姜家镇、郭村乡(现并入姜家)、沈畈乡(后并入郭村)、浪川乡、双源乡(后并入浪川乡)、龙泉乡(后并入姜家)、里桐乡(现合并为梓桐)、中桐乡(现合并为梓桐)、外桐乡(现合并为梓桐)和东亭乡(现合并为界首)。

浪川中学设有重点班,生源来自姜家、郭村、沈畈、龙泉、浪川和双源六个镇,这个班每个年级都定为(1)班,中国人以一为首,所以这个惯例在我读高中的时候还在使用,到后来大概中国人也学会了低调,这种排班的格局才被打破,将重点班定在最后几个数字上面,比如说全年级有五个班,那重点班排在(5)班。

进这个区重点班是众多学子梦寐以求的事,我在读小学五年级时就向着这个目标努力,但功亏一篑在最后的升学考试中,由于功课严重地跷腿,总分没上重点班的分数线,那个暑假我在懊悔和自责中度过,还伴有长辈们的埋怨声。

入学后我被排在了(2)班,也就是浪川乡的尖子班,不管怎么样还是顺利地进入了浪川中学求学。也就是在那天,我暗暗地下定决心要把失去的阵地通过三年努力夺回来。终于等来了在浪川中学的第一堂课,是语文课。上课铃一响,走进来的不是语文老师兼班主任,而是姜校长。他往讲台一站,"由于区重点班有几位同学去了排岭读书,现在空出三个名额,请报到名的同学去隔壁(1)班。"

我不信天上真的会掉馅饼,但这一次被馅饼砸到的居然真的有我。于是,我跟着另外两位同学捧着书包去了隔壁的(1)班。从这一刻起,我所有的雄心壮志,都被击得粉碎。在我背后经常能听到"走后门"一词儿,那时的自尊心被这词儿压得粉碎。再看看如今的社会,有"后门"走那是能人,还要被人高看一眼。尤其是(2)班的班主任教(1)班的历史课,他经常在课堂上扬言,他的班一定能在某课程上超过这个所谓的重点班,"所谓"两字说得特别重。这一年我在这种自卑的心态下,没怎么好好读书,成绩不上不下,中等。一学年结束后,我被告知将继续读初一,理由很简单,我的年龄偏小。这一次我知道是父亲去跑了关系,希望我能够重树学习的信心。

一块手表和一枚校徽

读五年级那一年的正月,我在露天电影场地捡到了一个皮夹,皮夹里有二十几元钱,那个年代,我听长辈们说有十元钱在农村就敢造房子了。二十几元，相当于巨款了，我没通过父母亲，直接去找失主，那皮夹里有一张纸条，上面有失主的名字。这事我写了一篇作文，交上去后，不想鲍校长在全校的新学典礼上通报这事，弄得我不好意思好一阵子，像是做错事了一般。好人的烙印就烙在了幼小的心灵上。

在浪川中学读初一的时候，有次吃完晚饭后去蒸早饭的路上，在操场上捡了一块手表，是机械的，不是电子的。那时电子表已经有了，机械的要比电子的贵好多。我饭也不去蒸了，就直接去找班主任汪提军老师，把手表交上去了。交完之后，再去蒸饭，没等我到食堂，学校的大广播里就开始播招领启事了。我听着，心里也是美滋滋的，得到一种精神上的满足。那一个晚上，我都被至高的荣耀所笼罩着。

读完初一，我留级了，继续读自己的初一。

学校发了新校徽，塑料的，很简单就四个字"浪川中学"，每枚五角。可能是质量问题，那校徽很容易掉。班上很多同学都掉了，掉了就得重新掏钱买。我运气也不要太好，经常能捡到一两枚，开始还老实地交上去。后来有位掉了校徽的同学跟我说，你捡到的校徽卖给我吧，我给你二角钱。我想想，也合算，他少出三角，我又能得到二角钱，皆大欢喜。

交易在当天下午就实现了，我拿着卖校徽得来的二角钱去学校小卖部好好满足了一回欲望。等我回到教室时，被班主任叫住了，有人举报我捡到的校徽不但没上交，而且还卖给了同学，这种性质相当恶劣。班主任在班上点名批评了我，我的头低得真想找个地洞钻进去。

但这事还没完，在学校期中的一次全校学生大会上，新上任的章校长在大会上点名说了这件事,全校的眼睛都集中在了我的脸上,那真叫一个无地自容呀。我因此被班上定为"后进生",接受了学校的特别教育。

班规

第二个初一,一切都是新的,班主任是教政治的邵老师,邵老师搬出了一大堆的班规,把我们的行为用这些条条款款框起来,违规就扣分,表现好就加分,有时还要罚款,由副班长全权负责记录每个同学的加扣分情况,到学期末按最终得分结果排名,把罚来的钱买些小礼品,发给大家。这一整套的班规完全是一个小社会的法律,不愧是教政治的老师。

学习成绩好的不怕平时扣分,一到考试,总分排前十名的都有加分,而且加得比较多。还有按时交学杂费的也有分加,好人好事有分加,单项竞争前几名的有分加。不过总的比起来加分项比扣分项少得多。寝室熄灯说话的扣,上课搞小动作的扣,出操不按时的扣……现在想来,很多条款都已经忘了,但那班规确实在我人生中存在过,而且对我的人生产生过很大的影响。

我在那时应该说很不出众,学习成绩不上不下,那些加分项对我来说相当于浮云,但那些扣分罚款对我来说也相当于浮云。因此期末的班分奖对我来说也相当于浮云,只有看着其他同学拿奖的份儿。但我有一个优点,就爱听话,一个学期下来能加的分我都能加到,只是少一点,但从来没有扣一分。初一第二个学期,我成了班上唯一没扣分的人,引起了邵老师的注意,因此还专门给我颁了一个"班分特别奖"。很难得,在此后的三年中,我都没有被扣掉一分。

但这种被条条款款所框住的我们,缺少很多的创新和突破,学习上中规中矩,被驯服得如同关在笼中的野兽,不敢提出异议,这不敢,那不敢,到最后只有一塘死水。初中毕业后,我们这个区重点班考上淳中12个,杭高1个,大家向往的初中中专只考上了一个。现在想来真不知是班规害了我们还是帮了我们。

负壹号

在班规严厉地压制下,同学们的心只有放在了学习上。但有一个例外,那就是数学老师的课让大家感到了意外,不知是他怀才不遇还是其他原因。原来口碑很好的数学老师突然变了,变得特别地不理性。上课时叫同学站起来回答问题,答不出来站着,再提问答不出来站凳子上,再提问还答不上来,站桌子上,一节下来教室里高高低低地站满了人。甚至他还把一位个子较小的学生给横着举了起来。

初一的教室在北教学楼,从窗户里可以看到对面公路上的一切,有个下午的自习,有几位同学从窗户里看到数学老师拖着自行车回校,就开心地叫起来,那时不知什么缘故,有三分之一的同学都跑到窗户边上去看。

数学老师远远地见到这一幕,一进校门就直奔教室,把那些跑到窗户边上张望的人都叫到前面,从一号编到十号,又继续问,还有谁是十一号。突然有一个声音响起,"负一号!"同学们在紧张的氛围下,突然被一下搞得全都笑了。

"好,负一号,给我站出来。"数学老师厉声道,"号都编好了,从1号到10号,你们轮着给我宿舍打水,搞卫生,今天就开始每天两个人,单号打水,双号搞卫生,下一轮,双号打水,单号搞卫生。你这个负一号,做好准备,我想到什么任务再给你。"

负一号后来有没有被分配任务我就不得而知了,但在我们幼小的心灵里埋进了阴影,这跟后来我们的数学成绩差有很大的关系。

不管怎么说,这位数学老师还是值得我们尊敬的,到了初二他开始认真地教我们了,时不时还跟我们开点玩笑,毕竟是年轻的老师,还是很容易跟我们打成一片的。到了初三,他只教了我们一个学期,初三第二学期他调走了。

大麻子和见钱眼开

大麻子不是骂谁,而是地理老师的风趣。地理课在小学也有,但因为它是副课,所以基本上没学过,一学期下来,书还是那本书,崭新的。记得有年期末考是全县统一的试卷,考题大多数是淳安地理,那时同学们都被考傻眼了。到初中,再次看到地理课,从长江到黄河,从海洋到沙漠,一切都给了我前所未有的见识,切切实实地感受到了地理课的魅力。但它仍是副课,不只老师不重视,学生自己也不太重视。

教地理的老师姓洪,他讲的地理课很风趣,他把地图上的沙漠比喻成大麻子,很形象,也很吸引人。但仍有很多同学不爱听,有搞小动作的,有看课外书的,也有交头接耳说悄悄话的。看课外书的当然把地理课本当成掩饰,盖在课外书上面,老师走近了,就拿过来盖上,走开了又继续。其实这些小动作根本瞒不过老师的眼睛。只见洪老师慢悠悠地拿着课本在教室里踱来踱去,在那位看课外书的同学桌边停下来，用手指着那位同学课本上的地图说，你看这里有一大块麻子，这里是一条内陆河，手指慢慢地移向课本边缘，按在底下的课外书上，迅速地将课外书从下面抽上来，"这又是什么呢？"

那位同学就坐在我前排，这一举一动我看得很清楚，如今想起来就好像发生在眼前一样。书被洪老师拿走了，也没留下什么狠话，只是淡淡地说，我借去看看，看完了还你。

洪老师还经常拿淳安的特产来开涮，跟同学说，学好地理其实很有用处，特别是了解淳安本地的物产，等走上社会把那些物产包装后，取个新名字可以赚大钱呢，番薯嘛你可以取名为长在地下的苹果，那些"娃娃信"（地衣），外面有木耳银耳，你可以给它取名为石耳呀。

同为副课的历史，那老师又是另外一个模样。在历史课时有位同学睡着了，刚好讲台上有一枚分币，历史老师就拿着这枚分币走到那位睡觉的同学身边，推了推他说，"这位同学，这个给你。"那位同学自然就醒了，睁开眼，仿佛被吓到了一样，赶紧坐正身子。

历史老师很得意地说，"你们知道这叫什么吗？这就是瞎子见钱眼开。"

同学们都没被这种冷幽默搞笑，当时我感觉心里特别沉重。

白居易

浪川中学每年元旦都会组织一次文艺会演，每个班至少要排一个节目，文艺活动对我来说也只有看的份儿，本人五音不全不说，可能还是受当时教育模式的影响，主副课分得很明确，艺术嘛副课中的副课，很少去关注。

说回文艺会演的事，给我印象最深的文艺会演是由来自郭村的章老师主持的那次，他身穿一身白西服，自喻为白居易，他是教地理的，自然主持中不乏地理知识，从磨心尖说到公山尖（浪川中学与公山尖遥遥相望），从新安江水库说到学校后面的小水库，从历史说到现实，从书本说到眼下的文艺会演，那抑扬顿挫的语调，那调侃诙谐的语气，无不让座下的学生产生膜拜的情绪。

很多年以后的如今，对当年那些节目已经遗忘，但白居易的形象至今还留在脑海中，但细节已经忘了。或许人生也是一样，很多美好的细节都会被人遗忘，但唯一留在脑海中的是那些出奇的场景和那些痛苦的经历，就像一幅画，大家记牢的是那些勾勒画面的粗线条。

浪川中学集聚了一大批有才气的年轻教师，他们有思想有抱负，他们也曾创下过骄人的业绩，不管后来怎么样，这些人都是值得我们尊敬的老师。

告别浪中

1990年6月中考结束后，我在浪川的八年生活也随之结束了，浪川这块土地从那时开始成了我人生旅途的中点站，只是偶尔路过。八年生活在我人生里留下的点点滴滴，带我一步步走向成熟，如今回想起这八年的生活，有感慨，有感叹，也有感激，八年生活大部分都是学校的生活，所以我只有说我知道浪川，但不了解浪川，毕竟那时年纪小，很多事都不太懂，对有些现象也只是知道表象，而不知其人文内涵。

　　在浪中的最后一个晚上,我独自去了学校后面的小水库边,那曾是我经常光顾的地方,坐在水边听松涛声,背政治背课文,但这最后一次是在晚上,我躺在草地上,看着天上的星星,听着蛙声,真想这时间就一直这样静下去,不用读书,不用考试,不用计较大人的想法和行为。

　　时间回到了离校那一天清晨,和往常一样,我早早起床去教室,教室一片狼藉,我坐在自己的位置上,再一次陷入了沉思。不知什么时候,从教室外面的走廊里传来了脚步声,由东而来,朝着教室走来,然后停在了教室门口。

　　我没有回头,也不想回头。

　　"嗨!"声音短而清脆,是同班的一位同学,"你怎么这么早就在教室里了?"

　　"我以为时间还在中考之前。三年来养成的抢早习惯,一时还改不掉。"我没有回头,两眼直勾勾看着黑板上那几个大字"同学再见!"说着。

　　"我也是。"

　　我笑了,她也笑了。

　　她坐到她自己的座位,在我前面,我此时才发现她穿了件红衬衫,一头齐肩长发自然垂下,很少注意到这些,可能是学习太紧了吧。

　　我坐了一会儿,就站起来往教室外走。

　　"嗨,能留下来一起把教室的卫生搞下吗?"她的声音特别好听。

　　我停住了外逃的脚步,到前面拿了脸盆去水池打水,等我打水回来,她已经把椅子全翻到桌子上了,正等着我洒水。

　　教室里很静,只听见沙沙的扫地声和我们的喘气声,我偷偷地瞄了她一眼,汗水挂在她鼻尖上,她很认真地干着活。

　　教室打扫干净了,我离开了教室,几个小时后毕业典礼结束了,我离开了浪川。

浪山庵

浪川，与我的童年有着割不断的关系，从老家去浪川必定经过浪山庵脚。浪山庵于童年的我来说，那只是一个地名，一个在当地出名的地方。只要提到浪川，浪山庵就会被提起，浪山庵对面有个自然村，人们都称它为"浪山庵叶家"，以区别沙众叶家。浪山庵位于如今浪川乡的腹地，连接着浪川两个平地，以西是排溪流域平原，素有"淳安粮仓"的美称，以东是新桥、芹川田畈。

浪山庵在我出生前已不复存在，只给当地留下这个地名。从长辈们的指点来看，它坐落于浪川中学对面的山丘上。在遗址的南面有一座更高的山峰。20世纪80年代，电视机在农村普及的时候，为改善收视效果，浪川人便在此山峰上建了电视转播塔，至今还能看到这个小房子。浪川乡政府所在地大联村，处于浪川平原的东侧，与浪山庵接壤。浪川乡政府就在浪山庵的西南侧山脚。

在浪川中学读初中的时候，趁着晚饭后的课余时间上过浪山庵几次，沿着山路上去，当年的台阶仍清晰可辨，山泉也依然汩汩而流。漫山遍野长着南天竺，一到秋天，就漫山泛红。山顶较平，是明显的喀斯特地貌，石头千奇百怪，沟沟壑壑，千回百转，极为有趣，那时还不知石林为何物，其实这浪山庵就是典型的石林地貌。这种地貌与周边山丘的差异，造成了一种视觉上的享受。若不是赶着上晚自习，我们真想在这里玩一回捉迷藏。

73

那时对浪山庵的认识仅仅停留在这地名和这地貌的表象之上，而对其背后的历史，以及埋在时间里的那些地域性的回忆，了解掌握得并不多，也没听老辈人过多地谈起过。

多年以后，我在翻阅《民国遂安县志》和《济阳银峰江氏宗谱》时，发现了一些与浪山庵有关的史料：

浪山庵，县北。明徐姓建。山高约二里许，风景清雅，飘飘出尘，幽人逸士多习静其中。

庚济（王氏，芹川人），字韵金，年十九以冠军补诸生，旋食饩，与邑中诸名士结文社浪山庵，益自奋励，务为根柢之学。平生端品励行，律己严谨，与人谦逊有礼。晚年尤精研灵素诸书，为人治病，全活者岁数百人。

王氏马石桥王宝槐女，名香女，父卒，守贞不字，奉事祖父母，学出世法，茹素诵经，晚年习静浪山庵中，一尘不著，望而知为道德中人。

从这些史料可以看出，浪山庵曾经作为道德高地立在浪川这片土地上，屹立于当地百姓的心中。由此可知，浪山庵成为当地老辈人的话语中的地标，不断地被提起，是完全可以理解的。但由于一些特殊的历史缘故，让人欲言又止，而不便过多提及。

在《济阳银峰江氏宗谱》第二卷中的山底里居图（山底系大联村毛家山底自然村）中有浪山庵和百步街。从此图上看，百步街就是上浪山庵的石阶。此处以"街"命名，并非是"阶"的谐音或是通假，在当地方言中，石阶台阶都叫"踏步基"，而无近"阶"的发音，此处的"街"或许是因为浪山庵在当时的香火旺盛的一个写照。多少年以后的现在,浪川乡形成了这条十字街,东街正好连接起当年的百步街。这或许是历史打下的伏笔,冥冥之中指引着浪川人的发展思路。

在江氏宗谱中将百步街、浪山庵作为里居八景之一,录有《百步古街》《浪山钟声》两首八景诗。在瑞塘汪氏的宗谱中,浪山庵也为八景之一,载有《浪山古庵》八景诗:"紫翠层峦四面通,庵名殿志宝周雄。精灵佛座长安奠,专佑人间化育功。"

在浪山庵对面是一座学校和一个自然村,浪川初中和浪山庵叶家自然村。在20世纪80年代,曾经的姜家区姜家片的初中重点班便放在浪川初中。浪川初中建于新中国成立之后,这个选址,还有浪川乡政府在20世纪80年代重新选址,是否都与浪山庵在当地人心目中的道德高地有关,就不得而知了,因找不到相关的史料,便不好加以推断。

在千汾线没开通之前,浪山庵叶家村口有一口池塘,池塘分内外两层,中间有堤坝相隔,内层池塘是叶家村民以洗衣物为主,外层池塘以灌溉为主。池塘西岸有一风塍,上面那些柏树也有百年树龄。当年的百步街穿过这风塍,这风塍位于两座山之间,它还起着地界的作用,风塍以西是大联村地界。在建千汾线时,该池塘被填,唯有风塍上那几棵柏树仍在凝视着世事的变迁。

梦回大连岭

马蹄敲击着青石板,清脆的"嗒嗒"声,从历史的长河中破空而来,载着过去,载着梦想,载着沉甸甸的历史。古道、夕阳和历史,被酒浸泡的红色记忆,沿着大连岭一路泼洒,六十里的天梯,六十里的诗篇,一路写去。跟随马蹄声,从梦境走入大连岭,不为膜拜,只为找寻红军当年的足迹。

踏着当年红军留下的足迹,用心跳和汗水去感受当年的艰辛,要知踩出这足迹的不是球鞋,而是草鞋。累了,长亭歇歇,渴了,喝口山泉。当年红军,可没这么惬意,在山中古道盘旋,不为个人得失,只为救助更多受苦受难的国人,为的是心中不灭的理想,在前有围堵后有追兵的情况之下,每一次行军都是在跟时间赛跑,跟体力极限做较量,跟死神在做决斗。

坐于亭中,侧耳倾听,风在乔木杂草间吟唱,时而低沉,时而高亢,那起伏的松涛便是曲谱,大连岭的风吹不散时代的繁华,吹落的只是天地间最后一片残阳,暮色悄然走近了大连岭。暮色之下,大连岭静卧浙皖之间,明月缓缓升起,月光皎洁如雪,照着过去,照着古人,照着红军,也照着现在,照着今人。置身于大连岭顶,遥望着明月,横笛吹起几丝乡愁,一杯浊酒映着明月,不知醉了谁。历史易述,却难再现,唯有踩着红军的足迹,做好接班人,完成前人未竟事业,将红军的足迹踩向更远。

　　对大连岭的向往历来已久，儿时的冬天，经常望着那被冬雪覆盖的山脉，白皑皑的，令人神往，自言自语地问那里是什么地方？后来从大人的话语中得知，那是大连岭，那里的雪要到夏初才融化。大连岭第一次进入了我的意识之中，因为对雪的向往，也对大连岭有了向往。

　　那时，经常从电影，所学的语文课本中，历史书中了解到红军，感觉这一切离我所生活的环境是那么遥远，仿佛是在另外一个时空。偶然一次，从一位同学的奶奶那里听到了大连岭上红军的故事，顷刻对大连岭肃然起敬，感觉到历史原来跟我们这么近，抬头便可见，触手即可摸。那刻，我抬头仰望着大连岭，仿佛自己就置身于历史长河之中，直接与红军对上了话，对大连岭的向往陡然骤升，已不再是单纯地对雪的向往。

　　工作之后，有条件更多了解淳安的历史，从资料中知道了，处于大连岭山麓的狮古山被称为"浙西井冈"，也知道了寻淮洲、大将粟裕都曾在这里战斗过，大连岭的传说不只有红军，还有好多民间传说，对大连岭的向往再次被点燃，但由于种种原因始终不能成行，或许如此更好，大连岭于我始终保持神秘感。如今的我在空间上离大连岭是远了，但心却近了，只要愿意，随时都可以打开谷歌地球，不到一分钟就能在空中俯视大连岭，看着连绵的山脉，看着崎岖的大连岭，臆想着当年红军所经历的种种艰难。

　　梦回也好，臆想也好，也都表达不全对大连岭的向往和敬意。

下一站：枫树岭

从伊家坑（伊川）到枫树岭，也就不到半小时的车程，乘车虽然能快速到达目的地，却会错过沿途的风景。于是这个秋季，我选择步行，从伊家坑出发，穿过汪村，穿过楼底自然村，下一站到达枫树岭。路两旁叫不出名的菊科，小黄花开得正艳，白色的油茶花抖落一季的诗意，几朵忘了季节的梨花也悄然绽放，刚施过肥的茶园散发着一股菜饼的清香。时而还看到农民把一串串硕大的番薯搬上三轮车，一切都那么恬静和美好。

幸好有伊家坑前往枫树岭的三位学生一路相随，年轻的身影给这次旅程带来了无限的青春遐想。和他们有说有笑，这笑仿佛与这环境相映成趣。

穿过薛家源隧道，下一站便是枫树岭，我与三位学生分开，他们去了学校，我独自去了候车亭，等候去千岛湖的班车。

候车亭内坐着一老一小，应该是祖孙俩，小孩胖乎乎十分可爱，老人忧心忡忡若有所思。我走进，对他们笑笑，顺便问了声，你们去哪儿？这算是我的开场白。

老人说，女儿把钥匙忘在家里了，我得把它送到千岛湖去。

我在想，从枫树岭到千岛湖乘班车要50分钟，有时间当然不是问题，可一来一去要差不多两小时，但是，如果放心的话，我可以帮你带过去。

老人似乎不太相信自己的耳朵，说："怎么不放心，你怎么这么好？"

"你怎么这么好？"对我来说似乎很受用，也就客气地说了声，顺便的事。

老人开始打电话，我在一旁听到，从老人单方面的话语中，我得知她女儿已经开车往回赶了。

老人放下电话后，对我说，那就不麻烦你了。然后又问我从哪儿来，说好像没见过我。

伊川。我说我从伊川过来。

伊川？！老人听到这两个字，很兴奋，她说，她就是伊川的女儿。又问我在伊川做什么。

我不知如何回答她，通过几秒钟的迟疑还是说了实话，我在伊川任第一书记，昨天下午过来的，今天下午回千岛湖。

"那又真巧了，我妈妈是村里的老党员。"老人微笑地看着我。

她说这话的时候，我马上就做出了反应，老周，周代莲？

刚出村的时候，还和老周谈论过现在农村管理的事，她以一种她们那辈人独有的情怀，说着以前的种种，无私奉献，公正公平，村里的人心也齐。而现在生活是好了，但有两样东西就是下不到农村，一个是老师，一个是医生。这些话出自一位80多岁的老党员，让我体会到她身上那种社会责任感。每月的25日是党员固定活动日，而80岁以上的老党员是没有硬要求来参加的，但老周每次都到会，积极参与活动。去年市里还专程来慰问过她。

"周代莲"三个字，刚从我口中吐出。老人迅速地应道：对。在这一个短促的发音中，我听出了她的兴奋，这种兴奋来自一种自豪的力量，为一个伟大的母亲，或许是为一个倾心为村里做事的老党员。

她看着我，笑了，那笑来自内心深处，我能体会到，所以我也笑了。

　　"真不好意思，那就不麻烦你了，我女儿说自己开车过来拿。"老人边向我解释着，边带着小孩离开了候车亭。

　　老人离开之后，我看着候车亭的牌子，算着时间，感觉还有闲余。

　　我站在候车亭这里开始仔细地打量起这座浙西小镇。

　　或许我已经忘了第一次接近枫树岭时的情景，也就在这一次次的接近中，我与枫树岭结下了不解之缘，这种缘分从文学开始，源自下姜，却又将这种缘分洒向枫树岭更广袤的土地。从下姜到白马，到知心坑，到磨心尖，又到了现在的伊川。而每次经过枫树岭都会惊喜发现她在悄然改变着。

　　正当我想着更多关于我与枫树岭的事时，刚离开的老人拎着一个袋子向候车亭走来。

　　她走进亭子，把袋子交到我手上，那是一份快餐。

　　"已经中午了，你就将就吃点吧，吃饱了好赶车。"老人笑着对我说。

　　我急忙摆摆手："不用了，我回千岛湖吃，来得及的。"

　　老人硬是把快餐交到我手上，说这是缘分。

　　我拿着快餐，傻站在那里，看着老人离去的身影，顿时语塞，内心却是暖暖的。

　　我知道，我与枫树岭又多了一层情感。或许枫树岭这片土地除了盛产毛竹、中药材等特产外，还盛产坦诚和人与人之间的信任，这特产就如乳洞的清泉潺潺不竭。

仙气洞溪源

在汉语中,洞字,可作动词、形容词和名词。对于洞溪来说,这洞字,三重词性齐备。洞溪,出口处,两岸峭壁林立,有如深洞,可为名词。洞溪的水,湍湍从千里岗而来,幽深而又急湍,可为形容词。峡谷中的洞溪,劈开了两边的山峰,洞穿而出,有如蛟出洞之势,可为动词。

一

洞溪是大墅镇境内的一条重要河流,全长13公里。大墅的地势为南高北低,南面为千里岗,北面为千岛湖,大墅镇境内的水系,基本为南北走向。洞溪也不例外,发源于淳安南面的千里岗山脉,在洞口自然村汇入枫林港,然后注入千岛湖。按淳安人习惯,洞溪流域被称为洞溪源。但在此源中,并非所有水系全都流入洞溪,也有例外,殊塘的五个自然村以及洞坞的花石源自然村的水并不流向洞溪。殊塘的水西南流向白马溪,然后流入枫树岭水库。花石源的水南北走向,但直接汇入枫林港。

洞溪源从西园到桃源凌家,有6个行政村,34个自然村。这34个自然村,有9个以"坞"为后缀,占了近四分之一。坞,泛指四面高,中间低的处所。仅看这些村名,就可以看出这条源有着独特地形地貌,

81

这里的地形是淳安典型的丘陵小盆地,村庄在群山的环抱之中。如果将环山喻为莲花瓣,那么村庄就是莲蓬。坐在莲蓬之上,那是神仙才享受的待遇,而在这里,在洞溪源里,不用得道成仙,也有神仙的待遇。

说起莲花,那我们就到桃源凌家孙家畈自然村去看看。

夏日,开车从千岛湖沿淳杨线出发,快到下姜隧道处,一大片荷花跃入眼帘,一阵风后,头戴纶巾的独脚仙,以及荷花仙子,纷纷向大家点头微笑。而在他们背后,便是铁骨铮铮的公山尖,峭壁挺立。这一刚一柔的相互映衬,让这片土地充满了神奇和仙气。这里便是洞溪源的终点桃源凌家。

从桃源凌家驿站转入源内,两边是峻拔的山峰,是典型的花岗岩地貌,大自然鬼斧神工,造就了这里的峡谷地貌,溪水穿山而来,两边是嶙峋峭壁、雄伟峻奇,直线海拔600—700米的山,其中就有公山尖和银山尖。淳安有三座公山尖,而大墅的公山尖海拔第二,只有658米,但海拔并不等同名气,这海拔较低的大墅公山尖,名气反而是最高的。这与洞溪源整体环境和当地的经济发展有着莫大的关系。

每逢雨季,雨水汇聚成流,从峭壁上飞流直下,形成一道道瀑布,极为壮观,那奔流而下的瀑布,落在谷底岩石之上,似有击缶之势,声如奔雷。上百条瀑布同时落下,如万马齐鸣,气势如虹,不由得让人想起2008年北京奥运会开幕式上的击缶场景。那垂直落下的水柱,重重击在岩石之上,瞬间溅起的水雾,升腾而起,缥缈散开,为峡谷编织一条少女面纱,似隐似现,此时若置身其中,仿若人间仙境。

去洞溪源那天,是一个秋天。一进洞口,便下起了小雨,在状元石下，观摩起"仙人挂画"。刚驻足一会儿，便不知从哪儿飘过来丝丝雾气，把峭壁朦胧地遮了起来。

雨季过后，水流瀑布在峭壁上留下纵横交错的痕迹，有飘逸书画之美，轻柔而又透着一股劲道。久而久之，便成了一幅天然画卷。于是便有了"仙人挂画"的传说。

传说一得道小神路过此地，见如此美景，山奇水清，环境清幽，便忍不住驻足观赏，一时便感心旷神怡、不舍离去，便留在此地修炼。受益于山水之灵气，日月之精华。小神原本需千年方可修炼成仙，在此地，修炼五百年后，便成仙飞天。飞天之际，神仙执山中枯芒，在石壁上游龙走凤，削石去泥，画下自己的成仙之道。并将两颗宝石留在此地，成为当地的守护神。

诚然，这世上是没有神仙的，劳动人民好奇于自然力量的巧夺天工，尤其是在农耕时代，生产能力极为有限，对这种神秘力量的敬重和崇拜，便赋予了这种力量人文的色彩。那两颗宝石，也被后世人重新发现：一颗是生态，另一颗是勤劳。

对神仙的敬拜，也是中国人敬畏自然的一种方式。中国人对自然的神化，是为了融入自然，而非像西方人一样，了解自然是为了征服自然。传说故事，就是中国人对自然的神化，传说的力量，虽然在一定程度上会局限人的思维方式，但也有其积极的一面。那便是对自然的敬畏，人不能脱离自然而独立存在，人可以得道，可以成神，可以升仙，成为神奇力量的一部分，人就是自然界的一部分。存在的可能，并非就能达到，还是需要自己的勤奋付出，但也不排除捷径，好的外部环境可以助推自己的勤奋，使其事半功倍。

二

2014年中秋时节，出家在普陀洛迦山的妙空法师来到了洞溪源的坛山。本来，他只是应俗家弟子张浩之邀来云游坛山，不想这一来，就不走了。于是，那个仙人挂画的传说，有了切切实实的现实版。无疑，这又给洞溪源添上一笔神秘的色彩。

妙空法师第一次踏入洞溪源的时候，秋天的色彩还没完全铺开，也没有春天那万马齐奔的气势。这是洞溪源最幽静，最平淡无奇的季节。溪水静静地流淌，峭壁翘首望天。唯有风，轻轻拂过山岗，夹杂着稻谷的清香。这样一个季节，平静无奇，却让妙空法师大为惊讶，幽静中蕴藏了一股超凡的力量。游子对于故乡，是乡愁。教徒对于圣地，是朝圣。而妙空对于坛山，显然两者都不是。但一处人间秘境，却入了他的法眼。

来了，就不曾想过离开。这是缘，奇缘，佛缘，仙缘。

妙空去坛山那天，天阴沉沉的，似雨非雨。一踏入洞口，景象大变，山陡，水清，似仙境般，山腰间云雾缭绕，似显似隐，在显与隐之间，便将禅意诠释得特别真切。山路向内伸展，两边有时突然开阔，有时又变得狭窄。这难道不是人生的写照吗，人一生不可能一马平川，顺风顺水，难免会有挫败的时候。妙空听着陈美清讲着这里的民间传说，思绪早已放飞在了高山流水之间，那时的心，却是特别地静。

从洞坞左转上山，去坛山就得翻过这座山，路过三个自然村，焦坞、破茶坞和岙头。

到了破茶坞，这里与之前所见的地形又有不同，这里多为红土，而非一路相伴的花岗岩体。这里海拔已经达到500米以上，在康庄公路没通之前，车不太能上来。因此村里建新房时，就地取材，以红土为原料,房屋的墙壁全部用红土夯实。外墙看上去红红的,形成当地的一绝。为了房屋更加牢固,有时也在红土中加当地的竹片、棕毛等,这跟现在用钢筋做骨架是一个道理。

破茶坞、呑头自然村已下山移民,原有的房屋却被保护下来,毕竟这样的泥墙房越来越少了。作为历史的记忆,或是传统手工艺的见证,这些泥墙房都有其继续存在的价值。如何保护和利用,大墅镇已有规划。有位叫余卫星的金峰人收购了这个小山村,将其按原样修复,他还收购了大量的农耕时代的物件,已经渐行渐远的农耕时代,或许可以部分地还原在这个民宿里。不久,一处叫"隐香西院"的民宿,体现农耕文明的民宿将在破茶坞建成。

从呑头自然村口左转,翻过这座山,路开始往下走。转过几道弯,眼前突然开阔起来。

在这山顶,突然出现一片平地。妙空到达坛山的时候,天开始放晴。雾霭一扫而空,刚被细雨清洗过的天空,特别地蓝,特别地透彻。更难得的是,这里能听到几声鸟叫,以及有风吹过山林,那山峰像叠起的莲花瓣,将坛山紧紧包裹。

妙空决定在这里住下。远离了景区的喧嚣,远离了都市的繁杂。

住了妙空法师的坛山,还是坛山,云雾来的时候,将整个坛山笼罩,云雾散的时候,方圆几十公里的景物尽收眼底。在那平地的南边,众弟子为妙空法师修筑简单的禅院,以供法师清修参禅。禅院与坛山水库紧紧挨着。

在浙西的洞溪源的坛山,给妙空最大的体会,不是奇山秀水,而是安静。只有静才能潜心修炼,只有静才能抛开一切杂念,钻研经典,修行悟道。过去,不管是佛教寺庙,还是道教的道观,都建在相对安静一点的地方,安静是出家人一生所追寻的。重返宁静,返璞归真,仿佛给心灵找到一处最佳的安放之所。

在坛山住了一年,妙空被上海的俗家弟子张浩邀请去上海做体检,原先的结石与囊肿都消失得无影无踪了。探究原因时,就直接指向了洞溪源的气候与水。

陈美清和张浩把洞坞的水取样送去化验,化验结果是:低钠。

这又不得不说洞溪源的地貌。洞溪源两侧山体以花岗岩为主,花岗岩又以石英为主,雨水流过,很少有物质被溶解。经高山流下,在岩石间撞击,山风一起,便能带起一片水汽,在空气里凝结成雾。这水不管以何种形式存在于洞溪尖中,都一直保持着其特有的纯性。是山的纯粹,造就了这水的纯粹。大墅集镇附近7000人口的生产生活用水均来源于此。

好水,就要有它应有的价值。陈美清和张浩一合计,便决定开一家水厂"谦美实业",生产高端的饮用水"谦牧山泉"。谦美实业生产的瓶装水全部销往上海。这个叫"谦牧山泉"的水,用价格体现它的价值。对于"牧"字,作为20世纪70年代出生的我来说,有一种难以割舍的情怀,孩童时常常拿一本书,牵一头牛,边牧牛边看书,那是一种让心回归自然的感觉,这种心境或许无法用价格来衡量。"低钠·至纯·谦享自然",山泉的包装上的这几个词,把洞溪源的仙气连同这优质的山泉水一起销往外地。在瓶体的上部满满印了几圈坤和艮卦。坤,代表地,艮代表山。这其中所要表达的意思,或许山里有自己的发言权。山是洞溪源骨,地是肉,而水是这里的魂。

那水源地本来就是洞坞村的风水宝地,水源所在山谷,三面被陡山所拥,只留下窄窄的一片天空,站在山谷口往上看,仿佛置身一口井中。在取水口,建了水池,加盖了防护设施,还立了块石碑,石碑上刻着"千手千眼无碍大悲心陀尼经"。

洞溪源的水养育了洞溪一辈又一辈的人,走出大山的洞溪源的儿女们,总以他们独有的方式反哺洞溪源,像陈美清就是其中一例,他的谦美实业用工基本上都是本村镇的人。

三

第一次去洞溪源,是2018年中秋小长假期间。从桃源凌家拐入洞溪源,兰纳农旅小镇就在边上,沿着康庄公路继续向前延伸。路边的缓坡上放满了蜂桶,一排排,整齐地摆放。蜜蜂一直以来,都是勤劳的象征,它们采蜜酿蜜,而自己享用的就那么一点点。而在洞坞村,也有这样一位蜜蜂式的人物。

她就是洞坞村的支部书记兼村委会主任,王金仙。很巧的是,她以"仙"入名,与洞溪源的仙气有着不解之缘。她被村里人称为"洞溪源里的点金手"。淳安县首批"四种人"发展带人标兵。

洞坞村位于洞溪源的中心位置,洞溪在洞口自然村汇入枫林港。全村地域面积11.2平方千米,共109户,373人口,拥有耕地面积325亩,山林面积13335亩。是洞溪源6个行政村中,自然村最多的一个村。妙空法师住山处坛山就在洞坞村内。

洞坞虽然有着优质的自然资源,这里山奇秀,水奇清,可这样的资源优势如何转换为经济优势,这是王金仙一直在思考的问题。有时,抬头望着这山这水,就发半天呆。卖风景搞旅游,那要等游客上门。如何把这里的资源打包成产品主动送到城里?

山上,田间的风景,四季轮换。春天满山的杜鹃花,满田野的油菜花,更有不知名的野花开满山野;秋天的油茶花,那满花蕊都是蜜。

蜜,多么甜,是幸福生活的象征。

对,洞坞漫山遍野的花,是重要的蜜源。为何不大力发展养蜂产业。王金仙想到了蜜,便笑得像花一样。2016年,她召集村两委的干部商量,把养蜂作为增加村民经济收入产业来抓。

养蜂对于洞坞村人来说,也并不是新鲜事,村里有人零星地养,不成规模,不能称为产业。而且由于技术不过关,割出来的蜜杂质多,很多人养个几桶,只供自己家人吃,没有经济效益。

"养蜂好是好,但我们没有技术,养不好。"

"蜜往哪儿销?"

村两委展开了热烈的讨论,很多现实的问题被一一罗列出来。

"只要干起来,办法总会有的。"面对村干部和村民的疑问,王金仙给出了这样的回答。

她把想法告诉了女儿,女儿积极支持她的想法,为她点了一个赞,还给她解决了一个问题。她女儿就是电商从业人员,村里产出来的蜜完全可以在电商平台上销售,只要轻轻一点,村里的优质蜂蜜就能销往世界各地。

有了女儿的支持,王金仙心里更有底气了。她的这些想法不经意地传到了镇里的领导那儿,镇领导对她的想法相当支持,说,技术不是问题,镇里可以帮助联系养蜂专家来村里开展业务培训。技术问题和销路问题都解决了。接下来就是干了。

怎么干?要干就要干大的,干出规模,那样集聚效益才凸显出来。不仅要自己干,还得带动全村人都干起来。一方面要求村两委班子在村里宣传养蜂的好处,另一方面,为低收入农户免费发放蜂桶。

现实的困难远比想象中的要多。一开始,并不顺利。各种各样的问题层出不穷,毕竟蜜蜂是活物,对自己的生存环境还很挑剔。而且多数村民对养蜂并不那么熟悉,一堂培训课能记住一两点已经不错了。

怎么清理维护蜂桶? 多久一次比较合适?

割蜜时以前人们喜欢用烟熏,但割出来的蜜有烟味,有没有更好的办法? 割蜜时,给蜜蜂留多少蜜比较合适?

蜜蜂怎么度夏? 冬天没蜜源,蜜蜂怎么办?

蜜蜂生病了怎么办? 有其他蜂种入侵怎么办?

……

随着养蜂的村民越来越多,问题也越来越多。王金仙面对蜂农们提出来的问题,总是毫不吝啬地传授自己所积累下来的经验,总是不厌其烦地、耐心地跟大家讲解。

村民倪山水70多岁了,儿子儿媳都是残疾人,没有稳定的经济收入,靠补助和零星的收益生活在温饱线上。他自己又没有其他特长,对养蜂更是不了解,对村干部的养蜂宣传,充耳不闻。王金仙急了,几次上门做倪山水的思想工作。毕竟是上了年纪的人,思想有点固执,总以没技术,没能力等理由拒绝。但王金仙不死心,屡屡碰壁,仍一次次上门做思想工作。王金仙第一次割蜜后,给倪山水送了一小瓶过去。倪山水终于同意先养几桶试试。村两委考虑到倪山水家庭的实际困难,向他无偿提供了6桶蜂。

第一次割蜜后,倪山水脸上露出了难以掩饰的笑。这笑,有着蜂蜜一样的甜。在不断积累了养蜂经验后,倪山水主动增加了养的桶数,目前已增加到了30桶,每年的收益达到三万多元。每次提及养蜂,他都会夸一夸王金仙。"如果不是王书记,我哪有现在这样的日子。"

从2016年开始,村里陆续为低收入农户免费发放蜂桶700余只,两年多以来,全村已养蜂1500余桶。养蜂成了洞坞村又一致富产业,而王金仙也被村民称为"洞溪源的点金手"。村两委打算下一步成立养蜂专业合作社,采取合作社+农户的模式,让村民抱团增收,走上产业化、专业化的发展道路。

城镇化的推进中,农民集聚趋势,洞坞村离大墅镇近,村里有200余人向集镇集聚。部分土地被闲置,如何经营好耕地,是经营好农村的关键。土地被抛荒,就是资源被浪费。王金仙和村两委干部,看在眼里,急在心里。把荒废的耕地整合流转,发展规模种植,提高土地收益,成为迫在眉睫的事。但这事并不那么容易,农民对土地的情感,有时难以用一两句话说清楚。有时他们宁可让土地荒废,也不肯交出使用权。

困难与机遇同在,机遇总是垂青那些勤奋的人,但不可能是一帆风顺,总有些困难需要去克服。王金仙和村两委班子再次利用了在村民中良好的口碑,挨家挨户地做思想工作,以真情说服了村民。原先计划一个月完成的流转的任务,仅用了十天就全部完成了。

目前,全村已流转土地200多亩,为谦美实业、隐香西院和岙头精品度假酒店等精品项目的落地建设提供了基础。有了产业的支撑,村民在家门口就实现了就业。

很多时候,王金仙在洞坞村十几个自然村里转来转去,对这里每一寸土地,每一处景色,每位村民充满了情感。这是大山给予她的独有的情怀,有着山一样坚强的性格,也有着水一样长长的柔情。

从西园到桃源凌家,这条总长13公里的洞溪源,已吸引3亿元的社会投资。生态农业、精品民宿、休闲农业。源头处,设计为生态农产品种植区,建成高山蔬菜等优质农产品基地,把健康的理念做足做实;溪流中段,依托大峡谷和古村落,发展高端民宿和文创产业,展示这一流域独有的农耕文化;溪流末端,与淳杨绿道衔接处,以兰纳农旅小镇为代表,侧重在打造休闲观光农业区。

不灭的火把

金峰蒋岭上村每年正月初五都上演"抢县官"的民俗活动,早有耳闻,但没到过现场。今年正月初五应好友之邀前往金峰蒋岭上村,从千岛湖出发,经千威线再转环金线,行车大约半小时便到蒋岭上村山脚。

朋友带着我没有直接上蒋岭上村,而是继续往前走了一段路,在那里有一座祠堂,供奉着明万历九年(1581)淳安知县萧元冈。我正纳闷,为什么会在这里有座祠堂,供奉的不是当地的祖宗,而是一名四百多年前的知县,在祠堂的匾额上,居然还写着"媲美海瑞"。朋友告诉我,等下"抢"的就是这位县官。

原来,万历九年(1581)正月初五,淳安新任知县萧元冈,自徽州沿威坪东行前往淳安贺城赴任,蒋岭上村民得知此事,当官轿经过蒋岭上村附近时,被村民"劫"至方氏祖坟的山上,状告前任知县冤假判案。萧元冈对突如其来的事,沉着应对,倾听村民们的倾诉,对村民之前的行径不但不怪罪,反而现场办公,重审此案,并作出公正审判。蒋岭上村民感念其恩德,每年正月初五,不管雨雪还是阴晴,雷打不动地演绎"抢县官",重现当年的场景,以作纪念。

每年年底,村里就开始张罗"抢县官"的相关事宜,首先是选派十八名壮丁,村民们都以被选中为荣。然后是分工,照明、抬轿、敲锣开路,十八人都有自己的活儿。等到正月初五这天晚饭之后,十八人统一着装,按照分工各司其职,一切准备就绪后,十八人从方氏祠堂出发沿着崎岖山路,一路小跑至山脚萧老爷祠堂,将所供奉的塑像抬到方氏祠堂供奉起来。从正月初五晚上起,村里都举行"三老爷"巡村活动。萧元冈在家排行老三,蒋岭上村人便尊称其为三老爷。巡村活动一直延续到正月初十,再将"三老爷"的塑像抬回山下的祠堂供奉。

这便是"抢县官"民俗活动的来历。这民俗活动蕴含着蒋岭上村人深深的感恩情结,尽管"抢县官"这件事风雨飘摇过去了四百多年,但这感恩的情结却一代代地传了下来,并形成了蒋岭上村独有的民俗文化。他们赶山路用的火把是取材于当地的葵花秆,这种火把在淳安有个名字,叫炬秆。葵花收割后,葵花秆扎成小捆浸泡水中,半个月后捞出,去外皮,去内芯,晒干备用。20世纪70年代之前从农村里走出来的人,对这都有记忆,炬秆在黑夜里燃烧,带给人光明和希望。

尽管时代早已淘汰了这样的照明工具,但一代人的记忆却无法淘汰,有些东西会在时间里沉淀,在文化里升华。就像蒋岭上村人这感恩的情结,不会随着时间流逝而被磨灭,反而在时间的浸泡下更加璀璨。那天晚上尽管淅沥地下着雨,但这雨浇灭不了蒋岭上村民手中的火把,更浇灭不了他们心中的感恩情结,正是因为感恩,历经四百多年的传颂,在蒋岭上村形成这道独特的民俗文化,感恩便是这民俗文化的灵魂,而它背后却是对清正廉洁的崇敬。

炬秆是手中的火把,照亮了夜路;清廉是心中的火把,照亮了人心。

感恩与清廉就像一对孪生兄弟,造就的不仅仅是蒋岭上村的"抢县官"。它只是淳安文化内核的一个缩影。其实,萧元冈对淳安的恩泽不仅在蒋岭上村。这位在海瑞离开淳安二十年后赴任淳安知县的萧老爷,在淳安任知县只有两年多,在淳安留下的佳话也不亚于海瑞,在萧公祠内见到的"媲美海瑞"的匾额也非空穴来风。他在淳安两年多,修水利,建书院,将县治前旧额"严陵首邑"改为"文献名邦",对淳安后来的发展有着深远的影响。萧知县将自己在淳安任上的大部分俸禄都捐了出来,造福淳安百姓。大力挖掘和弘扬淳安的人文历史,为商辂建三元宰相坊,为状元方逢辰、榜眼黄蜕、探花何梦桂建三元坊,以及其他众多名人的牌坊都在萧知县任上所建。在萧知县离任时,淳安贺城百姓倾城挽留,在他离开淳安后,淳安百姓在贺城为他建立了生祠作为纪念。

高铁,淳安奔跑的姿态

浙江卫视有档真人秀节目很火,深受观众的喜爱,叫《奔跑吧,兄弟》。

奔跑,不仅是健康的需要,更是一种积极向上的态度。因奔跑而健康,因奔跑而时尚。

一个人奔跑不能说明什么,一群人奔跑可以算是时尚,但整个县都在奔跑,这就是一个时代的精神,我们为奔跑而感到骄傲。

淳安,曾为国家的奔跑,牺牲了自我,在发展的路上落在时代的后面。淳安比其他任何地方更需要用奔跑来追赶时代,用奔跑去弥补历史的欠账,用奔跑证明淳安人发展的决心。过去的几十年中,这些共识,不用过多去宣传,已经深深地植入了每个淳安人的内心。从水路到环千岛湖的公路全线通车,从省道到高速路,再到眼下的高铁,淳安人一直用奔跑在追赶时代。奔跑,是时代的需要,更是时代的责任。而高铁,必将成为淳安人奔跑的姿态,这一天,淳安人已经等了三十多年,这奔跑的姿态也必将成为淳安人心中最美的印记。

2014年6月30日,杭黄高铁项目开建,对于淳安来说,接下来的任务就是征地拆迁。按以往的经验,征地拆迁是块硬骨头,工作组做好了打硬仗的充分准备。从宣传,到上门做思想工作,作为奔跑的领跑人,当然自己得先跑起来。可工作组没有想到的是,正当做准备工作的时候，一位村民主动找来要签拆迁合同。这出乎工作组的意料，但细细分析，除了淳安人独有的奉献精神之外，还会发现淳安人内心的愿望。

文昌，05省道穿过，这条省道，曾经是淳安人走出去的主干道，带给文昌人很多美好的印记。这种美好是交通的优势带来的，每一位文昌人心里都很清楚。如今高铁要来了，又一把火点燃了文昌人心中的希望，似乎能看到文昌明天奔跑模样，看到整个淳安奔跑的姿态，那么作为文昌人就没有理由不跟着一起奔跑。因为他们比谁都清楚，淳安的奔跑，为的是让一方百姓获得快速发展的权利，为的是与外界互利互惠的交流，高铁的到来，无疑增加了一个地区的发展机遇，加速了个体价值的实现。高铁站落在文昌，就是淳安人把这个领跑人的职责，交给了文昌，文昌就没理由不跑起来，文昌的百姓就像迎接05省道一样，积极地迎接高铁时代的到来。迎接的方式，文昌的百姓有自己独特的方式，表现为积极配合高铁工作，包括拆迁工作。

有段日子，韩红的《天路》时常响起在耳畔，心中不免会有澎湃的感觉。而不久的将来，杭黄高铁也将成为淳安人的"天路"。它穿山而来，穿过崇山峻岭，穿过杭州大部分县市区，一座座隧道，高铁连接起了"名城—名湖—名山"。速度拉近了空间，速度促进了地域间的融合。淳安，随着高铁时代的到来，将融入上海一个半小时经济圈，到杭州不过是45分钟。20世纪80年代，这是想都起不到的，从淳安去杭州，从最初的12小时慢慢地缩减到目前的2小时左右，再到高铁时代的45分钟。近四十年，淳安人一直在奔跑，奔跑的速度越来越快，奔跑也就成了每个淳安人自觉的行为。

跑出去，去看看世界的繁华，这是淳安人心底的愿望，有一句话叫作"跳出淳安看淳安",淳安的发展,要放在大杭州的角度来进行审视,但又保持着淳安人物质文化的内涵,这是走出去的意义。从远去的新安江时代开始,到后来的杭千高速,再到将来的高铁时代,淳安人走出去的愿望一直都在。只有走出去,才更加珍惜家乡的一切,有对比才懂得珍惜。淳商回归是这样,在外闯荡后返回故乡创业,随着高铁的开通,这样的事例将会更多,毕竟对家乡的情感是挥不去的。当然跑出去的不仅仅是淳安人,还有淳安丰富的物产。

请进来,请进人才,请进技术,请进一切利于保护青山秀水的人和物。中国美院的王犁教授,出生在淳安,他的一篇《排岭的天空》让淳安人爱不释手。他父亲王忠仁先生,故乡在金华武义,毕业后分配到淳安工作,淳安是他的第二故乡,他走过淳安的山山水水,对淳安的熟知并不亚于任何一位土生土长的淳安人,谱写过淳安的植物志,为淳安的林业、风景园林做出过杰出的贡献。像这样的例子,举不胜举。而高铁时代的到来,淳安的环境优势进一步凸显,会有更多的像王忠仁这样的人,把淳安当成第二故乡,与淳安一起奔跑。

淳安人将会怎么去奔跑? 答案肯定不止一个,也许有45万个,也许就只有一个——为了这青山秀水,为了淳安的明天更加美好,为了淳安人民的生活更加幸福和谐。迎接高铁时代的到来,淳安奔跑的蓝图早已绘就:高铁小镇正紧锣密鼓地建设;浙江旅游职业学院千岛湖校区被誉为最美的大学校园;丰茂半岛的开发也提上了议事日程;百源经济的启动建设,将形成整个淳安你追我赶的全体奔跑态势。

高铁站台下的何氏宗祠,静静地数着岁月的沧桑,翘首望着高铁从头顶经过。这一静一动,一古一新,在同框画面里,时间让这画面充满诗意,画面让时间更有质感。就像安详的老人在阳光下望着自己的晚辈,孙辈或是曾孙辈,从身边跑过,老人眼中那对于生命的解读,不用过多语言,一个微笑就能表达出内心所有内涵。何氏宗祠那些古老的诗意,将随着高铁奔向远方。

淳安人已经做好了迎接高铁时代到来的准备,而且让高铁成为淳安奔跑的姿态,这不仅仅是一种姿态,更是一种求发展的心态。我们应该庆幸,赶上了一个奔跑的时代,让诗和远方都在奔跑中实现。

王家源地质公园

从05省道拐进王家源,这条路线我走过六次。每次去的目的都不一样,而这一次的目的更为纯粹。

绕过长平庵,还没到村口,大家把车子停在路边。走到山脚,又沿着台阶而上,这里便是地质公园。岩体的剖面立于眼前,在那些纵横交错的岩层线里,明显感觉到了时间停留的痕迹。岩体剖面底部是一块较为平坦的洼地,三面岩体剖面形成一个喇叭形状。

因为公园,便于游客参观,当年邀请中国美院进行设计,一条曲折的水沟,从各个岩体剖面底部向中间汇聚,然后向着出口延伸。一为排水,防止积水而造成对公园结构的破坏;二为美观,显现出远古时代荒凉的状态。茅草和灌木自然地分布于公园内,正值秋季,一阵风过,在喇叭形的公园里呼啸着,茅草纷纷低头,一股来自远古的凄凉便在心中荡漾开来。

公园入口一块俯于地面的石碑上刻着对"志留纪"的介绍:

志留纪——在地球历史上4.4亿年前到4.1亿年前之间为志留纪,是早古生代的最后一个纪,也是古生代第三个纪。志留纪一名源于威尔士地区一个古老部族silures。1835年,英国人莫企逊,在威尔士地区建立了广义的志留纪,对岩系作了划分,用笔石与壳相化石进行对比。

99

再往前,茅草丛中一块直立的石碑介绍这个地质公园:

潭头志留纪剖面

记录了奥陶纪浙西浅海陆棚相见沉积环境,地层蕴含着丰富的腕足、笔石等生物化石,是浙江晚奥陶世文昌组地层对比划分的标准剖面,也是浙江及华东地区研究奥陶系与志留第划界的重要剖面,同时剖面岩性组合和古生物组合牲为研究奥陶纪末生物大灭绝提供重要信息。

两块石碑已经将我们带入了一个远古时代,那时脊柱动物正在进化。听村里的汪金华主任说,在整理剖面和建地质公园时,这里曾出土过大量古生物化石。在那些岩层里必定有着笔石、腕足类的古生物化石,被时间封存的它们,对于我们的闯入是否也跟我们一样,充满了好奇。也许我们今天的努力,也能在时间轴上留下一点,不管是物质上的化石,还是精神上的化石,是否也能让几亿年后的地球文明感到惊奇。

击打岩壁,那沉闷的回声,来自4.8亿年前的奥陶纪和4.4亿年前的志留纪。一段午后的时光与亿年时间相遇的瞬间,总有一种莫名的感触。垂直的岩壁就是可见的时间轴,在这近百米时间轴上,属于人类的,只有顶部不到一厘米。

对于未知世界和人类的起源,人类总是充满好奇。总想解开困惑着人类的谜团。我们从哪里来? 宇宙会将我们带往何处? 在浩瀚的宇宙之中,我们只是尘埃。就算是今天的科技,可以涉足月球和火星,但我们人类的脚步还没走出太阳系。

在这可见的时间轴面前,我们同样是这么渺小。人类对于解开谜团一直执着,曾经试图用神话、宗教来解。直到近代科技的进步,一方面向着宇宙深处外求,寻找地球以外的文明,好让人类在宇宙中不再寂寞,另一方面也向着地层向内求,以解开人类的来源。无论向外还是向内,都是数轴的两端,无限延伸。这是宇宙的奥秘,也是时间的奥秘。

在时间轴上能够找到自己的位置,也是算是这个下午最大的收获。

那年，我从宋京金銮殿走过

对于汾口宋京村金銮殿，近几年在《今日千岛湖》上、新闻论坛上都见到相关的文字。作为历史的文物，世人给予它很高的评价，对它的保护也得到了前任杭州市主要领导的批复。宋京金銮殿对我来说，有着自己的一段经历和感受。

那是1990年4月，浪川初中组织全校团员春游，备选地点有两个，一个是宋京金銮殿，一个是中洲琅珰塔。那时校团支书便是现来的"一墨"王北苏老师。记得当年他拿着一本厚厚的淳安古迹书让大家看，让大家用举手的方式决定春游的目的地，最后多数人决定去参观宋京金銮殿。从浪川初中到宋京村有25公里的路，也就是来去100里。100里对当时的我们来说是一次挑战。而且那时没有公交车，学校也不可能雇中巴车，唯一可行的交通工具就是自行车。

团员加上团支部的老师，从浪川到扬旗坦，再从扬旗坦转向横沿方向，毕竟时间已经有20多年，路上的很多细节已经记不太清楚了，只记得最后的一条岭，不是骑上去的，而是拖着自行车前行的，那路刚刚开出不久，被雨水冲得坑坑洼洼。下了岭就到了宋京村，金銮殿在村的西边，要去还得经过村里那窄窄的石板路，路沿着溪水流向向西延伸。水向西流是我们惊讶的地方。

而我，从浪川出发就一直处于第一军团，脚上的凉鞋走新开的路有点不适应，干脆就赤着脚走。一到村口就兴奋得不得了，跨上

102

车就向前冲。石板路有点窄，在避开迎面走来村民时，一个不留神，车把一歪，我人连车一起掉入了小溪之中，全身湿透，幸好水不深。附近的村民赶紧过来把我和车一起拉上岸。王北苏老师随后也赶到。我一副窘态，呆立在那里。

这时一位老奶奶走过来拉了我的手，"跟我回去，给你换身干衣服。湿衣服我帮你洗洗。"我朝王北苏等几位老师看了看，他们点了点头。我这才放心地跟着老奶奶去了她家。"家里没像你差不多大的人，就穿我儿子的衣服吧，可能有点大。"

老奶奶将我带进屋，把一套干净的衣服放在床沿上，"赶紧换上吧。"说着往门口走去，走了几步，又回过头来对我说，"等下，把换下来的湿衣服给我，我给你洗洗晒晒。"

这种感觉真的很像是在家里。我穿上那套衣服，确实有点儿大，但感觉很舒服。我从自己的衣服的口袋里拿出一张五角纸币，压在桌上的一只碗下面。当年只有十六岁的我，不善言语，但父母经常跟我说，做人要知恩图报，我不知怎样去感谢这位老奶奶，五角算不了什么，也算我的一点点报恩之心吧。

穿上了老奶奶儿子的衣服，感觉有点儿别扭，衣服有点大，只好卷起衣袖和裤管。我穿着这身衣服参观了金銮殿。没有向导，没有解说，同学们只能凭着自己的喜好去参观。金銮殿的四周都是村民的菜园地，台阶一边是乱石堆，后面被村民圈起来当作牛栏。站于大门的台阶上，仰望着俨然威严的门面，那棱那角，想象得出当年的繁华与气势，与如今冷落的现状形成了鲜明的对比，"旧时王谢堂前燕，飞入寻常百姓家。"这种历史的沧桑感重重地压在心口上，一种苍凉感一直缠绕在心头。同学参观后，各自吃了带过来的干粮，算是午饭。然后在老师的招呼下，排队拍了照片。我穿着老奶奶儿子的衣服拍了两张集体照,一张是所有同学照,另一张是男生集体照。男生集体照以整个金銮殿做背景,当年我们参观的金銮殿有两进。而如今的金銮殿只保存了一进,第二进在20世90年代已经倒塌。

下午返校的时候,经过宋京村,我去换回了自己的衣服。我转身要走的时候,被老奶奶叫住了,"你还有东西忘桌上了。"她把我压在碗底的五角钱塞到了手里,我咬了咬嘴唇,红着脸轻轻地说了声"谢谢"。

在回校的路上,我的记忆已经是一片空白,如今怎么也想不起来。

这事已经过去20多年了,那位老奶奶的相貌也完全想不起来了。可一旦有人说起宋京金銮殿我就会想起这些往事,想起那些珍贵而淳朴的民风,想起那位不曾相识的老奶奶。但那次之后,宋京再也没去过,听说金銮殿已经重新被翻修过,而且很好地保护起来了,文化内涵也在进一步的挖掘之中。其实要被保护和挖掘的还有当年那些淳朴的民风。

鹅卵石子路

在大小公园里,总能看到一两条鹅卵石铺成的路,也总能见到有人脱了鞋袜在上面行走,虽然被凹凸不平的路面顶得呱呱大叫,但对健康有利,大显伸脚者前仆后继。

看到这些鹅卵石子路,我不由得想起了母校汾中。从汾中毕业已二十几年了,对于汾中的那份特别的情结,总想用文字来表达,可每每静下心来想写点什么的时候,却感觉头绪太多,无处落笔。但一条鹅卵石子路却让思路突然清晰起来。

每个人心中有一条通往灵魂之路,那条路或许是铺满煤渣,充满着艰辛与苦难,也或许是一条宽敞笔直的水泥路,无需太多的汗水,只需高速行驶,也或许是一条特别的,充满灵性和爱心的道路,正如那一条鹅卵石子路。

第一次进入汾中校园,给我印象最深的不是当时全县唯一的标准大操场,也不是校园的幽静,而恰恰是那一条条鹅卵石子路,可以说,在20世纪90年代初鹅卵石子路是汾中校园最主要的道路。石与石之间的空隙里生长着各种小草,将石子紧紧地拥在一起,形成了一条不积水而又生态的道路。

进入汾中第一节劳动课,就是由班主任汪政旭老师带着我们修了一条鹅卵石路。在修路时,汪政旭老师跟我们说过,同学们就是一块块的鹅卵石,单独一块或许没啥大用处,但大家聚在一起,就能铺成路,砌成墙。当年对这样的说教,我们跟现在的学生一样,有些儿感冒,但不至像现在这样出口反驳,顶多是离远一点,少听一点。但随着时间的流逝,我们从豆蔻变成了为人父为人母,对着子女苦口婆心地说教时,我们才想起这些当年被我们所感冒的说教,在时间洗礼下才显得尤为珍贵。

走出汾中这二十多年之中,心中始终有一个情结,这种情绪在时间的岁月里越来越浓,如果说我这二十多年的人生是一条路的话,那么汾中就是这条路的出发点,当年老师们的那些说教,就成了我人生的路标,在人生道路彷徨之时,总能让自己找到正确的方向。

汾中的变化,我每年只能从对面那条公路上经过时,远远地看一眼,再就是从同学的言语中感受一二。再次光顾汾中校园是文学协会在汾中举行了一次沙龙,让多年的夙愿得以实现。

汾中的校园已经不再是二十年前那个校园,但二十年前的影子还在,我们的教室还在,虽然已经变成了图书馆。但让我感到意外的是,在水泥路面交错的校园里还保留着一段鹅卵石子路,虽然不是我们当年修过的那条,但至少在这条路上留下过太多的回忆,走在这条路上,思绪一下子又回到二十多年前的那个下午。这条鹅卵石子路无法代表汾中历史的厚重,但至少是汾中历史的一段缩影。这一条鹅卵石子路就是我的那条通往心灵之路。路虽然是自己走的,但总需要路标和方向。

悠悠十三都

传说里的十三都

"都"对于20世纪70年代出生的我来说,是一个模糊的概念,我所经历的年代有公社、区,以及现在的乡镇。但"都"这个代表地域的名词,却经常出现在长辈们的话语中,以及在那些让我如痴如醉的白话中,而"十三都"在白话中出现的频率极高。"十三都"在哪儿,离我远吗? 这个问题纠结了我整个童年。

小时候,外婆为了让我帮她烧火,就经常以讲白话为诱惑。外婆一边做着事,一边给我讲白话,那白话极具魔力,让我安心地坐在灶坑前添柴。外婆讲得最多的是廿四胡子的故事。廿四胡子,十三都叶村人,因长着二十四根胡子,被当地人称为"廿四胡子"。外婆用朴素的语言把廿四胡子描绘得活灵活现,今天惹了财主生气,明天又让老板哭笑不得。

时间湮没了一些童年的回忆,但廿四胡子的机智,以及十三都这个地名,还有灶坑里那不断往上蹿的火苗,都深深地烙在了脑海之中。

童年的夏日,经常躲到村后的梨树园里纳凉,吹着从山林中下来的丝丝凉风,听着蝉鸣,还可以借着抓知了的名义,爬到树上偷偷地尝一下还没熟透的雪梨。而等着给稻田灌水的大人们,也都坐在梨园里乘凉。就在梨园里，大人们经常给我们讲故事，说在十三都有座山的石崖上有柄宝剑，插在石头里，只露出剑柄，你轻轻地走过去，用力一拔，却只能拔出离地一尺，就再也拔不动了，一松手，宝剑又缩进石崖里。听完故事，大多数小伙伴对宝剑产生过浓厚的兴趣，都表示出想立即前往拔一下试试，说不定宝剑就是属于自己的。而我却对那个叫"十三都"的地方更有兴趣。

"十三都"多么神奇的地方，为什么盛产故事？我也曾偷偷问过大人，而他们却只是笑笑，没作任何回答，或许认为我这个问题极为幼稚，不屑作答。我有时也在想，"十三都"是不是跟《西游记》中"花果山"一样，只存在于那些虚无的文字和语言之中，就像山涧的云雾，远远地望去，清晰可辨，可等走近，却又看不见摸不着。只有在听大人们讲那些故事的时候，我才感觉到"十三都"这么近，近得就像在眼前。

他们来自中洲

我进入汾中读高中那年，淳安有60多个乡镇。班里五十多人，分别来自姜家（除梓桐片外）、大墅和汾口三个区。高中三年留给我太多的回忆，在课余闲暇，特别是在就寝熄灯前，是我们最快乐的时光，这短短的十几分钟，可以说是高中生活最精彩的章节，分享美食，引吭高歌，也有三五个人裹着被子围坐一圈，各自讲一些自己家乡的民间传说。一位樟村的同学给大家讲他们扎源的菩萨，菩萨很灵，每年正月里，附近人包括从安徽过来的人，前往跪拜求签，香火极为旺盛。一位余家的同学给我们讲了黄巢坪以及黄巢那柄宝剑的故事。还有来自叶村的同学，给大家讲了廿四胡子，以及那座没顶的雁塔。

熟悉的故事，熟悉的人物，又勾起我很多童年的回忆，当年那些给我讲过故事的人，包括外婆，早已过世。此刻从来自"十三都"的同学那里，听到了儿时听过的白话，那缠绕过整个童年的"十三都"此刻终于有了新的答案，儿时记忆中"十三都"，这片神奇的土地，并非只存在白话中，她就在离汾中不远的地方。在打破砂锅问到底精神的指引下，对来自"十三都"的同学盘根问底，他们告诉我，顺着汾中前面那条马路往西走，骑自行车不到半小时便到了琅琯塔下，到了琅琯塔，就到了"十三都"的地盘，琅琯塔用现在的话来说，就是地标建筑。可以想象得出，琅琯塔在"十三都"人心中的地位有多么重要。

1992年，淳安县实施了"撤区扩镇"，60多个乡镇被缩减为37个，原来的叶村、樟村和余家并入中洲。2013年，王兢老师送我一本《淳安都文化》，"都"的概念才在脑海中清晰起来。因为千岛湖形成的缘故，不管是淳安的"都"，还是遂安的"都"，大部分"都"与现在的乡镇区域已不是一回事。可有一个例外，那就是现在的中洲镇与当年的"十三都"却基本吻合。不得不说，这是"十三都"创造的又一个奇迹。于是，入学时还是来自叶村、余家和樟村的同学，在毕业时全成了中洲人，有细心的同学统计过，班上有十位来自中洲的同学，占了五分之一，他们来自同一个地方，那个地方就叫"十三都"。

可惜的是，汾中求学的三年，童年那种向往"十三都"的热情全都被繁重的功课所埋没，尽管来自中洲的同学也向我发出过邀请，我却始终没能踏上过中洲这片神奇的土地，甚至连向琅琯塔方向多走一步的想法都没有。或许这世上最远的距离真的莫过于，近在咫尺，却没有走近的想法。就是这一错过，几年后，我等到的是琅琯塔倒塌的消息。

重新发现中洲

在我参加工作以后，淳安乡镇又经历了两次撤并，头一次由37个乡镇撤并到30个，第二次由30个撤并到现在的23个，而中洲镇在这两次撤并中都没动过。现在的23个乡镇，我由于工作的缘故到过或路过22个乡镇，唯独中洲这片土地在2013年之前，虽然曾无数次接近她，却始终没能踏上这片土地半步。在我看来，中洲跟其他22个乡镇相比，没什么特别的地方。那个地方除了是我十几个同学的故乡之外，对我来说，那是离千岛湖镇最远的地方，在那里既没有亲戚，也没有让我对她多关注一点的独到之处。

无论是现在的中洲，还是过去的"十三都"，我对她的认知，仅仅停留在那些民间传说的表层，尽管童年对这片土地萌生过向往，甚至感觉到神奇。但随着时间的沉淀，当年那些期望和希冀，或是幻想全都在现实中被重新洗牌，有的被丢弃，有的被封存。生活也一样，一些规则在一辈人那里被修补，一些却被丢弃，留下来的，就是传统，就是文化。那年，听说琅琯塔倒了，有过小小的震惊，那毕竟是中洲同学引以为豪的地标建筑。而此事对于有些人来说，这一页很快就被翻过去了，琅琯塔的倒塌对多数人来说，并不是一场文化的劫难，甚至我听到一种拍手称快的声音，就像当年雷峰塔倒掉时，鲁迅还特意写了文章以示叫好。

或许是为了祭奠往日的情愫，虽然没有目睹琅琯塔的雄姿，但毕竟在脑海中留下过太多的回忆，在翻阅琅琯塔的资料时，却发现中洲就像是一座文化富矿。洪绍、黄巢、廿四胡子以及方志敏他们将个人的魅力与中洲这片土地的灵气相融合，就像种子播撒进了土地，用时间进行浇灌，然后成长出属于这片土地特有的文化。

这些名人留下的脚印以及他们的故事，颗颗都是闪着光芒的珍珠，而武强溪就是串起这些珍珠的引线。洪绍是武将，黄巢是农民军的首领，廿四胡子参加过太平军，方志敏是中国红色革命先驱，这四位来自不同年代、不同阶层，却都与中洲这土地结下不解之缘。纵贯中洲这片土地的河流叫武强溪，黄巢坪所在的山是武强山，一个"武"字起到了点睛之笔。

"尚武"只是中洲文化中的一部分，也是吸引我重新认识中洲的一个亮点。

第一次踏上这片土地，我见到了一个具体的中洲，那些古朴而富有浓郁文化的气息，就如那些溪水源源不断地流淌，从远古流入现代。站在琅琯塔遗址上，武强溪在这里来了一个九十度大转弯，由向东折向南，流经郑月又复向东而去，湍流在山崖的阻断下，在琅琯塔下冲出一个深潭。站在这里向南望，龙耳山就像一条巨龙，而从汾口方向望此山，只能看到两只竖立的龙耳，所以在汾口此山又称丫杈尖。古老的新定县城就在琅琯塔以南，龙耳山以北的这片土地上，武强溪从西和南两个方向将新定县城拥入怀抱。

武强溪是遂安港的最大支流，因此中洲是遂安港的重要的源头之一，同时也是遂安文化的源头，沿着武强溪顺流而下的不仅仅是清澈的溪水，还有中洲的人文。"十三都为什么盛产故事？"儿时这些傻问题终于找到了较为完美的答案。中洲位于浙皖交界处，一方面接受着徽文化的辐射，另一方面又接纳大量像洪绍、二程（程颢、程颐）后代这样接受过中原文化熏陶的隐居者。

沿武强溪逆流而上,人文的气息愈加浓郁。在中洲几乎村村都有保存完好的宗祠,这些宗祠,建造讲究,地理位置优越,一楼一角都尽显其家族显赫,他们就像一位位睿智的老者,历经岁月,阅读人间冷暖,却始终以一种坚守的姿态告诫着子子孙孙,这是一个家族的图腾,不管世事如何变迁,他始终是一个家族的精神所在。在叶村,十座(厅堂)宗祠沿溪而建,是否寓意着家族的繁华如溪水一样源源而流?我无法去揣测前人的思维,只不过一种假设罢了。但也有遗憾,曾经最大的余氏宗祠,是大福基、石畈、中宅、叶村等地的余氏总宗祠,占地3.6亩,在20世纪被变卖,如今在这块土地上是一座完全小学,村里的老人边说边用手比画着,这里曾是正厅,供奉着祖宗牌位,那里曾是偏厅,他们用零碎的语言尽力地想拼凑起一段完整的记忆。只有那些没有被搬走的巨型石墩,用它们在历史中留下的痕迹告诉我们,辉煌属于曾经的它们。

　　与宗祠相伴的,当然是古树。不管是在霞童村,还是在徐家村,随处可见古柏古樟,它们用各式的站姿告诉我们,这些村庄已有上千年的历史,或许这不仅仅是一棵树,更是一本村庄的活历史书,用疏疏密密的年轮记录着一个村庄的历史。古树记下了村庄的年龄,宗祠保存了村庄的精神。

　　中洲这片土地上,"崇文"照样盛行,这或许就是我高中来自中洲的同学特多的缘故。依稀记得一位来自中洲李家坞的同学,高二的时候,有次见到她脚有点瘸,问她怎么啦。她只是笑笑。很多年以后,在QQ上,无意中提起此事。她才告诉我,那是被她父亲打的。因为家里穷,她兄妹三人又全在读书,她想辍学回家去帮忙。她父亲坚决不同意,她就使性子不去学校,甚至以绝食相威胁,于是她父亲就动手打了她。在这片土地上流传着这样一句话,"就算把房子卖了,也要供子女读书"。那位同学告诉我,她父亲为了把她兄妹三人培养成才,自己却因突发心肌梗塞,客死他乡。兄妹三人的课本被她父母保存得完好,现在每年都会回老家去看看这些课本,就是这样一个个具象,营造出了这种崇文的氛围。

中洲的水,随着"农夫山泉"流向了全球,从这片土地上走出去的人,把中洲的人文带到了各地,但不管走到哪里,他们对大山的情怀,对故乡那份又爱又恨的情愫,在时间的浸泡中愈加浓郁。爱,那是一种割舍不掉的情感,大山是自己生命与文化的根源;恨,又让他们走出中洲,走出大山。当我从孤岛的文字里读到了这段话——"我吃着那里的玉米和红薯长大,饱含着泥土气味。这种气味是颇含野性的,它不知不觉地深深藏在我的肉体和灵魂中。"短短的一段话,让人感悟到文化那神奇的力量。正是这种又爱又恨的情结,让中洲人不断走出去,又回到这片土地,把中洲的人文带出去,又把外面的文化带回来,在一个看似相对的封闭空间里,却源源不断地接纳和吸收来自各地的先进文化,与原有的文化进行融合,形成了良性循环。在中洲的记忆里,外出闯荡又回归故里的,可罗列出很多。

站在琅琯遗址上,回头望着中洲,山是静的,村庄也是静的,一切仿佛都静止于画中,只有武强溪的水在流淌,流淌着一片土地的灵魂。

走进中洲老街

　　一条宽敞的路，即是中洲的主干线，又是中洲的新街，现代的商店点缀两边，各式的现代商品，装潢材料，摩托车店，让这条街充满了时代的气息。而与中洲新街只有一步之遥的老街，却以另一种方式继续存在于中洲人的生活之中。

　　中洲老街，一部分只属于记忆，而留下的那部分存在于被时间遗忘的空间里。走在这条老街，尽管时间已经带走了大部分的记忆，老街也不可能像树那样用年轮数着岁月，但在一些空间的碎片里，仍然可以寻找到时间走过的痕迹。几幢保存完好的古建筑，夹杂在新楼中间，老态龙钟，像一位老人站在年轻人中间，特别显眼，那从内心最深处的敬意油然而生，那种时间走过独有的质感，无需用过多的语言表述，便有一种沉甸甸的感觉。

　　老街用现在的标准来说，并不宽，但这个宽度足可以通过一辆马车，也足可以承载老街那繁华的过去，以及中洲村八百年的历史。只是在村民惋惜的语气中，便能还原出那条石板铺成的老街，老街向前延伸，仿佛可以通往那繁华的过去。仔细聆听，便能听到那达达马蹄声，从历史的长河中走来，呈现出一幅无可取代的繁华景象。这个徽遂交界的古镇，成为徽商们走向钱塘江、走向杭苏的乐园，那些落成在时代繁华里的古屋，至少都有上百年的历史，只是时间的变迁，他们只能用自己的沧桑展示着时间的沉淀。屋与屋的间隙里,遗落了多少当年农商时代的气息。残留在古屋的墙上的斑驳肯定见证过当年的繁华场面。

今天走在老街之上,已经无法用视角去解读当年走在石板街上的景象。可随意走进一家老宅,主人都会告诉,房子已经上百年了,那些门上保留完整的砖雕,还有梁角的木雕,都在无声述说着他们祖上的显赫。雕像中的人和物栩栩如生,简单的线条就能勾勒出一个艺术世界,让人感叹手艺的精湛。雕像所表现的内容,以民间传说,以及吉祥福禄寿喜等内容为主。因为经历一些特殊历史阶段,很多原始的砖雕和木雕都被敲毁了。有些老屋已被翻修过,但那些被时间打磨过的门槛石、柱子无意间泄露了时间的秘密,掩饰不住岁月的沧桑感。古街两边的那些老徽派建筑,排列井然,还能看到很多有趣的门楣。门楣是一个家庭,一个家族在村里的形象,也是一种传统文化。中洲老街上的门楣也是一道文化风景线,有传统的"万象更新",有侧重为人修养的"永不忘本",也具有鲜明时代特征的"立党为公"。在这些门楣之中还发现了只有一个"吞"字的门楣,这个"吞"字据介绍是一种吃鬼的怪兽,起着避邪镇邪作用。

说中洲老街,也不得不说中洲村。"中洲",起初是武强溪水冲刷成的一片沙洲。几百年前,一个姓程的安徽生意人,挑着担从徽州来遂安做生意,半路上因柱头不小心滑落武强溪,被水冲走,便临时砍了根木头当柱头,在经沙洲时,用柱头顶着担子在沙洲歇脚。等歇完要走的时候,这根新柱头却拔不出来。商人向四周望了望,此地虽为沙洲,但草木欣欣向荣,生长茂盛,可见土地肥沃,是一处植物的乐园。他就想:你这根柱头是留恋此地不愿跟我走,如明年此时能发芽成活的话,我就举家迁居这里。想不到,到了第二年,商人再经过此地,却看到它真的开枝散叶,成了一棵小树。这位程姓商人兑现诺言，也真的迁到这里，并定村名为中洲。这个民间传说所表达的正是农耕时代，百姓对万物生长的一种愿望，有着对土地无限地敬意，商人虽以跑商为生，但最终还是选择在土地肥沃之处定居。

村民们说自己的村的历史，便滔滔不绝起来，村民用朴素的语言勾勒出一个他们记忆里的中洲老街。他们指着老街那段坡路说，这就是当年柱头发芽的地方。以前村里有"壁峰三湖"之说，壁峰是指村后的石壁山，因陡峭而得名。而三湖就是村边上的三个水塘，自北而南分别称为"上湖、中湖、下湖"，处于老街的南端，与老街并行。其中下湖最大，又呈半圆形，因此下湖又称"半月湖"。三个池塘有水道相通，水是活水，是从武强溪引入的。这三个池塘是以前村民洗漱之处，当年洗衣的埠头仍在，只是时代在变，自来水已接入每家每户，埠头的功能已然退化，只在记忆中留下那些妇女们棒槌衣物的画面。

民间传说中那位程姓商人，便是中洲程氏的始迁祖程禹成，死后葬于武强溪畔，墓室位今天的畈头村与中洲村之间的山麓。据《遂安中洲程氏族谱》记载："禹成，字浚川，亮公第五子，生有大志，倜傥多能，天性孝友，事亲极人子之道，世居休宁之富溪。休宁之俗，凡大家子多不事耕耘，唯牵牛服贾不惮远游。公习会计，常至周边郡县贸易，见遂之习尚敦朴，人情淳厚，欣然有就居之意……后二亲谢世，丧葬事毕，即有迁遂之意。一是父母坟墓皆在休宁，迁中洲计程二日可到达，岁时伏腊均可归省；二是中洲地盘宏敞，可容千人居住，为子孙奠定基业。"这一年为宋淳熙辛丑年，也就是1182年，距今800余年。家谱的记载与民间传说完全吻合，只是传说用更加通俗易懂的故事记载了这段往事。

其实程禹成还有一个身份符号,这就得从晋说起。永嘉之乱,程元谭辅佐琅玡王,后被任命为新安太守,后定居徽州,也就成了今天淳安程氏的始祖。程元谭原籍河南洛阳,曾任广平郡太守,"五胡乱华"后,程元谭弃家徒步投奔归顺西晋琅玡王司马睿。元谭公子孙中人才辈出,历史上南北朝名将程灵洗、唐初的程咬金、宋朝名将程忠壮、程朱理学的创始人"二程"(程颢和程颐),皆为程元谭的后裔。元谭公的后裔散居全国各地,台湾、香港也有其后裔,程姓在全国姓氏排第33位,人口660万。而在淳安除了中洲及附近村落之外,还有浪川乡大联村梅川自然村,临岐和威坪也均有分布。在淳安所有姓氏之中,程氏人口排在第十五位。

程元谭担任新安太守期间,在艰难混乱的社会大环境下,秉持一颗勤政为民之心,以卓越的才智,整顿吏治,为民办实事,办好事,实仁政,举贤才,悯农爱民,办学育人,教化风气。为程氏后代奠定了一种良好的家族文化,这种家族文化直接影响了其后世子孙。同时他对新安文化的形成和发展也有着深远的影响,在2015年出版的《古徽州官吏勤廉史迹》一书中,载述了古徽州自东晋大兴初年至清末民初158位官吏的勤廉故事,程元谭名列第一。

沉溺在程氏文化的长河里,突然被一股独特的香味带回了中洲老街,烤焦的酱香伴随着豆腐的香味,这种味道与中洲老街一样,有着时间的味道,有着农耕时代的味道,它便是中洲特色小吃毛豆腐。毛豆腐的香味让中洲老街更加丰满起来,尽管时间可能会淘汰一些东西,但总有一些东西会留下来,不管是物质的,还是精神的,最终都会与时代相结合,以新的形式存在于当地人的生活之中。

中洲采风侧记

对于中洲,说来惭愧,淳安23个乡镇,或路过,或到过22个乡镇,唯独中洲,虽然向往,也曾无数次接近她,却始终没有踏上那片土地半步。因此,当去年第一次从詹秘书长那里听说今年将有一个中洲文学行动,便极为向往,想看看这充满传奇色彩的土地。中洲之行酝酿已久,却因各种缘由时间一推再推,迟迟没有启程,从6月底一直拖至7月19日方能成行。

不想这一拖却等到了孤岛先生回家探亲,有孤岛先生参与的采风活动给活动本身增加了分量和内涵。似乎早有注定,会有此一安排。采风队伍阵容不小,由淳安作协老中青三代会员20多人组成,在汾口工作的三名会员也积极参与这次采风活动。

活动得到了中洲镇镇政府重视和支持,吴镇长给大家介绍了全镇面上的文化看点。然后由方长建副镇长带领大家赴各个点进行采风。

第一天的路线:洪塘的洪绍墓,霞童宗祠、古柏群,木连遗址(新定县县城遗址),叶村宗祠群、雁塔、自然禅院遗址、徐家古樟群、状元詹骙祖墓、毛一鹭墓等。

第二天的路线:大东坑生态沟、九相公祠,茶山。

采风队伍边看边听方长建副镇长的介绍。第一站是洪绍墓遗址。

洪绍乃东晋名将,随刘裕征讨有功,封为明威将军,后升兵部尚书、金紫光禄大夫,其原配夫人王氏、继配陶氏乃晋朝著名征西大将军陶侃孙女,也就是东晋文学家陶渊明的姑姑,洪绍死后,陶渊明为其供写墓志铭:"繄谁幽宫?曰前进士。始为太守,继除尚书。及其老也,潜德不仕。隐于武强,以明厥志。考卜于斯,山川所萃。宜尔子孙,式承弗坠。"

另据《康塘洪氏宗谱》载:"晋室日微,裕势益盛,以公不附己欲中伤之。于义熙十三年由京口挂冠,隐于新定郡武强之木连村。夫人太原王氏,生五子;泰、楷、舒、勋、纂;继配夫人陶氏,乃陶侃公之孙女,生三子:荣、诞、举。公享年八十有三,卒偕王夫人同葬武强山脚洪塘坞,扦乾山巽向焉。"

第二站是霞童村。

霞童村口有一口大池塘称大月塘,塘边是一排古柏群。在宗祠前面有一口小点的池塘称小月塘。听介绍,还有一口叫中月塘,大小介于两者之间,在"文革"期间已被填。看着村里立起的一幢幢新型的小洋楼,宗祠"存仁堂"被夹在小洋楼之间,显得有些破旧,如果它可以开口说话,我听到的不知是埋怨还是无奈?在观看"存仁堂"时,我还以为它是一座无主墙的建筑,它的主梁架在周边民房的墙体之内,我天真地、自作聪明地以为是"祠堂需要大家共同撑起"之意,后来才发现我们现在看到的只是一个主体建筑,附属建筑已经被拆或改建为民房。可叹繁华已逝,皆归历史尘埃之中。

在附近的林家坞村里看到了保存完好的风塍,风塍在古时的村落多少都有点,古时用它是改善村落的风水用,可挡邪气和戾气。用现在的话来说就是改变村落自然环境之用,用科学的原理来解释就是改变风速与风向。如果你足够细心,发现在淳安大多数村口都有一排柏树,其实这就是风塍。

第三站是木连遗址。木连遗址位于武强溪畔,与传说中的新定县城隔溪相望。木连村是当年洪绍隐居之处,选在此隐,可见洪绍当年名为隐居,却时时关注着时局的变化。木连村附近便是以前中洲的关隘,"狮象守护"地,琅琯塔遗址。琅琯塔已在2000年左右倒塌,其实那里离岳母村(石畈)很近很近,但在此之前,我的步伐和行程就止步于石畈,没能再往前走一步,没能目睹琅琯塔的风采而深感遗憾。新的公路从琅琯塔遗址下面穿过,桥下的武强溪流到遇到象山那根长长的鼻子,来了一个90度的转弯,朝兔耳峰方向流去。

第四站是叶村。在叶村还与村里的长辈们进行了互动。叶村是一个有故事的地方,在我很小的时候就听外婆说过"廿四胡子"的故事,这位民间智慧的"廿四胡子"就是叶村人。还有雁塔的故事曾听高中的同学说过。村里的长辈们很热情,带着大家参观了十座厅堂,这十座厅堂九座是余姓的,一座是叶姓的。有些已经长年失修,在时间的长河里显得有些苍老。有座厅堂,用了现代化的水泥浇筑,让人感觉有些不伦不类,但也看出世人面对传统文化的无奈和真诚,在如今这样一个时代,按原来的要求修一座厅堂花费是巨大的,只能用一种让人啼笑皆非的方式来保存一些历史的痕迹。而曾是最大的余氏宗祠,是大福基、石畈、中宅、叶村等地的余氏的总宗祠,占地3.6亩,在20世纪变卖成40万元现金,如今空旷的土地上是一座完全小学,只有那些没有被搬走的石墩,用它们在历史中留下的痕迹告诉人们,辉煌属于曾经的它们。

第五站是徐家。徐家是中洲镇城乡统筹发展中的精品村,现代

120

元素多于传统元素,只有那些列于村中间溪两边的古樟告诉我们
这村的历史已有上千年。在徐家附近传说有毛一鹭和状元詹骙祖
墓。至于毛一鹭,读过《五人墓碑记》的都知道,那位被人打,然后躲
进厕所里的明代官员,就是淳安毛家人(现汾口镇毛家村)。詹骙祖
墓的墓碑上刻着两条龙,龙在过去是一个敏感图案,常人是不敢用
"龙"来修饰自己的墓碑的。

离开徐家村,沿着溪两边的大理石铺成的道路上走着,几位村
民正往绿化带上浇水。我上前向他们了解一些情况。他们说浇水80
元一次,全部浇完大概也要半天时间,这钱不是村里出的,是维护
公司出的。这点让我有点意外,而我在思绪惯性中,村道绿化就是
村集体的事,村民应该是建设和维护的主体。

第六站我们去了札源的大东坑生态沟和九相公祠。在大东坑
生态沟里,看了两个瀑布,一个是三叠瀑,一个是一线瀑。三叠瀑与
一线瀑相距不远,分属两个支流。在瀑布下面的水塘里,有位叫茶
花的姑娘居然脱了鞋,翻起了大石头,居然被她翻到了两只螃蟹。
这两只螃蟹后来被酸人放在瓶子里带回了千岛湖。

九相公祠在扎源村里,在读高中的时候就听说扎源的菩萨很
灵,前往跪拜求签人很多,香火极为旺盛。祠堂内供着九相公的塑
像,两边挂满"有求必应"的锦旗。正堂上的牌匾"越国九相公",落
款为"弘立",两边的楹联,其中一对是"天风浩浩吹并大地尘氛倚
片石书卷三叶独开更何须故人禄米邻舍园疏,札水涛涛淘尽千秋
人物看闲云野鹤万念都空说什么宋代衣冠明宫花草",落款是"乾
隆御笔"。大家看后,便开始议论其真假之事,从口气与用字来分析,
多人认为是冒名的。

最后一站便是茶山。一到茶山村里,大家不是忙着看风景,看

纪念馆,而是在清贫亭内听起了老严讲课。老严的党史知识极为丰富,这是大家所公认的。老严站在亭中,之前根本没有准备,一开口便是红军与茶山的故事,从方志敏与百姓间的小事,从战争的排兵布阵到红军的人事任免,以及战争心理都一一做了介绍。讲解的语言有官方的,还穿插了他自己的语言,听起来格外生动。大家围坐在亭中,听得不亦乐乎,老严的讲解始终没有中断,讲解过程还时不时与大家互动一下。若不是时间的关系,恐怕让老严讲上一天半天根本不是问题。听完讲解之后,大家参观了红军纪念馆、方志敏暂居处和茶山会议的遗址。在回程的路上,老严在车上继续给大家讲解。

六点半插曲

头一天的行程结束后,晚饭后大家住在汾口镇。秘书长通知大家第二天六点半起床。酸人只记住了这个六点半,至于是起床还是出发完全没有听清。

第二天早上,很多人五点多就起床了,在宾馆周边走走看看,拍拍晨曦。也有很多人打电话问酸人,几点出发,答曰:六点半。果然,当酸人到宾馆一楼大厅里,已经聚集了很多位文友。过了六点半,有人提出了异议,听说不是六点半出发,而是七点出发。但不可否认的是秘书长确实提过六点半,那个六点半是起床时间而不是出发时间。

所以说这个通知有问题,没抓住关键,直接通知大家七点出发就得了呗,简单又不会误解,再说了你管大家几点起床。从这段插曲中悟出些世事道理也是件好事。

模特柯老师

　　柯老师是第一次参加作协的采风活动,但很快就融入了这个团队。在霞童村的大月塘,面对古柏古樟,邦建就叹气说没好模特,我就建议他找柯老师来当模特。邦建的摄影技术在作协是最好的,这是作协会员公认的。酸人只是建议,柯老师也乐于助人,有美女老师的配合,相信拍出的作品肯定不错。

　　柯老师当模特很快成了这次采风的一个话题,在木连遗址上,邦建兄又开始要求柯老师当模特了,这仅仅是一个开端。接下来在叶村、徐家柯老师都被大家要求当模特。尤其是在徐家一家老宅里,有人建议柯老师上楼当模特。柯老师毕竟是老师出身,不会扭捏,由林虎兄陪着上了楼,让大家在楼下拍个够,还被要求做出各样的表情和姿态。

禁渔瀑布

　　在徐家,拍完有柯老师友情客串的楼阁美景后,一天的奔波,大家显得有些疲倦,纷纷坐在廊桥上休息。在廊桥边上有一道堰坝,溪水漫过堰坝哗哗地流淌。孤岛先生说那是一道小型瀑布,我赶紧接口说,"是呀,禁渔瀑布。"孤岛先生问我,"真的叫禁渔瀑布?"我指着堰坝两头用红漆写的大字"禁渔",说:"啰,那不是写着'禁渔'吗?"

中洲与"县城"

中洲，淳安县最西边的乡镇，也是离县城千岛湖镇最远的一个乡镇，一个半小时左右的车程，这样一个距离或许还不足以产生更多的美感。但我们可以从另一个角度走进中洲，去领略她那些神秘的过去，以及属于中洲这独特的美。这个角度便是时空的距离。

208年，东汉建安十三年，东吴大将贺齐平定黟歙，割歙南武强乡改置为新定县，县治设在武强乡平安里的"木连村溪北"。280年，新定县更名遂安县，县治仍在"木连村溪北"。此时的中洲与"县城"紧紧挨在一起，历经三国、魏晋南北朝和隋唐时代，这414年是中国从乱世走向盛世的阵痛期，却是中洲与"县城"的蜜月期。621年，遂安县治迁往狮城，1958年因建新安江水库，遂安县与淳安县合并，县城定在今天的千岛湖镇。从"木连村溪北"到狮城，再到现在的千岛湖，中洲与"县城"渐行渐远。

人们都说距离产生美，中洲与"县城"渐行渐远的距离又产生了怎样的美？那或许是树根与树冠的关系。树冠是树的形象，树越长越高，树冠离树根的距离越来越远，但却离不开树根源源不断输送上来的水分和养料。县城作为县的形象，与树冠有着极为相似之处，而中洲这个孕育"县城"诞生的后方，又与树根有得一比。一条武强溪贯穿着整个中洲，也连起了中洲与"县城"之间的过去和现在。中洲与"县城"渐行渐远的距离也印证了树根与根冠的关系，一

124

条武强溪流淌的不仅仅是清澈的甘泉,还有从中洲走出去的人,以及物质和精神的财富。

从"木连村溪北"到狮城,是纯农耕时代过渡到农商时代的迁徙。从狮城到千岛湖,也让淳安过渡到了现代。中洲与"县城"的渐行渐远,也是时代前进步伐的印证,这个距离的变化记录了淳安成长和发展历程,这种时空与距离的变化,蕴含着历史之美,饱含了淳安文化走出大山的愿望。也从另一个角度叙说了淳安从山越文化过渡到新安文化、徽文化,再到新时代的千岛湖文化的发展历程。

去屏门看瀑布

屏门北靠昱岭，南近千岛湖，南北落差大，溪水从昱岭山脉顺势而下，流出千沟万壑汇入进贤溪，最后流入千岛湖。屏门乡多瀑布，我早有耳闻，前有上西九咆界，以九座瀑布闻名，且丰富了以水为主题的旅游，现有屏前瀑布群乘势而上。屏门上西村的九咆界虽有耳闻，却始终没能前往一睹真容。2013年4月，屏前村文友郑兄发出邀请，希望我组织众文友前往屏前看瀑布，据郑兄所说，屏前村拥有大小瀑布30多座，当然大家都知道有夸张的成分，但瀑布之多是可以确定的。但终因种种原因没能成行，去屏门看瀑布也成了一种奢望。

在即将告别2013年的时候，网上千岛湖论坛邀请各位版主参加2014年1月5日屏门举办的草莓节，届时还有金屏峡谷瀑布探游启动仪式。金屏峡谷就是屏前村到双坪村之间的那条峡谷，也正是郑兄所说的那个瀑布群所在地，曾一度熄灭的想法，又在这个冬天被重新点燃——去屏门看瀑布。

1月5日那天，千岛湖的清晨特别地冷，而屏门的气温更低，冷的只是天气，前往屏门诸位内心却是火热的。表演水鼓的演员，穿着短袖短裙，丝毫不惧冬日的寒意，红色的穿着，红色的草莓，"红色"成了大家内心最真实的热情。

水鼓是开幕式唯一的表演节目，不知是有意安排，还是巧合，因为"水"是当今淳安文化的灵魂。"护好水环境,用好水资源,做好水文章"这不仅仅是一句口号,更是一种文化的体现。淳安的旅游从以往的"看水"到如今的"看水、亲水、乐水",不仅仅是形式上的拓展,也不仅仅是旅游项目简单地堆砌,更是水文化不断丰富的结果。在全县景区化过程中,水依然是淳安旅游最重要的主题,也是最需要丰富的内容,近几年兴起的漂流、森林氧吧、生态沟探游,无不是与水有关。

屏门人在"用好水资源"和"做好水文章"方面无疑做了大量的探索工作,从九咆界瀑布到九咆界漂流,再到这次金屏峡谷瀑布奇观,紧扣着水的主题。而我对屏门的了解,仅仅停留在工作的层面上,停留在字面上的了解,停留在一些二手的了解上。对于常年坐在办公室里的我来说,屏门还是瑶山都是一个差不多的概念,地处淳北,盛产山核桃。然后相继有同事、朋友和认识的人从屏门出来,或是去了屏门工作。于是,屏门的点点滴滴在他们的叙说中,有了一些具体的细节性的了解。

瀑布就是这些具体细节中的一个。瀑布是山水协作的杰作,它的美感来源视觉上的震撼。对瀑布的向往是对自然之美的敬畏,而瀑布总能吸引摄影者的眼神,牵引着文人的思绪,渴望创作如瀑布般喷泻。也正是因为这个原因,去屏门看瀑布成了我的一个愿望。

从屏前村出发,沿着蜿蜒的山路上山,一路上始终有水相伴,我上山,水下山,我确信这相反的路线将成就今天的邂逅。路向山沟深处延伸,越往上,水流声越是急骤,越是欢快,路在一座古老的小石拱桥前突然陡峭起来,再往前就是上山的路了,路的两边种着茱萸和山核桃树,而此时一抬头就能看到第一座瀑布,瀑下已聚集了众多摄友,尽情地把眼见的美景藏进手机和相机之中。再看道路时而平缓,时而陡峭,时而上,时而下,水流、瀑布、奇石点缀了一路的风景。"仁者乐山,智者乐水",而在金屏峡谷却让人山水兼得。

　　走完全程大概用了一个半小时,大大小小,形形色色的瀑布看了一座又一座,在我心中能称为瀑布的也就十几座,但这个数字已足以让我震撼,因为瀑布本来就是稀有之物。下得山来,郑兄告诉我,春季来,瀑布更美。那么,等到某个春季,再邀上四五好友,呼一声口号——去屏门看瀑布!

山盟

山,在上面等我。在我没听说她的名字之前,就在上面等我了。她有着诗意般的名字——紫竹峰,紫竹,"西南产修竹,色异东筼绿。裁笔映檀唇,引枝宜凤宿。移从几千里,不改生幽谷"。这给山蒙上了一层神秘的色彩。

这是一个海拔1169米高的约会,注定是一场不平常的约会,也注定是一场美丽的约会。一边是山、崎岖的山路和茂密的森林,一边仅仅是我。二十五里青山早已列队整齐,期待这次约会的到来。从宋村青山口出发,一路风景:观碟坡、太师椅、朱见亭、亡羊叉、玛雅堆、歇汉台,崎岖山路写满风景,清澈的泉水,鸟鸣声风铃般悦耳。淹没于灌木丛中的小路,走过历史,走过许许多多的赴约者,这让我感觉亲切,于是便产生了一个错觉,我仿佛不是在赴约,而更像是在回家。

登山,是一个享受和感悟人生的过程,登紫竹峰也是了解宋村的过程。

这山望着那山高

紫竹峰并非宋村境内最高峰,最高峰是位于宋村西北的笔架尖。紫竹峰也不是昱岭最高峰,昱岭的最高峰是金紫尖,紫竹峰与金紫尖两两相望,像一对姐妹屹立于淳安腹地。然金紫尖也非淳安最高峰,峰峰叠叠,山外有山,这山望着那山高。高是一种境界,但人们并非一味追求所有山都具备这种境界。"山不在高,有仙则名",金紫尖这掷地有声的名字并非与生俱来,古代因此山向上八都倾斜,故称"重八尖"。元末朱元璋被张士诚打败,率部由安徽逃往浙江时路经此山,得知此山为"重八尖"。"重八"是他的小名,心中便生不悦,刘伯温见状,便说:"你是天上紫微星下凡,这山就叫金紫尖吧。"

宋村,历史上曾有过"云源、松崖、安峰"等名,1984年改回宋村后,沿用至今。宋村在淳安23个乡镇中,算不上是一流乡镇,但也不至于垫底。若把23个乡镇比作23座山峰,置身于宋村看其他乡镇,可谓是"这山望着那山高"。但宋村有自己特色,有自己独到之处,有让其他乡镇仰望的高度。以村以入乡镇之名,在淳安,历史上曾经有"樟村、郭村、唐村、叶村"等,经历了几轮的乡镇撤并之后,如今只剩下了宋村。宋村全境呈"狭谷形",两侧高山青翠,中间水长溪宽,县内四大主干流之一的云源溪纵贯宋村全乡,全长130多华里,《嘉靖淳安县志》载:"涧流悍激,山石崎险,其流会于青溪。"云源溪在宋村段又称白云溪,淳安县第一家漂流点就在宋村白云溪。宋村"千岛绿园"牌银针茶,连续四年获全国绿茶博览会金奖。

山凹间的回声

每攀上一座山峰,兴奋的我们便向着山凹呼唤几声,是出于一种自我陶醉的本性,仿佛是在向山群宣示着自己攀登的成就,山凹似乎也通人性,对我们的呼唤给了回应。回声此起彼伏,经过山凹的渲染,变得有些诡异,却也不失为攀登过程的一大乐趣。

千威线沿着千岛湖的湖岸线绕了一个大弯,绕到了宋村乡政府所在地,云源溪在此汇入千岛湖。在淳安历史上曾以"都"划分地域,宋村所在的"都"历来为人所乐道,一说为十三都,而在光绪年间的《续纂淳安县志》中载为"失落的三都"。不管是十三都还是"失落的三都",那都是历史给我们的回声。说到历史,在淳安不得不提的是移民,在千岛湖形成后,宋村有10个村沉入湖底,当年松崖乡人童禅福,不过是移民中的普通一员,先移开化,再转江西,父母因吸血虫病而双亡,童禅福付出了比常人更多的努力,曾被评为全国劳模,后任浙江省信访办主任等职,他不忘故土,花了近20年心血,写成了《迟到50年的报告,国家特别行动——新安江大移民》。该书可以说是新安江移民50年后的历史回声,它与登山时呼唤的回声不同,它回传过来的是移民的悲壮和历史的厚重感。

其实社会上每个人的任何行为都会造成如同回声般的连锁反应,我们在池塘里扔一块石头,一阵浪花之后,产生一圈圈的涟漪,慢慢地荡开,涟漪最后会回到你的脚下,轻轻地拍打着你所处的岸沿。如果水花有害,会引起你的伤痛;如果水花是美好的,我们却期盼它早点回来。可不管怎么样,它最终都会回到你的身边,对你产生影响。登上山峰那种不由自主地向山凹呼唤的喜悦声、回声也一样充满了力量,给自己以乐趣,也鼓舞着后面登山者。

上山容易下山难

站在紫竹峰顶,望着来时攀登的路,崎岖而蜿蜒,一路上来只为这登顶的十几分钟,接下来还得沿着来时的路返回。登顶只是目标,实现目标只是人生的一半,"上山、登顶、返回"才是完整的人生。

"上山容易下山难"，这个道理登过山的人都知道。第一个登上珠穆朗玛峰的新西兰人希拉里也说过意思相近的话："攀登珠峰的关键并不只是登上顶峰，我甚至觉得能够安全下山更为重要。"在希拉里之前，有两个英国人也可能曾经登顶，只是在下山途中发生意外，遇难身亡了。上山的重力重心是向下，而自身的作用力是向上，两力方向相反，成平衡状，除了费点力气外，危险性较小；下山时，重力重心是向下，自身作用力也是向下，这样平衡就不好掌握了，弄不好前冲力过大，会发生危险。并且下山时速度如果太快，腿脚会发酸并且发抖，而且极易磨损膝盖。

　　上山时，几个人结成一队，大家相互勉励，说说笑笑，累了，休息一会儿再继续上，体力上的不足完全可以克服。而下山时，要注意的是思想上的麻痹，一不留神，脚下一滑，虽不致命，但也惊出一身冷汗。"上山容易下山难"是从登山中悟出的人生真谛。它的适合范围从登山扩散到了经济社会的各个领域之中。如果把上项目比作上山，那项目的建成便是登顶，日后的维护可比作下山。宋村的白云溪漂流可谓开了淳安漂流的先河，随着千岛湖的知名度不断提升，投资者对淳安山水资源倍加青睐，投资项目也费尽了心思，漂流项目就是其中之一，自从宋村白云溪项目上马后的短短几年间，漂流在淳安便如雨后春笋般冒出一个又一个，客源竞争日趋激烈，如不注重自身特点的宣传和挖掘，真可谓是"下山难"。

　　对于每个人来说，"上山"更多表现为目标的追求，"下山"可只为放弃，而人却往往是"拿得起却放不下"。

　　下得山来，偶尔回望那挺拔的紫竹峰，她始终保持着一种高姿势，翘首仰望天空，那是她的目标，对高的渴望，那更是她的性格。

路边小涧的流水,清脆地告诉我,她也有目标,对海的渴望。突然顿悟,山性趁高,水性趁海,趁高或是往低都将写就辉煌,不管是"山盟"还是"海誓"。

第 三 辑

用低调而简单的方式，坚守在故乡的山川，开花结果年复一年，这是对这片土地无言的承诺。

彼岸花

　　有文友送我一盆曼珠沙华，近日抽苔，红色的花蕾正期待着绽放。

　　曼珠沙华也叫石蒜，但它有另一个名字更为人熟悉——彼岸花。彼岸花之名的来由，是其叶与花不同一季节，长叶时无花，开花时无叶。在我老家，它有一个让人敬畏的名字——鬼花。每年八月至十月，在山沟阴湿之地，彼岸花便如燃烧的火炬般盛开，几苔簇拥，火红一片。那种红不似杜鹃的啼血，却更似欲望之火，四周又有细丝花蕊缠绕，在初秋的凉风之中摇曳，犹如火蝴蝶翩翩起舞。

　　对于这种红，儿时的我记忆特深，总想摘一枝细细观赏，可每次都被大人所呵责。于是那个"鬼花"的名字，像是一道符咒封住了儿时的欲望，对它产生了一种莫名的恐惧。虽然这种恐惧更多源自大人们的呵责，以及大人们那手中至高的权威。这种恐惧却无形地转嫁到一朵花上，既然那么可怕，那就毁了它。于是小伙伴们抢起手中的棍棒向它扫去，花应声而落，盛开的火焰散落了一地，花柄断处冒着液体。外婆告诉我，那是它们的血和泪。我不懂，花也有感情吗？于是，我对"鬼花"产生了敬畏，既不敢靠近，也不敢学小伙伴们用棍棒毁了它们，只有远远地观望它们，希望从它们摇曳的身躯中悟出一些东西。儿时的记忆连同"鬼花"的阴影在我渐渐远离乡村的同时慢慢淡去。

曼珠沙华,在一篇文章中看到这个名字时,我并不知它就是烙在儿时记忆中的"鬼花"。当看到曼珠沙华的图片时,那些关于"鬼花"的记忆仿佛决了堤。

　　"彼岸花是开在冥界忘川彼岸的血一样绚烂鲜红的花,是生长在三途河边的接引之花。有花无叶,当灵魂渡过忘川,便忘却生前的种种,曾经的一切留在了彼岸,开成妖艳的花。彼岸花,花叶两不相见,生生相错。此花只开于黄泉,是黄泉路上唯一的风景,在那儿大批大批地开着。远远看上去,就像是血所铺成的地毯,又因其红得似火而被喻为火照之路,人就踏着这花的指引通向幽冥之狱。"

　　这段文字终于让我明白了"鬼花"来历,它源于佛教,而"曼珠沙华"这个诗意名字也一样来自佛经。而我更喜欢它的另一个名字——彼岸花,虽然它也源自佛经,曾用它在小说《燃烧的房子》的结尾点缀了故事。彼岸花也不止红色一种,还有白色和黄色的。只是红色是最普遍最常见的。

　　人的一生也如同对彼岸花的认识,从惊艳喜爱到恐惧敬畏,最后又回归到喜爱,意识的轮回,同时也编织了人生美丽的风景线。

　　看着花盆中期待绽放的彼岸花,它将绽放于我的文字之中,那些童年的恐惧和敬畏都化作了美丽绽放的养料。

水碓

水碓是农耕时代的中国人发明的一种机械,用水流作为源动力,巧妙地运用了杠杆等原理,用它来舂米加工粮食等,把人力从反复简单而又枯燥的劳作中解放出来。

我出生的年代,浙江的农村,碾米、磨粉等粮食的加工都已用上了电力加工设备,对那些农耕时代的水碓、水车等农具自然见过不多。但经常从长辈们那里听到这些名词。也经常跟着大人们扎些藤蔓编两个圆形,90度内切相交后,用一根木棒穿过两个交点,然后找两根有杈的木棒,插在水渠的两边,把原来串好两个内切圆架上去,调整杈棒的高低,让圆弧切入水流之中,在水流的带动下,这个微型的水车就开始转动了。以流水为动力源,通过水车将其转为可操控的横轴动力,然后来为我们生活服务。这是我国古代劳动人民的智慧。淳安位于浙西山区,水力资源丰富,水碓、水磨等设施在旧时的淳安农村几乎村村都有,看看一个村水碓的规模和数量也能估出村里人口数量。

在我十几岁的时候,跟着村里的大人们去过银山庵,在那里我见到一座简单的水碓,它不用水车带动,而用了杠杆平衡原理。这个水碓位置选在一个小瀑布边,搭了一间简易茅棚,棚中间放一个石臼,一根大木头中间用支点固定在石架上,靠瀑布那端,木头被凿成水槽,棚内那端被绑上一个圆柱形的石头,正对着石臼,石臼内填进待加工的粮食。用竹简将水引到槽里,水灌满后,致使木头失去了平衡往后倒,后倒之后,槽中的水被倒光,木头的重心又倒向了石头这边,重重地打向石臼,如此反复,木头在平衡与失衡之间来回地运动,下压的石头与臼内的谷物发生摩擦,不断重复,稻谷便去了壳。

这个简单的水碓在平衡与失衡之间不断转换,平衡永远只是运动中的一个状态,但就是因为有支点的存在,平衡就永远存在。尽管失衡是常态,但因为支点的存在,失衡到一定的程度就回归平衡。世间万物也包含类似的道理,春分和秋分昼夜均分,但其也只是昼夜长短交替中一个平衡点。公正存在人性之中,相对的公平也就永远存在。

八百多年以前,理学家朱熹提出"存天理,灭人欲",其原意是指出人的欲望需要有个度,而"天理"就如同水碓的支点。过了,就要往回拉,拉到一个平衡的位置。但无欲,社会就不会发展。就像这简单的水碓,如果把水量比作欲望,当欲望达到了一定程度,自然就会往后倒,后倒的结果就是把槽中的水倒光了,因为支点的存在,又将失衡的状态拉回平衡的状态。也就是"灭"了槽中之水,而作为"天理"的支点依旧发挥着作用。但没有水这个"人欲",水碓这个系统就不会运转,而且水碓的运转速度取决于水量和水流,水量越大,水流越快,水碓的运转速度也随之加快。丰富的物质提升了当下的幸福指数,也正如水流量的增加,加快了水碓的运转速度,运转速度又要求支点提升坚度。

禅理常说,"舍得,有舍才有得"。这对于水碓,也是极好的诠释,不舍掉那满槽的水,就得不到我们需要砸向石臼的动力。人总在一些事情中不断舍取:舍生取义,杀身成仁是一种;损有余而补不足,

140

是一种；捐助扶贫也是一种。

　　三十多年前那个夏天，我望着那座简单的水碓，三十多年后，我翻阅着自己的记忆，可能那座水碓已和多数水碓一样，被遗忘在了历史尘埃之中。那些水碓已无法满足我们生活所需，最终被人们选择遗忘，但它砸出这些哲理，就如山涧的泉水，却一直存在于我们的祖辈留下来的智慧之中。

童年的乌鸦饭——薜荔

　　"惊风乱飐芙蓉水,密雨斜侵薜荔墙。"这是柳宗元在《登柳州城楼寄漳汀封连四州》的诗句。大家都知道,芙蓉就是荷花,但薜荔是什么? 很多人都有类似的疑问。其实,从农村走出来的我们都知道,它有一个名字,留在我们儿时的记忆里,带着浓厚的淳安乡村特质——乌鸦饭(这只是普通话译后的说法,在遂安言发音近"老瓦饭",而在淳北称它为"老瓦馒头"),而薜荔正是它的学名。

　　在农村,庭院的矮墙上、石拱桥上、石壁上经常看到这些攀缘的藤类植物,茎紧紧地贴着墙体,根随枝蔓生,一寸一毫抓住墙体的石头,把一垛墙,一座桥紧紧地包裹,藤和墙仿佛是一个整体。再看那叶子,椭圆,厚厚的,犹如一位忠厚的挚友,甚是让人喜爱。

　　夏末,在这些藤蔓之中挂起了一个个椭圆形的灯笼,碧绿碧绿的,甚是好看。出于好奇,我总是忍不住摘个来玩,果一到手,便见那断蒂处冒出乳白色汁液,滴在手上,黏黏的。而手中的"小灯笼",捏起来感觉是空心的,剥开来,果壳断裂处也冒着乳白色汁液,果壁上密密麻麻地排列着小小颗粒。儿时我并不知道这就是薜荔的花,呈微红色。听外婆说,等下霜,这些乌鸦饭就成熟了,剥开果实,就能吃。也就不忍心再去摘来玩,一心等到初冬,盼着下霜,再去尝尝那乌鸦饭的味道。可一年又一年,在冬天到来的时候,把它们忘了,等到来年开春时才追悔莫及,心里暗暗发誓,今年冬

142

天一定记牢。

走进学校，走进单位，远离了乡村，也远离了乡村的植物，包括那已经爬满墙体的薜荔。在一次回乡之时，见到了那座爬满薜荔的老桥，以及那条已经废弃的老路。心里似乎有种久违的东西被唤醒，是什么？或许是深埋心中的乡愁，是对故土那种无法摒弃的情感。不由得在老桥上多站了一会儿，坚硬挺拔的薜荔藤蔓托起了一座桥的同时，也托着这村庄的历史。桥，那躬着的背，仿佛是被时间压弯的。老桥和那坚硬挺拔的薜荔藤一样，坚守着自己的使命。在时间里把自己站成了一种精神。扭头的瞬间，瞥见那碧绿丛中挂着一枚枚薜荔果。心中一乐，这些被童年遗忘的乌鸦饭又挂满了这个季节。

我在脑海中搜寻出一幅画面：一幢被废弃的房屋，三面墙被风雨侵袭后倒塌了，唯有那半垛爬薜荔的墙还坚强地立在那儿。画中的薜荔便是那被物化了的精神，它一寸一寸地将根扎入墙体，最终将自己融入墙体，融进石壁，到最后薜荔就是墙，墙还是墙。很多时候，薜荔在我意识中，总以一位老农的形象出现。他将自己种植于土地之中，收获粮食，收获人生，老农与土地俨然是一个整体，就像薜荔和墙。

薜荔的花隐生于肉质囊状花序托内，分瘿花、雄花、雌花三种，内敛而不张扬。难怪屈原会钟情于薜荔，在《离骚》中有诗句"贯薜荔之落蕊"，诗人将落地的薜荔果一一拾起，串成环，挂在脖子上，又在《九歌之九·山鬼》中更是让"山鬼"也满身披挂薜荔："若有人兮山之阿，被薜荔兮带女萝。"在屈原的眼中，薜荔与幽兰有着同样的品质，或许更甚。

勾住童年的清明花

清明,最让我难忘的除了清明馃外,还有路边那些不起眼的小花,就像那些点点滴滴童年的记忆,散在路边,绽放出春天的颜色。几个小伙伴一起,背着书包,走在回家的路上,在无际的油菜花海中恣意嬉戏。

"来,我们斗清明花!"

不知是谁喊了一声,大伙开始寻觅路边的清明花,要找相对结实的,都希望自己的花能胜,赢了自然开心,输了也不沮丧,胜负在那个年代其实不重要,重要的只是为了开心。清明花有两种,一种开白花,一种开紫花。紫花明显大朵于白花,花的基部突出,与花柄形成钩状,因为这种特殊构造,才成全了斗花的乐趣。斗花时将两花勾住,双方齐用力拉,谁的花头掉了,谁就输了。偶尔也有两个花头一起掉的,双方哈哈一笑,又各自寻找新的花来斗。游戏规则很简单,但快乐却洒了回家一路,输了自然要再找花来斗,直到将对方的花斗败为止。

每年春天,看到路边绽放的清明花,都不由得想起童年斗清明花的场景。只是当年那些一起斗花的人,如今各自奔波,就像这些散落的记忆,怎么也拼不出当年的场景。有时不由自主地去摘几朵清明花,放在手上玩弄。偶尔也学老顽童,开展左右互搏术,摘两朵,左右手各执一朵,自己玩斗花,只是没了当年那种无论输赢后的快乐心情。

清明花就像绽放在童年世界里的精灵，小小的花却闪着无限的快乐。斗清明花，很容易让人想到另一件事，就是童年另一个游戏，拉勾，看着形式相似，快乐相似。不同的，斗花有胜负，拉钩却是双赢，相同的是都收获快乐和开心。

有时想想，我们应该感谢大自然的恩赐，一朵小小的清明花就让童年的春天充满了快乐。

清明花只是淳安部分地方的叫名，其学名叫地丁，开白花的叫白花地丁，开紫花的自然叫紫花地丁。紫花地丁又名野堇菜，《本草纲目》又称为箭头草、独行虎。其味苦、辛、寒。可入药，清热解毒，凉血消肿，主治疔疮，毒蛇咬伤。其叶似柳而微细，夏开紫花结角。对于我们，都将它称为清明花，不管白花还是紫花，都一样，曾绽放在童年的快乐里。

乌黑的精灵——地稔

土地承包到户后,几户人家共一头牛,我成了一名放牛娃,周末以及假期,放牛成了我的"职业",经常约上几位同龄人一起去放牛。那几年,我们放牛地点每天都在变,村里那些大大小小的山坡和荒地都被我们牵着牛跑了个遍,也认识了很多家乡的植物。有一种野果子,成熟后乌黑色,从大人那里得知能吃,但就是不知它的名字。

它生长在山坡相对阴凉处,整片整片的,卵形的叶,植株匍匐地面生长。春夏之交开花,淡紫红色,成片地开放,也别具一番风味。花落之后,果子便显现出来,起初是绿色的,快接近成熟时是红色的,直到变乌黑便成熟了。那果实形状大小都有点儿像长了刺的蓝莓。七八月,正值暑假,也是这种野果成熟的时节,此时不像春天,满野都是覆盆子,满山还有茶桃(茶苞)。也不像秋天,野柿子,猕猴桃挂上枝头。而唯独此果,在那些被鸣蝉吵晕的夏天,满足了我们的馋意。而且一旦发现,就是一整片,面对大自然的恩赐,年幼的我们,从来都不客气,大家一哄而上,边摘边往嘴里送,生怕比别人摘少了。那果咬到嘴里,果浆爆开来,甜中带涩,在齿舌间来回翻滚,回味无穷,让人欲罢不能,直到嘴皮都被果浆染成乌黑为止。然后指着对方乌黑的嘴唇笑个不停,也毫无顾忌地抡起衣袖擦去留在嘴唇的乌黑色,也会在衣袖上留下一抹乌黑的擦痕。

　　衣袖上那抹乌黑色的擦痕早已在时间里褪去了颜色,就像如今的故乡,田间地头都改变了当初的模样。那年五月回老家时,忍不住到当年放牛的那些山坡走走。路上碰到几位刚从田地里劳作回来的村民,我上前跟他们打招呼,他们对我笑了笑。

　　当年的小路已被灌木丛淹没,一眼望去,小路轨迹在灌木丛中仍很明显。我沿着小路往前走,突然看到灌木稀疏处有一片花,淡紫红色的五瓣花。对,就是它,等到七八月,果实成熟了,这就是一片乌黑色的果实。不由又想起当年摘吃它的画面来,会心地一笑。再看它,低调地匍匐在地,没有绚丽的植株,就连花朵也不是炫耀的颜色。我俯下身去仔细观察,椭圆的叶子,对生,匍匐于地,把根扎进这片土地里。它就一直这样,用低调而简单的方式,坚守在故乡的山川,开花结果年复一年,这是对这片土地无言的承诺,它只会用花、用果来兑现自己的承诺。我也联想到刚才碰到的那几位村民,他们和它有着一样类似的内在实质,坚守这片土地。

　　我用手机拍下它的照片,发给了一位学园林的同学,向他咨询这种植物的名字。回复很快就在手机上闪烁:地毯,野牡丹科、野牡丹属的匍匐状小灌木。

　　我念着它的学名,在这片故乡的土地上,拾起那些散落的童年时光。

被呼作小麦莓的胡颓子

第一次知道它的学名,我有点不敢相信,胡颓子,跟多数人一样,在内心盘问,它怎么可以有这样难听的名字? 我宁可叫它那个带着浓浓乡愁的名字——大麦莓或小麦莓。

五月,麦子成熟的季节,故乡的原野总有着让人意想不到的收获,我们的童年在田间地头,山丘小坡留下过幸福的足迹。遍地的红莓(悬钩子科属),淳安老家人叫它地莓,满坡的覆盆子,我们叫它牛奶莓。还有一种像微型枣一样的,椭圆形,成熟后红红的,挂满一枝,像微型的灯笼,甚是诱人,虽然跟覆盆子不是同一科属,但村里的老辈人也称它为莓,就像桑葚被称为桑叶莓一样。

这种植物生长在山丘,边坡,属小灌木,叶椭圆形,叶背面覆盖一层白色鳞毛。头年秋天花开,白色,花凋零后并不马上脱落,到了来年四至五月,果实渐渐成长,果子起初为绿色,然后渐渐由黄变红,红透后,果子便成熟了。成了我们童年的一道美味。

在老家的山丘这种果实有两种,早成熟的那种,个儿大,但吃起来酸,老辈人称它是大麦莓。晚成熟的,虽然个儿小,但很甜,老家人称它为小麦莓。淳安有些地方还叫它们为板扎、面扎。麦子成熟的时节,正是一年中万物成长的最佳时期,春天进入尾声,夏天还没完全到来,青草肥嫩,正是放牛的最佳时期。耕牛吃了半年的干料,又面临新一年的耕作的开始,正是耕牛恢复和储备体力的时候。我们牵着牛,奔走在田间路边、原野山坡,牛儿啃着青草,我们享受自然。看着那挂满整枝,红透的大麦莓,虽然知道是酸的,但还是忍不住折一枝,然后摘下一枚往嘴里送,往往被酸得张大嘴巴,眯起眼睛。再看那还是青涩的小麦莓,心里期盼着它快快成熟,好让我们这些放牛娃们饱一饱口福。

离开故乡已经很久了,但每年春天总能想起故乡的一些事物,包括这胡颓子。胡颓子具有观赏价值,尤其是有种白边,常常被当成园林植物进行栽培。偶尔在公园里,见过被修剪成形的白边叶子胡颓子丛,进了城就不能像老家的小麦莓那样,高调地伸展着自己的枝条,高调地将红色的果实高高地挂在枝头,就像我一样,洗去外表的泥土气息,委顿于城市的繁华之中。看着这些被修剪过的胡颓子,总有些感慨,却又无法道明。有时念着它的名字,才真正感觉到家乡的胡颓子并不"颓",而城市公园里的,被修剪成形的胡颓子,似乎才真正符合这个名字。

长辈们曾对我说过,家乡一草一木都是老辈的化身,家乡的山水养育了一辈又一辈的人,也养育了那漫山遍野的植物,它们用自己的诚信,坚守那片土地。而我,在内心一直保持着故乡的泥土味,任凭时间的流逝,都无法冲淡内心的故乡,与长辈不同的是,我用自己的回忆和文字坚守心中的故乡。

三叶木通果

每年秋季,外婆从大山里背一些野果回来。其中就有它,外婆叫它裂瓜,大姨叫它牛皮裂。不管叫什么,反正跟"裂"有着千丝万缕的关系。而我,已迫不及待等它裂开的那一天。

摘回来的时候,那外皮黄中带着青涩,有的略显紫红色。放了几天,就转成乌黑,有点像粗糙的牛皮。难怪大姨会叫它"牛皮裂"。外皮裂开后,它内心的秘密,就暴露在大家面前,白乎乎的,有点像剥了皮的香蕉。当年并不知道香蕉,而是后来有人说,它还有一个名字叫"野香蕉"。

一个事物被人关注越多,就有越多的名字。这些名字,大多都能抓住某一个特征,"裂""牛皮",很形象,让人产生联想,这是民间智慧。

沿果皮的纹路裂开,像一个沉默许久的人,终于开口说话,"我准备好了,你吃吧!"四五月间,山间开出紫色的花朵,到七八月卵形果子才成形,那些日子的沉默,只为修炼出这一道山野的味道。就像一个人,从小学到高中,一直隐忍着,不玩手机,不玩电脑,潜心学业,只为收获成果的那一天。

剥去果皮,一股幽幽的清香,便扑鼻而来,那是汲取山间精华,酿造而成的味道。轻咬一口,果肉腻滑,有黏性,那独有的甜味便在舌尖打转。

"慢点吃,籽多。"外婆叮咛。我真的挺讨厌这些籽,黑黑的,又多,让人不能好好品尝果肉的香甜。"它们是想让它们的子女生长在一个全新的地方,就像你以后肯定会去另外一个地方生活。"我似懂非懂,但对多籽的果实少了点厌烦。

多籽少肉,这独有的结构,不过是植物为了把自己繁衍得更远,更广一点。肉质的香甜,让吃它的人或是动物,不忍拒绝,当把那黑黑的籽吐在泥土里,这个构造的目的就达到了,种子可以在新的土地里发芽,成长。我把吐出来的黑色种子埋在屋前的一片空地上,第二年,长出了新苗,看着那卵形的叶子,慢慢地伸展开来。

有年秋天,我经过一家水果店,看到了久违的身影,几个裂瓜果,用绳子扎在一起,"三叶木通果:疏肝健脾,和胃顺气,生津止渴,有抗癌作用。"纸板上写着几个毛笔字,就放在果实边上。原来它的学名叫"三叶木通果"。

果实已经裂开,从裂缝里隐约可以看到那诱人肉质。我似乎看到自己内心埋藏了很久的秘密。外婆是对的。现如今,我在千岛湖工作生活,当年那颗黑色的种子,在另外一个地方发芽生长。

家乡的冷水凼

在中国传统文化中，任何事物都由金木水火土五种元素所构成，一个村庄也不例外。五行之一水元素在老家农村尤为突出，水元素的存在形式除了溪流、水井和水塘等之外，还有一种形式，老家人称为冷水凼（凼，意为"小水坑"）。冷水凼，用普通话来解释就是泉眼。老家四面环山，泉水资源丰富，分布地也极多，有的在半山腰、有的在山脚下，也有的分布在田间地头。泉水长年不断，涓涓而流，不会因为干旱而枯竭，而且水温常年稳定，基本上是在16~18℃之间，感觉上冬暖夏凉，曾听外婆说过，"那是大地的体温"。

在儿时那些零碎的记忆片段中，一到夏天，便拎着水壶去这些冷水凼取水，哪里的泉水味道好，哪里的泉水有什么传说故事，我们都了如指掌。快近中午，几个小伙伴拎着坛坛罐罐，三五成群前去取泉水。在回来的路上，因为泉水的温度低于气温，在水壶外面凝成水珠，便逗乐地说："水壶也热得出汗了。"在那个年代，农村没有冰箱，这样的凉水足可以让刚从田地干活回来的大人们美美喝上几大碗。

在老家村里人下田、上山干活很少带水。分布在田间地头的冷水凼，给下田干农活带来了极大的方便，渴了就到附近的冷水凼里饱饱地狂饮一顿，直到听见肚皮里水咚咚响才罢休。总有几位热心的村民，在冷水凼边上放个破碗，或是用竹节削个竹节罐，方便大家饮水。有这种一头被削得尖尖的竹节罐，加一根长长的柄，饮水时就不用趴着了。

喝完水，就在冷水凼旁忙里偷闲，小憩片刻，听着泉水的"叮咚"声，吹着徐徐的山风，望着田地里即将丰收的庄稼，心里说不出的惬意，不经意间就流露出"稻花香里说丰年"的诗意来。或是三五一群围坐一起，海阔天空地胡侃一通，人间万象皆在笑谈之间。

那些年，我经常坐在冷水凼附近听年长的人讲故事，其中很多都与冷水凼有关，这口冷水凼是被铁拐李用拐杖截出来的，那口冷水凼是神仙撒的尿。据老人们描述，有很多冷水凼是相通的，在这边冷水凼掉了东西，过几天在另一处冷水凼找着了。而且这些冷水凼都通往一个地方——龙宫。后来才知道，家乡是喀斯特地貌，有着强大的地下水系，泉眼与泉眼相通是完全可能的，只是故乡的人用了一种特殊感情表达了出来。听村里年长的人说，过去遇到旱年找道士做法事求雨，都是在冷水凼边上。家乡这些冷水凼甚至连名字都没有，不像杭州的虎跑泉那样有属于自己响亮的名字，但它们的故事在故乡人的口中代代相传，同样被赋予了人文的灵性。

那些童年的笑声也撒落在叮咚的泉水里，随着时间飘向了远方，唯有泉水的甘甜，带着故乡土的温度和泥土的清香，永远地被留存在了记忆之中。

进入20世纪90年代以后，年轻人进城务工的多了，田间地头再也难觅年轻人的身影，农村仿佛到了暮年，少了些许活力，冷水凼里的泉水虽然依旧流淌，依旧清澈。但少有人来光顾，杂草终于浸没了那曾经散下过欢乐的阵地。而处在半山腰的冷水凼却以另一种方式进入了农村人的生活，那些泉水被村民们接引到自来水塔，随着水管流进了千家万户，只要拧开龙头，便点点滴滴地滋润起农村的幸福。

那一碗米羹

发小当了村长,是在接到他的电话后才得知的。他说,村里要建文化礼堂,村里要把一些非物质文化遗产,包括米羹的做法也列入文化礼堂之中。

对淳安人来说,吃米羹不是什么稀奇事。

但在我儿时,吃米羹也不是常有的事。除夕那天家家都会做上一大锅米羹,一直吃到元宵节。除此之外,过节时或在红白喜事上也能吃到。

米羹的做法很有讲究,头天晚上把米淘净后放入大蒜、茴香、桂皮、橘皮、干辣椒一起浸泡。第二天用石磨磨成糊状。待锅中水开后倒入干菜等配料,最后倒米糊,不停地搅拌,一锅米羹就做成了。

这一碗米羹,便是故乡的味道,更是一碗浓浓的乡愁。

在外的日子,总是怀念家乡的米羹,虽然那并不能算是一道美味。但那一碗带着浓郁乡土气息的米羹,凝结着对家乡亲人的思念。

除夕的清晨,阳光穿透厚厚的云层,露出狡黠的笑容,给大地捎来一丝暖意。我躺在床上,悠闲地享受着回笼觉。妈妈在楼下叫着:"羹熟了!"

米羹煮好了,意味着我该起床了,因为接下来我要做的事,就是给隔壁的陈奶奶送一盆米羹过去。我已经不记得在除夕这天给陈奶奶送米羹已经持续了多少年，但这无疑是我乐意去做的一件事。

陈奶奶，从我有记忆以来，她就独自生活。听长辈们说，她老公是村里的大地主，土改时被枪毙了，有个儿子在上海，她过不惯城市生活，就留在了村里。

我到厨房时，妈妈早已舀好了一盆羹放在桌上。我看着那盆羹不由得咽起了口水，迅速地从盆中拎出一片猪肠放进嘴里嚼了起来。米羹里的猪肠我们有个专用名词："叫子"，小时候一到过年就喜欢捧着碗米羹在村里到处游荡，跟其他小伙伴比羹里的叫子多，每吃到一个"叫子"就把它吮吸得干干净净，然后高高举起，向他们炫耀。

"你就嘴馋，快给陈奶奶送去，再来吃。"

我走到她门口时，陈奶奶正坐在门口晒着太阳，看到我端着羹过来，笑着站起身来。"你妈总是这么客气，每年都送过来。"

时间往前推了三十多年，那个缺吃少穿的年代，所有场景在记忆中都已模糊，只剩下布满老茧的手捧着碗米羹递到我手上的画面，犹如摄影师利用高光圈将背景模糊了，更加清晰地凸显出主题。

因为饿，我坐在弄堂里哭了起来。陈奶奶路过时朝我看了一眼，"囡囡，哭什么呀？"我见到有人过来就哭得更加大声："我饿。"

几分钟后，陈奶奶捧着一个青花碗向我这边走来，远远就能闻到香味，那种香气不断勾起我的食欲，我不停咽着口水，饥饿感更加膨胀，我哭得更加厉害了。

陈奶奶将那碗递到我面前，是一碗米羹，我止住了哭声，用衣袖擦了擦眼泪,因为我感觉到了那碗里的美味,足可以填饱我的肚皮。我小心翼翼地接过那碗羹,抬头望着她,她脸上总是挂着让人难以拒绝的笑容,那笑容似乎是她脸上的装饰品。

妈妈去赚工分了,大门紧锁着,我捧着那碗米羹坐在门槛上吃了起来,每吃一口就抬头看看陈奶奶,她微笑地看着我。我也记不得那碗米羹里有多少叫子,只记得这碗米羹成了我记忆中最美味的回忆,不管时间过了多久,那碗羹的味道仍然那样浓烈。我三下五除二就将一碗米羹吃得个精光,还将碗舔了个干净。吃饱的我,坐在门槛上睡着了。妈妈回到家时,天已昏暗,在开门时,不小心踢到了那只碗,清脆的声音过后,变成了碎片。那碗碎了,记忆却没碎。妈妈狠狠地看着我,我以为竹丝马上就要落到身上了,紧缩着身子,小声说着,"是陈奶奶给我吃的。"

妈妈摸着我的头,眼泪滴在我的头上。我不解地望着妈妈,先前那快被挨打的恐惧消失得一干二净,扯着妈妈的衣袖,"是我不好,我以后再也不惹妈妈生气了。"

"不是你不好,是妈妈不好,妈妈没让你吃饱。陈奶奶是好人,只是她的成分不好。"

我幼小的心灵根本不知道"成分"是什么意思,只有喏喏地点着头。

但陈奶奶家的诱惑总是存在的,她家里总是备着各种瓜果,我们这些小辈经常去她家眷顾。她话很少,只是笑盈盈地看着我们说话。陈奶奶家的地面是用石灰跟黏土浇起来的,没有水泥那样硬,且很吸汗,夏天坐久了也不会有湿漉漉的感觉,所以我们总四仰八叉地贴在地上乘凉。疯玩的时候,小伙伴常还把头埋进陈奶奶的米缸里,像鸵鸟一样。而陈奶奶对我们这些顽皮的小家伙们从来不会大声呵责,总是微笑地站在一旁叮咛我们小心点。

玩累了,大家围着陈奶奶听她讲故事。她讲得最多的是当年坐轿子去狮城的事。她说她每次去狮城都在一家铺子里吃碗米羹,那家铺子的米羹特别好吃,里面的干菜和豆腐都是经过特别挑选的,吃起来柔软滑口,又香又辣,我们听着都忍不住吞口水,至于那店铺的名字,谁也没记住。

那个夏天,妈妈打来了电话说陈奶奶走了,那一刻,我脑海中浮现的是那个三十多年前的画面:那双满是老茧的双手捧着碗米羹递到我手上。

第二天,我请假赶回了老家,我舀了一碗素羹走到了陈奶奶遗体前,看着她安详的表情,苍白脸上仍然能分辨出微笑。我轻声叫了一声:“陈奶奶,谢谢你的羹!”这是一句迟到了三十多年的感谢,说完低着头吃完了那碗素羹,和三十多年前那次一样,将碗舔了个干净。

深山里的诗篇

　　山核桃，在儿时的记忆中，它永远和锤子在一起，坚硬外壳紧紧地包裹着人间美味，一锤下去，那淡雅的芳香四处飘逸，正如记忆的碎片，拼不完整却愈加浓烈。

　　出生在淳安可以说是一种福分，每年春节都能品尝到它。在历史的长河中，山核桃的名气远没有荔枝大，虽然它们有着差不多大小的身躯。"一骑红尘妃子笑，无人知是荔枝来"，妃子早已香消玉殒，但荔枝的名气在文人中便流传开来，到了宋代一代文豪苏东坡也有名句，"日啖荔枝三百颗，不辞长作岭南人"。而如今荔枝已不是什么稀罕物，日啖荔枝三百颗也不需要长做岭南人了，身价也远比不上山核桃。我曾翻阅过许多书籍，文人墨客的作品中提到山核桃的实在少得可怜，在淳安的这些特产中，茶叶的上镜率是最高的，就连关于橘子和无核柿的诗篇也可觅得一二，只有山核桃的作品无处可得，这或许就是名气跟不上荔枝的原因吧。只在1987年12月21日的《诗歌报》中有一首出自全国优秀教师曹道静的诗：

山核桃

　　你把古老的岁月／凝进你纵横的文字／总是皱着眉／给人一副深沉的面孔。

你的嘱托是沉重的／常把嘱托／当作礼物赠给我。

是的，我们已是／很要好的朋友／——再也用不着／让硬壳掩蔽自己的心门。

你向我展示着／我肩负不起的嘱托／和你不平凡的阅历；

而我呢／想从你的皱纹里／懂得山／懂得山里的人家／懂得山那边的秘密。

于是我懂了，山核桃是淳朴的化身，正如诗中所写：把古老的岁月凝进了纵横的文字。古老的岁月打就成了坚硬的外表，淳朴的品质便是它那让人满口留香的核肉。

淳安栽培山核桃的历史悠久，据清顺治《淳安县志》记载，距今已有三百多年，淳安的山核桃具有壳薄肉厚、油脂蛋白质多、营养丰富等优点。山核桃由于对自然环境要求很高，在全国只有浙江省的临安、淳安、安吉、桐庐和安徽省的宁国、歙县、绩溪、旌德等县有分布。淳安主产地在以瑶山为首淳北地区。有次从王阜过长岭到唐村，从岭脚到岭顶，路两边都栽着山核桃树，它们那挺拔的身姿，寄托了山农们致富的希望。从石隙间骄傲地生长，在海拔近千米的高山上汲取天地精华，演绎着山核桃传奇的一生，然后用美味和芳香谱写成最简洁、最动人的诗篇。

清乾隆《淳安县志》载："白露前后采取，烂去其皮取核，核中红盘结，色如丹，味微涩，颇有回精补肾之功焉。"参加工作后，办公室里有位瑶山乡的老同志，每年白露他都会请假回去打山核桃。便渐渐地从他那里了解到，在瑶山白露打山核桃回家已经成为一种不成文的习俗。白露临近，也就是收获的季节到来了，山村中小学也会调整课时,家家户户提前晒腊肉,包粽子,备齐采集工具,女人们都到集镇上购买打果子期间所需的生活用品。开竿后,村村万人空巷,店家全部打烊,外出的游子们也会如期到家参与到打山核桃的队伍中来,小小的山核桃成为挥之不去的故乡情结。几百年的相传,白露已成了当地一项极具地方色彩的民俗文化,也是山核桃文化的重要组成部分。

采摘山核桃至今仍沿用古老而简单的方式,那就是用细而长的竹竿,尽管山农想出很多的好的办法,但对种植在平地上的山核桃有效,高山上的仍然需要爬到树上然后用细长的竹竿来敲打。竹竿不能太粗,也不能太短,粗了太重,短了高处打不到,所以每年白露前都要精心准备好竹竿。这种古老的采摘方式具有很大的危险性,每年都会有因采摘山核桃而失去生命的事发生,但对山农来说这些根本阻止不了他们对丰收的向往。

"千锤百炼出深山,高山峻岭只等闲,碎骨粉身全不顾,要留美味在人间。"暂且把于谦这首诗改一改,来形容山核桃和那些采摘山核桃的山农们,是最贴切不过的了。

随着现代化技术的利用,出深山的山核桃的加工工艺有了长足的进步。在淳安也出现了许多专门从事山核桃加工的企业,传统工艺已满足不了社会的需求。其中就有了手剥山核桃,不需要借助任何工具,也不再需要用坚硬的牙齿作工具,只要用手轻轻地一掰,四瓣核肉就轻轻地跳出,记忆中的铁锤已无用武之地了。

山核桃经过加工后出了深山,成了饭后休闲的方式。但留在山农那里的无法处理的果皮却成了他们最烦的东西,从皮里渗出的黑色物质,会污染环境。但它们并不是一无是处,据赵丰在《纺织与矿治志》书中,关于古代染料植物里也列有山核桃一项,其"色素存在于皮,所染色泽为黑",现在瑶山已引进了相关的企业对无法处理的果皮进行加工利用,变废为宝,为山核桃经济再添新色彩,而深山里的诗篇有了一个完美的结局。

豆腐

豆腐，中国农耕时代粮食精加工典范，农业社会的特殊商品，更是中国人餐桌上不可缺的美食。制作豆腐的工艺流程中，还有各种各样的成品出现，豆浆、豆腐皮、豆腐花、豆腐脑，到后面的豆腐干、毛豆腐、臭豆腐、豆腐乳，这一串跟豆腐有关的名词，谱写出中国人的豆腐文化。

淮南术

"种豆豆苗稀，力竭心已苦，早知淮南术，安坐获泉布。"

这是朱熹的《豆腐》诗，将制豆腐称为"淮南术"。

而另一首诗，由诗圣杜甫所作《玩月呈汉中王》：

"夜深露气清，江月满江城。浮客转危坐，归舟应独行。关山同一照，乌鹊自多惊。欲得淮王术，风吹晕已生。"

两首诗，一个称"淮南术"，还一个称"淮王术"，据说还有"淮王法"的叫法，这些称呼都指向同一件事，就是制豆腐之法。

汉文帝十六年（前164），文帝刘恒把刘长的淮南国一分为三，分封给刘长的三个儿子，十六岁的长子刘安世袭为淮南王，都邑寿春（今安徽寿县）。刘安一心钻研道学，天天琢磨长生不老之事，招纳天下方士，在八公山上谈仙论道，著书炼丹。他们用山泉磨制豆汁,想用豆汁培育丹苗,仙丹没炼成,豆汁和石膏起了反应,产生一种新的物质,在豆汁中沉淀下来,这就是豆腐的雏形。

这东西会不会有毒?没人敢用性命来尝试,就丢给鸡吃,鸡吃了一点事也没有。于是有人壮着胆尝了一口,真乃人间极品呀,鲜嫩绵滑,保留了豆的清香。后经大家反复试验,终于使豆乳凝固到一块,他们给这种东西取了个好听的名字——菽乳,后世人改称为"豆腐"。刘安也就无意中成为豆腐的鼻祖。

元代吴瑞在《日用本草》一书写道:"豆腐之法,始于汉淮王刘安。"这个说法在李时珍的《本草纲目》中也有记载。河南密县打虎亭汉墓画像石,画有豆腐生产图,是刘安发明豆腐的又一佐证。

这是豆腐发明的较为传统的说法,也得到历史各个阶段文人名士的认可。

豆腐发明后,在中国此后的2100多年中,迅速红遍全国,豆腐也成为中国人蛋白质营养的重要来源。它的延伸品种不计其数,甚至有些与豆毫无关系的,只不过采用相同的做法,或是沉淀法产生的食品,都被冠之"豆腐"之名,如淳安的"神仙豆腐""橡子豆腐"。

换豆腐

"换豆腐啰!——"这种吆喝声,对于我来说,再熟悉不过。那么亲切,带着那个年代特有气息,散落在故乡的里弄小巷,角角落落,一声声唤着童年的时光。这吆喝声如今不知到哪个小巷里贪玩去了,再也寻它不着。

天微微亮,我就跟着外婆在村中小弄堂里来回吆喝,外婆拎一篮刚出榨的豆腐,冒着丝丝热气。我拿着个袋子跟在后面,用来盛放换回来的黄豆。一块豆腐换一格黄豆。一格，就是四分之一官升。官升是一农村常用的量器，用来量粮食，为了计量方便，一个官升中有两个挡板，长的挡板，把官升一分为二，短的挡板，把半官升分成四分之一。

早晨时光，永远是最美好的，炊烟无声，轻柔地唤醒沉睡的村庄。一块豆腐拌进些许辣椒，可以让一家人胃口大开，又能改善伙食。大家总喜欢换一块位于榨边的豆腐。尤其是榨四个角上的豆腐，最先被人换走。我起初不明白，豆腐边比中间的要硬，为什么大家都喜欢豆腐边？外婆笑着，不正面回答我，只说，你以后会懂的。

懂的，现在被中国人当成外交辞令，富有中国独有的文化底蕴，"看透不说透"。外婆说我以后会懂的，也就是让我在生活中不断地"悟"，悟到而不说道，心照不宣。

豆腐，可以说是中国人最早对粮食加工而形成，有农耕时代气质的商品。因为豆腐的产生，让交易有了可能，也让交易成为必然。

换豆腐，是农耕时代的中国社会特有的一种交易方式，物物交易。它在中国农村至少存续了两千年，在商品经济不发达的年代，这种交易方式有其独到的优势，它无需货币的介入，也不会大批量地生产，只在一个特定的范围内，有特定的人从事这项早期的商业活动。这种交易也体现了中国人特有的文化气质，诚信为本，生产者与经营者为同一个，不怕你造假。你的豆腐好，我就多换几次。不好，就没下次，到别家换。这种交易方式，直到20世纪90年代才渐渐地从我们的生活中消失。

"换豆腐"如今已彻底消失，被"卖豆腐"完全取代。这是一个时代的结束，也是一个全新的商品经济时代的开启。

吃豆腐

豆腐的吃法很多,清炖、煮、炸、煎、炒,凡中国人能用的烹饪方法,于豆腐都行,甚至还可以生吃。

我童年时代,生活并不富裕,尤其是夏天双抢季节,父母亲忙着抢收抢种,根本没时间给我们炒菜。但这也难不倒我们,拿点黄豆换一块豆腐回来,捏碎了,加点酱油一拌,豆腐的清香,加上酱油的味道,一道可口的菜就成了,可以扒完几大碗米饭。

不知从什么时候开始,"吃豆腐"成了贬义词。

现在"吃豆腐"一词,演变成了调戏,占别人便宜。

究其演化过程,有迹可循,旧时丧事准备的饭菜中必有豆腐,所以去丧家吊唁吃饭叫吃豆腐,也叫吃豆腐饭。有些人为了填饱自己的肚皮,经常厚着脸皮去蹭饭吃,时间久了,"吃豆腐"便有了占便宜的意思。而现在"吃豆腐"多用在男人对女人的不规矩行为,就是从男人占女人便宜的意思延伸而来的。

抛开现在意思来说,从最起初用"吃豆腐"代替蹭饭吃"占便宜",很能说明一个问题,豆腐在中国人的菜谱中的地位。

小时候也听过一个笑话,一位手艺人给东家做工,东家炒了几个蔬菜和一个豆腐,这位手艺人就光吃豆腐,不吃其他蔬菜,一餐就把一碗豆腐给吃光了。东家问他为什么这么喜欢吃豆腐,他说豆腐是他的命。到下一餐,东家不但上了一碗豆腐,还上了一碗猪肉。这下可好,这手艺人就光吃肉,不吃豆腐。东家问他,怎么有肉吃,命都不要了。

这笑话发生的年代可以隐去,但豆腐对于中国人餐桌是不可缺的,不管是宴请还是做红白喜事,可以说凡有宴席,就有豆腐,豆

165

腐是必不可少的一道菜。

在我的记忆里,豆腐可为菜的主料,也可当辅料。麻婆豆腐,是主料;猪脚炖豆腐,是辅料。

豆腐可以用来形容人的品行,"小葱拌豆腐,一清二白"。

还可以用之讽刺挖苦,"像你这样,干脆换块豆腐撞死得了!"

豆腐不仅在中国人的餐桌上有一席之地,也在中国人的文化里有其分量。

磨豆腐

在淳安的方言里,做豆腐过程叫"磨豆腐"。这得从豆腐的制作手艺说起了。

在做豆腐过程中,要用的原料是黄豆,也有人用黑豆。所用工具并不多,石磨是必需的,还有用来定型的豆腐榨。最后点卤过程还要用到石膏或是自制醋水。

头天晚上取适量的黄豆浸泡,第二天一早,小小黄豆被泡得鼓鼓的。接下来就是比较关键的一步,磨豆浆。淳安人方言中的"磨豆腐"大概从这里演化而来。磨豆浆,在传统手艺里需要两个人配合才能完成,一人推磨,一人往石磨孔里添豆。豆一次不能添太多,太多,磨出来的颗粒就粗,对豆腐产量和质量都有影响。推磨也是技术活,需要有一定的体力,还需要有固定的节奏,两个人的配合,节奏很重要。

石磨在人力的推动下,有节奏地唱着歌,那吱呀的曲调,在每个清晨响起,大多数人还在睡梦中,磨豆腐的人就开始了一天的劳作。

看着那白花花的豆浆从石磨里流出，一直流淌在童年的记忆里。

有些地方，水力资源比较丰富，就用水碓作动力。一个人也可以完成磨豆浆的流程。而现在，磨豆浆在做豆腐流程中已经不那么突显了，有了电力磨豆浆，一榨豆腐的豆浆分分钟就搞定，没了推磨的辛劳，也没添豆的节奏，在哗啦啦一阵转动中，把人力彻底解放出来。

有了电力，时间也就不显得那么重要，面对多出来的时间，人就变得空闲。于是有人开始琢磨起那些往事来，觉得还是石磨磨出来的豆浆好，细腻绵滑。用重力加动力将豆的精华彻底释放出来，而电磨只是用速度打碎豆粒，似乎少了些什么。

不管他们琢磨出来的结果是否科学，还是有人信的，而且乐意为这个结果买单。农家豆腐，因此身份略高。

在煮豆浆之前，要把豆渣滤掉。一张滤布铺在竹篮里，把磨好的浆勺进过滤篮，豆浆直接滤进锅里，豆渣留在滤布上。被榨掉豆内精华而留下的渣，有一个名字，"豆腐渣"。豆腐渣，可食用，在祖辈人的记忆里有一道菜，名为"雪花菜"，其实就是清炒豆腐渣，但多数情况下是用来喂猪的。

以前外婆天天磨豆腐换黄豆，换回来的豆又用来磨豆腐，到最后得到的就是这些豆腐渣，用来养猪，或是在饥饿的岁月里，解决一点口粮。

在工程建设上，豆腐渣却背负起了劣质工程的代名词。

煮豆浆的土灶，火不能烧得太旺，要有种温水煮青蛙的感觉，慢慢地煮，看着满锅的豆浆一个泡一个泡地冒着。火旺了，煮沸的豆浆容易溢出锅来。还要不停地搅动，以免豆渣沉淀而烧焦。焦了，后面做出来的豆腐就有股焦味。

豆浆煮熟后,涩味被去除,可以直接喝。但在童年,这样的待遇并不多。偶尔外婆也会舀一碗给我喝,作为我的奖赏。那种浓郁的清香,一直飘在儿时的记忆里。煮熟的豆浆如果不再搅动,在冷却的过程中,表面会凝结成一张皮,用筷子小心地挑起,晾干后,就是一张豆腐皮。

配制卤水,一般用石膏,外婆喜欢用自制的醋水。记得外婆说过,用石膏点出来豆腐细嫩,口感好点,但少了点味道。这也是外婆一直不用石膏来点卤的原因。点完卤,豆浆就出现絮状沉淀物,这是豆腐最初状态,也是一道美食,豆腐花。再自由沉淀一段时间,就会成为豆腐脑。

豆腐花、豆腐脑都是制作豆腐过程的中间产品。没有规矩不成方圆,要把豆腐做成正方形,必须要用豆腐榨,这榨便是豆腐的规矩。豆腐榨由六块木板组成,其中上下两块为方形。由底板和四方形榨组合一个盒子,铺一层纱布,把析出豆腐花的豆浆舀进"盒子",水慢慢地从纱布中滤出,豆花全部舀进后,用纱布盖好,在上方盖上板,为了让多余的水分尽快滤了,在板上又放一桶水,可以加快水分滤出,又可让豆腐尽快成形,压实。

时间在水滴声中慢慢流失。过个把小时,豆腐终于出榨了,白嫩的一大块正方形,压在最上面的那块板是凹形条纹的,这样就在豆腐上形成了凸形的线条,沿着这些纵横的线条把豆腐切成一小块一小块。

豆花进榨后,煮豆浆的锅底还有一层豆腐锅巴,多数时候舍不得丢掉,铲起来加点酱油,加点盐也是一道美味。

辣豆腐

　　每年年底,母亲和岳母都会做几榨辣豆腐。雷打不动,她们做的似乎不是辣豆腐,而是多年养成的习惯,或是在年关举行的一个仪式,也或许只是想看看子女们吃着辣豆腐时,那种满足的表情。我们对美食的满足和肯定,也是对母爱的最好回馈。

　　辣豆腐的制作主流程与白豆腐相同,只在点卤后,按个人口味,在豆腐花内拌入事先准备好的辣椒、橘皮、芝麻和适量的盐,然后压榨。辣椒等佐料揉进了豆腐,是由内而外的辣。

　　辣豆腐可当零食,也可入菜,还可当作春节回礼的物品。

　　拿一片辣豆腐,在火炉上烤,两面烤成焦黄,豆腐特有香味,夹杂着橘皮、芝麻的清香,充盈着整个房间。不要说在过去少吃岁月,这样的美食闻闻都是一种享受,就算是在今天,这种美食的诱惑,不管之前吃得有多饱,也要掰块来尝尝。刚从火炉馃链上取下的辣豆腐,冒着丝丝热气,掰一块下来,嫩滑的肉质,掺杂着些许橘皮或是芝麻的香味,忍不住就咽起了口水,迫不及待地往嘴里送,不怕烫嘴,就算烫,就让豆腐在嘴里来回翻滚一阵子。

豆腐乳、毛豆腐

　　白豆腐不宜久放。放久了会发酵,而不是霉变。发酵后豆腐也可以食用,而且营养价值更高,原先豆腐内的植物蛋白转化成多种氨基酸,可以直接被吸收,而且味道更加鲜美。

　　豆腐乳,也有人叫霉豆腐。是农村最常备的一种菜。

　　每年年底农闲时,找个合适的天气,换几块豆腐回来,切成正方形小块，放在稻秆上，经几天自然发酵，表面长出一层白褐色菌丝后，将其放入容器内，一层豆腐块铺上一层酱或是辣椒粉，最后撒上点盐，也可加入适量的白酒，密封。过些日子便可开坛食用。

喝粥时夹一块，那种鲜美，总让人欲罢不能，一碗粥，哗哗哗，分分钟搞定，豆腐乳的味道还停留在唇齿间，忍不住又呷呷嘴。

还可以当下酒菜，一碟豆腐乳，一瓶酒，几个人围着桌子，能坐上大半天。

最让人难忘的是，把豆腐乳均匀地抹在玉米馃上，再往火炉上一烤，玉米馃与豆腐乳的香气在火的作用下，完美融合，拿起来轻轻一咬，嘎嘣脆，看着就让人垂涎三尺。

曾经物质比较贫乏的年代，一块豆腐乳便是一天的下饭菜。以前读初中高中，都住校。学校蒸饭，菜得自己带，很多同学一星期带两罐菜，一罐新鲜菜，其实也不新鲜，大多时候就是煎豆腐，在头几天吃，另一罐不是酱就是豆腐乳，供后几天吃。

跟豆腐乳一样，毛豆腐也是白豆腐发酵后的另一种吃法。发酵后直接油煎，配上辣椒、葱、姜、蒜而成一道菜。

听说还与朱元璋有关。能不能跟朱元璋扯上关系，对于毛豆腐本身来说都是次要的，关键是这道美食，的确有其过人之处。尤其是在淳安中洲一带，更是将这道美食发扬光大，还将其演变成了可口零食，当选为当地主要的特色小吃。

涂上农家酱，用火烤后，外脆里嫩，咬一口，鲜美带着酱香。要不要来一串？

烘豆腐

换回来的白豆腐,在蒸笼里蒸一下,然后在火炉上烘,去除一些水分,将外表烘成金黄色,这样豆腐可以放得更久些。这就是烘豆腐,比白豆腐更有嚼劲。烘豆腐是家常豆腐最常用的料。

我读中学的时候,每个星期都要从家里带菜到学校。其中最多的就是豆腐,那时农村里只有白豆腐换,没有烘豆腐。村里杂货店也没有蔬菜卖,更不用说是烘豆腐了。每到周三,母亲就换几条白豆腐回来,埋在灶坑的草木灰里。到了周日,再从草木灰里起出豆腐,洗掉外表的灰,切成小块,给我炒上一大罐带到学校。

白豆腐埋在草木灰里,草木灰吸走豆腐内的水分,让豆腐肉质更实,更有嚼劲,同时草木灰里的微量元素也渗入豆腐内。这样简单处理的白豆腐,与烘豆腐有类似的效果,同样可以放得更久些,也可能比烘豆腐更有营养价值。

不管时间过去多久,每次回家坐在土灶为母亲烧火时,总能想到母亲在灶坑的草木灰里取豆腐的情景,一块两块……

有很多事,都像这样,埋在心里,不必多说,只要叫一声"妈",回忆就像竹筒倒豆子一样,来不及整理,就一股脑儿地全浮现在眼前。

尿酸高

拿到体检报告时,医生建议我不要吃动物内脏,不要喝啤酒,不要吃海鲜,不要吃豆腐,因为尿酸高。我反问,豆腐一点也不能吃,还是少吃?医生笑而不答。

而我似乎有点不甘心，豆腐皮，豆腐乳，豆腐干，臭豆腐，毛豆腐都不能吃吗？一长串豆腐制品从我口中冒出来。越说到后来，越是不甘，也从来没有想到，豆腐制品会有那么多。

医生始终保持那个标准的笑容，从他这善意的笑容里，我准确地找到了他要给我的答案，豆腐的美味将从我的人生中删除。一清二白的小葱拌豆腐，猪肉水炖的白豆腐，很有韧劲的冻豆腐，这么多的美味，都将与我的人生再无瓜葛，这无疑是对一个豆腐忠实的粉丝最沉痛的打击。

"你可以尝尝神仙豆腐。"医生的话，又点燃了我内心对豆腐的那些小心思，那可真是救命的"神仙豆腐"。

神仙豆腐

神仙豆腐，并不是真正的豆腐，没有豆怎可称"豆"腐？类似的还有橡子豆腐、苦槠豆腐、血豆腐等。

究原因，是因为采用与豆腐相同的制作流程：磨浆、过滤、煮浆、点卤，沉淀成形。在淳安民间，凡采用此流程制作出来的块状食品都被冠之"豆腐"。

神仙豆腐，也有地方称之为"柴叶豆腐"。以野生的腐婢柴叶为原料。腐婢柴，淳安民间称"豆腐柴、救命柴、观音柴"。春天三月，去山上摘此柴叶捣碎滤汁，再将草木灰过滤之水，倒入腐婢柴叶汁中，搅拌均匀，稍后凝固鲜嫩、翠绿、光滑、剔透的胶状物体，这便是"神仙豆腐"。其叶鲜美，同时性凉，具有药疗作用，能祛风祛湿，收敛止血，解毒疗伤。农民称："三月日长天，饥饿叫黄天，摘得青柴叶，豆腐活神仙。"

　　宋朝时,淳安县城西廓村有个进士叫徐陟,宋钦宗时入学大司,因厌恶官场,辞官后归隐故里,精研五经,人称"五经"先生,也称之为"五经徐"。在徐陟归隐期间,因上年受灾严重,当地粮食减产,到了三月青黄不接,徐陟打开自家的蓄粮接济百姓,但仍无济于事,徐陟为此忧心。有夜梦到自己走在山间,忽见一白发白须老者,手持腐婢柴叶走到徐陟身边,对他说,"先生有烦恼之事,此柴叶可解。随我来"。老者将制造柴叶豆腐之法授予徐陟,徐陟梦醒之后,便依法而制,果然制成了豆腐,并觉豆腐清脆可口,便将此法授予当地百姓。因此"柴叶豆腐"又被当地人称为"救命神仙豆腐"。

　　神仙豆腐、苦槠豆腐曾都是青黄不接,缺粮时用于充饥之用。但对于今天的人来说,这都成为餐桌的珍品,救命又从何说起。

　　而对于一个尿酸高,对豆腐又情有独钟的人来说,神仙豆腐无疑是救命的,虽然与豆腐本身毫无关联,但至少在内心有了文化上,生活习惯上的慰藉。

粽子

外婆让我猜过一个谜语：衣服长山上，身体长田里，穿上衣服进塘里，脱了衣服进洞里。

说起粽子，中国人首先想到的是屈原，爱国诗人的骨气早已植入了中国人的文化基因之中。粽子也因而被国人所接受，不仅是因其味美，更多的是对屈原的敬仰。也便有了端午吃粽子的习俗。而在淳安的民间，很多地方端午并不吃粽子。一年之中裹粽子只在重阳和年关。

淳安在屈原时代，属越。屈原为楚人。楚后来灭了越。从情感上不愿接受楚的文化。这个解释是淳安的王兢老师所说，可能没有任何依据，但能够解释得通。而从汉文化本身而言，是一个包容的文化，就像这粽子，在箬叶以及温度的共同作用下，本来各自散开的糯米紧紧地抱在了一起，带着箬叶香气，成就了这人间美味。

年味从小年开始，泡猪头，做米粿，裹粽子，煮米羹。裹粽子一般在腊月廿七八下午或晚上。工序倒简单，浸箬叶，泡糯米，准备馅料。晾干的箬叶经水浸泡后，变得柔软，与箬叶一同浸泡的还有剔除硬茎的棕榈叶。糯米浸泡后，将水沥去，按个人口味加入适量的盐搅拌。有时也加入适量的酱油，这样裹出的粽子不至于白乎乎。也有在糯米里拌入赤豆、番薯粒的。为了粽子更加美味，往往再加入其他佐料作馅。老家常用板栗、蜜枣、豆腐和腊肉作为馅料。

174

　　一切准备得当后,就开始裹的程序。母亲很喜欢把粽子裹成一般大小,而箬叶有大小,小一点的箬叶就用两张或多张。我自从学会裹粽子后,按箬叶的大小来裹,因此裹出来粽子大小不一。这或许也是一种生活的态度,在母亲那辈人中,兄弟姐妹较多,物质生活又不丰富,对生活的公平有内心的需求。而到了我们这辈人,计划生育开始实施,加上物质生活逐渐富裕,对于物质的需求不那么刻意,而更多的习惯来自对自由的向往,随心所欲。

　　在老家,裹的粽子是四只角。而我在学会裹之初,往往把粽子裹成三只角。我问过母亲,粽子为什么是四只角。母亲不解,只是耐心地教我怎么把粽子的第四只角裹出来。在多年以后,我在一本书中看到,粽子的四个角与祭祀有关,在古代祭祀常用的"牲",多为牛头和羊头,它们都有一个共同的特征——"两只角"。后来渐渐地用四角的粽子替代了这牛头和羊头。而在屈原跳江后,粽子的祭祀意义便被纪念屈原所替代。

　　在母亲的谆谆教导下,经过反复尝试终于把三角裹成了四角。但接下来的"系",也是极为重要的一步。系粽子用的是棕榈叶子,系不好,所裹的粽子就在锅里散了,米归米,叶归叶。因此,不能系得太紧,也不能系得太松。太紧,生米在煮的过程会膨胀,容易把棕榈叶崩断。太松,容易脱落。在中国人的文化思维中,度是一个过程,不管在什么领域,都在追求一个度的平衡,不像西方人的思维,非黑即白,是非分明。像国画,其实用的就是黑与白两种颜色不同程度的搭配,画出栩栩如生的画来。就像这裹粽子的松紧,强调的是一个度。而系的方法采用的是,打活扣。吃的时候,只要轻轻一抽,就剥开了,极方便。很多年以后,在超市看到了传说中的五芳斋粽子,被装在真空包装里,外面乱缠了一层棉线,与母亲裹的粽比显

175

得凌乱得多。

裹好粽子，接下来是关键的一步，煮。那个年代农村没有高压锅，只有土灶，煮粽需要把灶烧得旺旺的。穿了箬叶衣服的粽子就入"塘"了，锅盖得严严实实，缝隙间还要用布盖好，防止蒸气走漏，增加锅内的压力，确保粽子能够熟透。在煮粽子的时候，大人绝不允许小孩围在灶台边上，常常警告说，围在灶台边，很容易让粽角煮不熟。可我们总是被那锅内散发出来的粽香诱惑，常常流连于灶台边，不敢靠近，怕有生米角的粽子出现。可每次起锅后，都会有几只粽子的角仍是生米。在大人的埋怨中，也常常让自己懊恼，不该靠近灶台。

为确保粽子能够煮熟透，煮粽子往往安排在晚上，大火煮上一两小时，然后第二天早上再起锅。

工作以后，也曾自己裹过几次，用高压锅煮，不但煮的时间大大缩短了，而且从来没有出现生米的现象。可想起儿时大人对我们的警告时，也只是笑笑，那是不需要去较真的年代。不管时间过去多久，那些美好的往事，也被回忆裹成了一个粽子，在时间的烧煮之下，变成了人生美味。

腊月裹的粽子比较多，除了年内解馋吃掉一部分，大部分是准备用来在正月里吃的，还有一部分当作回客礼用。那么多的粽子堆在锅里显然不合适，装在箩筐里，气温低还行，气温回暖，就很容易坏掉。最好的办法，是几个一串，挂在楼板下，通风就不容易坏。每年年底，家里的楼板下就会挂满各种各样的食物，年猪肉、猪肠、猪肝、带鱼。抬抬头便能看到一年的硕果，心里美滋滋的。接下来，粽子也要占上一席。一串粽子的数量是有规定的，5个也行，9个也行，但只能是奇数，不能是偶数。串粽子的活儿，每年都轮到我，我也乐意干这活儿。每次串粽子的时候,我都会估摸着哪几个粽子是母亲裹的,哪几个是自己裹的。

裹好的粽子当然是用来吃的。吃粽子的方法可多了。重新下锅煮热是最简便的办法。放在火炉里煨,或是放在火炉上烤也都是当年最常用的。煨或是烤,粽子四个角有时会焦。但此时粽子的香味更加浓郁,掰下被烤脆的粽角,冒着丝丝热气,放到嘴里一嚼,"嘎嘣嘎嘣"地,都是人间极品美味。但这些都不是我吃过最好吃的粽子。那年,我跟随父亲在浪川读小学,父亲给我煎过粽子,那味道至今没忘。把粽子剥开后,切成片,放在油锅里煎成两面金黄,外脆里糯,喷香扑鼻。多年来,我一直按这个方法去尝试,却都没有当年的味道。用微波炉烤过,用饼铛烤过,但始终没有烤出当年的味道。

那些年,农村刚刚承包到户,每年种两季水稻。大米是主粮,除了自己吃的还要缴农业税。两季种的多为籼米,糯米只在第二季种上一些,糯米的产量要比籼米低得多,但糯米又不得不种。多种点糯米,在那个年代已属奢侈。糯米稻与普通水稻不同,尤其是在快成熟之后,就可以清晰地分辨,糯米稻穗是直挺挺立在田间的,而普通水稻的稻穗是弯着的。看到直挺的糯米稻穗,就会想到那香气扑鼻的粽子。当然,糯米不仅仅用来做粽子,还可以做冻米糖、麻糍、汤圆以及甜酒酿。而如今的农村,种糯米稻的已很少,裹粽用的糯米多数是买的。

裹粽用的箬叶,来自山上的箬竹,箬竹叶像是放大几十倍的竹叶,但箬竹最高不会超过2米。箬叶像极竹叶,又比竹叶大几十倍。

在淳安有一个传说。明宪宗年间,在朝的浙江官员和江西官员不和,常因一些小事吵闹不休。有回,两地官员又为家乡的毛竹大小吵了起来,江西官员便从江西运来一根粗大毛竹,皇帝见了,赞许毛竹粗大。站在一旁的商辂见了,忙向皇帝说,万岁!这毛竹与我老家比,简直是小儿科。江西官员听了忙说,光说不练,你也运几株来比比。商辂不急不忙地说,不急,我马上派别人去办,你们等着瞧便是。

几天后,皇帝问商辂,爱卿,你家乡毛竹运来没有?只见商辂不慌不忙地从袍袖里摸出几张箬叶,递给皇帝,皇帝接过箬叶,丈二和尚摸不着头脑。商辂说,万岁!我老家毛竹实在太粗太长,加上山路崎岖,要运根到京城,实在不易,为了赶时间,只好先带了几张竹叶来。万岁,你看看便知。皇帝马上命人取了竹叶来,与这箬叶对比,一对比就有了答案,这竹叶子这么大,那竹子该有多大呀。

五谷不分,六畜不识的皇帝,当然分不清箬叶与竹叶。而从小在农村长大的我们,对箬叶却是再熟悉不过。淳安大大小小的山上,都有它的身影。箬叶除了用来裹粽,还可以用来做笠帽。与笠帽相比,在笠帽这里箬叶被竹编所约束,而粽子,箬叶用来约束糯米。从山上采摘来的生箬叶是绿色的,有一定的韧性,几十张系成一把,经晒、晾后定型,呈黄色。挂于阴凉处,待用时,用水浸泡箬叶变成了暗绿色,而且韧性比刚摘来的更甚。

我喜欢粽子的美味,却不喜欢粽子的形式,不管是祭祀用的粽子,还是纪念屈原用的粽子,在我看来形式大于了内容。箬叶虽然赋予了糯米清香,却是一种强迫式的给予,完全忽略了糯米个体的自由。对于一个粽子而言,箬叶和棕榈叶是清规戒律,没有它们,粽子或许是一盘散沙。于是在民间,又多了一道美味,叫糯香仔排,箬叶还是有的,从包裹变成了铺垫,同样利用了箬叶的清香。当作馅料的腊肉,换成了仔排,而且成为主料,糯米从主料变成了辅料,烹饪的方式从煮变成了蒸。形式与内容之间,每个人都在取舍,有的人找到了合适的度,捏拿了分寸,便走向了成功。有的人却偏执于一面,于是迷失了本性。

八八菜

写下这个名,我又想到了外婆。每年春节后半段,外婆便上一道菜,名为"八八菜"。八八菜不是某种菜,是那个特定年代的产物,是中国农民身上朴实的内质。这菜的用料极不确定,可能有肉,也可能只是蔬菜,每年的"八八菜"都不一样,没有主料,完全是杂烩。

每年春节,家里都准备一些冷盘,下酒用。这些冷盘,一般有咸带鱼、猪耳朵、猪舌头、藕以及油炸黄豆、佛豆等。而且准备量也比较多,一般都用大容器盛着,用的时候,盛到小碟中。客人一到,先上桌喝两盅酒。那时酒不像现在用大杯喝,一个小酒盅顶多盛三钱酒。三钱白酒,可两口,也可一口干,反正量就在那里。主人客人,坐在酒桌上拉家常,说说一年来的得失,两三盅过后,开始撤冷盘,上热菜。这时,吃饭的吃饭,能喝的继续喝。喝不过瘾的,再划上几拳。撤下的冷盘,可再添满,等下批客人来了又端上。元宵过后,客人来得也差不多了,剩下的冷盘菜,舍不得丢弃。于是,把这些剩下冷盘,重新下锅翻炒,这便有了"八八菜"。"八八"的意思也就代表了多样性。

按现在人的说法,这种吃法不健康,菜反复翻炒后会产生致癌物质。可奇怪的是,得癌症的人,现在比过去多。在某电视节目上,万峰与所谓的专家有过一场激烈的争吵,因为有无行医资格问题,争吵的焦点在于百姓找"医生"看病要的不是理论,而是结果。很多民间偏方，现在医学无法证明其科学性，但就是有实实在在的治病效果。也在朋友圈里看过，中医让人糊涂地活着，西医却让人明白地死去。对于中医的情结，跟这"八八菜"的情结似乎有着惊人的相似。我不管"八八菜"是否真的含有致癌物质，但对它的怀念却已深深地植入了骨髓，那是对外婆的怀念，对逝去的岁月的怀念。

外婆去世后，再也没有见过这"八八菜"，每年春节餐桌上的菜也越来越丰富，剩下的也更多。冷盘偶尔也会准备一些，但品种和样数越来越少，多数还是从市场买回来的香肠、茴香豆等。那已经不再是冷盘，而是商品。商品只有价值，没有情感。也很少有人把剩余的菜倒在一起翻炒，多数剩菜成了猪的佳肴。

这或许是农耕文化过渡到商业文化后，在我内心产生的波动原因之一。尽管这种波动无法挽留住农耕文化远逝的脚步，就像我无法挽留住外婆那辈人以及老去的岁月。但每年春节看着那么多的剩菜被倒掉，心里仍不免想起外婆的"八八菜"。

第 四 辑

我们对一座城市的情感，更多是面对不完整的缺憾，而重拾的一份珍惜。

城市记忆——大排档篇

在千岛湖镇生活了十几年,大排档的记忆是相当深的,因为那一批为了生存而摆摊的人们给千岛湖的夜带来了许多的乐趣,他们有着与常人不同的生活方式,凌晨三四点收摊回去睡觉,下午四点多起床采购菜,晚上五六点准时地把自己的摊位铺开。就是这样一群人,在千岛湖镇的金名片越来越多的情况下,被四处赶,到最后要么重找工作,要么进出租房。

大排档是群众性的餐饮业,初次来到千岛湖在现在的丁字街老财政局门口那一排板棚式的排档,老客运码头门口也有。国有企业改革之后,原来的饮服公司的职工下岗后,那一批厨师为了生存,在新安大街,如今三小那街上一字形排开,李家坞口子上至枇杷园那条街也摆满了。那时参加工作不久,经常和几个朋友同学一起去这几个地方吃夜宵,尤其是夏天,踢完球或游完泳回去换身衣服,然后找一家排档,点上几个小菜,喝上几瓶啤酒,一边看来往行人尤其是美女,一边享受生活,面对面地坐着胡吹乱侃,经常到快十点才散去,各自回宿舍。在工资只有三四百元的当时,这样的日子算是奢侈了。

20世纪90年代末期,正赶上千岛湖镇创"国卫",沿街摆放的大排档严重影响了千岛湖的市容市貌,尤其是污水现象极为严重,政府规范了大排档,先后把大排档的地方改成了冬瓜坞菜市场边上,现已经是千岛湖购物广场了；老客运码头边上，现为绿城喜来登大酒店。在原西园码头被填后，广场没建成之前，也曾成为大排档的摆放点。夏天大家光着膀子吃菜喝酒，时而还能听听吉他伴奏的歌声。到了冬天，用帆布、雨布搭成帐篷，坐在里面免了被风吹，从外望去犹如一个个蒙古包。

广场那处大排档之后又两次搬迁，首先是搬到现在广场二期现西园码头那处，进行统一规划管理，由于临湖，我特别喜欢去那里吃，夏天一边喝酒一边吹着从湖面吹来的晚风，日子过得比神仙都要舒服。此时已经跨入21世纪了，来千岛湖的游客日益增多。许多游客也经常去大排档凑个热闹，于是乎大排档又出现拉客、宰客的现象，曾经有一盘田螺卖了80元的记录，老板告诉游客这田螺是千岛湖里野生的，要潜水10米以下才有的。当地人只是付之一笑，却给千岛湖带来了极不好的影响。

广场二期如期开工，原保安公司和大排档都要搬迁了。大排档搬至原丙纶厂与开发区管委会中间那块空地上。随着绿城工程的开工，千岛湖购物广场的立项，大排档的命运再一次摆上了日程，为了千岛湖的整体形象，及市容市貌建设的要求，大排档要求全部入住营业房。于是原有三处大排档一夜之间全部被取消了。现只有在秀水街边上保留几家。

原来的那样丰富的夜间生活，百姓式的餐饮在千岛湖逐渐地消失了。

城市记忆——码头篇

　　码头就像水上与陆地交通的中转站,有水的地方就有码头,就如有人的地方就有江湖一样。说起千岛湖的码头,如今已渐渐地淡出了我们的视线,只有旅游码头在淳安人眼里还有一定的地位。

　　贺城和狮城的码头已经躺在水下五十多年了,连同我们的祖辈一起淹没在了浩瀚的千岛湖之内。对只在千岛湖生活十几年的我来说,码头的变迁仍留给我许多不可磨灭的记忆,尤其是客运码头。

客运码头

　　最早的客运码头我不知是不是建在老旅游码头上,但我踏入千岛湖镇的那一天起,客运码头就在新安大街的北端,如今成了绿城喜来登假日酒店的一部分。她承担了县域大部分乡镇的水上交通重任,除了东南方向外,还有驶往安徽方向的水上交通。在客运码头上曾留下淳安人的希望,从这里上岸走向全中国,走向世界。走出县门的第一步就是赶班船,因为有时间的限定,赶班船成了淳安人的一段美好的回忆。

　　1993年夏天,和几个同学一起从姜家上船,又与在吉岭码头上船同学会合来到千岛湖镇上。近四小时的航程,第一次踏上了客运码头。远远地看着客运码头几个字,想着自己的人生将从这个码头开始了。因为汾口方向的同学稍后才能到,我们几个同学就坐在码头的台阶上聊着天,等候从汾口方向来的老师和同学。烈日下我们没有退缩,一直等到老师和同学的到来,我们都清楚地知道,这短暂的聚集后,所有的同学都将各奔前程,以后相聚的日子将会越来越少。于是码头便成了记忆中如同歌词里月台一样重要的地位。

工作后的十年中,客运码头仍是生活中不可缺的一部分,每年过年过节,都要通过这里到达老家。时不时还要为朋友同学去码头排队买票,只是航运公司与时俱进了,原来只有清一色的班船换了直达客班和高速客班。把原来四小时的航程缩短到了两小时和一个半小时。码头还是那个码头,每年都会迎来新一批的淳安人从这里走出去,去创造属于自己的新天地。

随着清风苑的拆迁,那一片土地被绿城拍走,客运码头的命运,在淳安交通史中的地位也发生了巨大的变化。绿城房产的进度,逼使客运码头搬到了原木材公司那片水域。此后的千岛湖大桥、千汾线的建成通车,使一度繁荣的客运码头冷清了许多。淳安人出行方式也发生了改变,出门乘船的习惯也慢慢地淡出了我们的生活。客运码头再一次搬迁,搬到了新旅游码头那边。

旅游码头

第一次来千岛湖镇是在货运码头上岸的,听老排岭人说,这个码头是千岛湖镇上第一码头,也叫茅柴码头,是为了建设排岭镇而设的码头,从这里上岸的除了来往行人之外,还是各类货物。开发旅游之初,没有固定的旅游码头,而是与此码头合用。后来旅游业不断发展,下湖的游客不断增多,货运的功能逐渐地移到了其他码头,如冬瓜坞临时码头,四十万吨大码头,这个码头成了单一的旅游码头。

为了配合打品牌效应,旅游码头在2003年成了第二届秀水节的主会场。从历届秀水节的四个主会场来看,这个是最突出的一个。背景是水,而观众席更是自然形成梯度。这个旅游码头应该说是客运码头的前身,她的命运也是客运码头的命运。2006年建成的新旅游码头,无论从设计还是功能方面都达到了先进的水准。而这个老旅游码头也跟老客运码头一样,成了被拍的对象。在被折腾一番后仍叫码头——渔人码头。但已经不属于淳安人自己的码头了。如今再走到这里,感觉已不一样了,虽然带走了些许陈旧的记忆,但展现我们面前的还是美丽的风景。临湖而望,眼前的那片水域显得更加诱人了。

西园码头

西园码头是千岛湖镇的另一个重要的码头,是东南湖区的游船和客船的码头。她是最早一个被搬迁的码头,但也是如今离县城最近的一个码头。西园码头原来地址在现在的广场,在新安大街的另一头,也就是曾经的新安大街一头连西园码头,一头连客运码头。

从西园码头上船曾是去茶园镇最理想的方式。我曾随单位的老同事去茶园镇搞社教基教啥的,还去姥山开会,都要从这里下湖。

千岛湖广场建成后,西园码头搬到了现在这个地方,在寸土尺金的千岛湖,她的再次搬迁将是不可避免的。

　　除上面所讲到的三个码头之外,像冬瓜坞临时码头,阳光码头、四十万吨大码头也逐渐地淡出了我们的视线,淡出我们的生活。冬瓜坞临时码头、阳光码头是界首人向千岛湖镇运输瓜果蔬菜的专用码头,如今也慢慢地退出了历史的舞台。

　　而四十万吨大码头,是在20世纪90年代中后期建成的,主要是因为是老旅游码头成了专一的旅游码头,把货运的功能转移至此而建的,那时千岛湖啤酒厂在汾口,千岛湖啤酒从这里上岸,走向了长三角。随着千岛湖大桥的建成,千啤在坪山工业园区的建厂,这个码头如今主要功能是起卸沙子,是淳安的建筑业和挖沙行业的桥梁。

　　应该说千岛湖的码头是越来越多了,每家临湖的酒店宾馆都有自己的码头,但属于百姓的码头却越来越少了。

城市记忆——招待所篇

城市在扩大,我的思绪却突然地感觉回到了从前,那些被城市化进程所摒弃的点点滴滴在一些独处的夜晚被清晰地回放。距第一次来千岛湖镇,那时应该已经叫千岛湖镇了吧,已经二十年了。1995年的那个夏天,我背着行李从宁波来到了这个既熟悉又陌生的小镇。一待就是十五年。十五年亲眼所见这个城市的变迁,亲身经历着千岛湖镇变化的点点滴滴。

食品公司招待所

每年的夏天放暑假,村里都有好多从那个地方回来的同龄人,也有好多同龄人去那个地方。在心里充满了好奇,不知那个地方跟姜家和汾口有着什么不一样的地方。听那些去过排岭的同龄人经常吹,那里的电视可以收到八个台,那时在农村只能看三个台:中央台、浙江台和山东台。还有我经常在家听的有线广播"千岛湖之声"也是来自那个地方。那年夏天,下半年就读高二了,父亲在郭村乡食品组上班,所收购的毛猪要运往千岛湖镇,而在过去的日子里我没有去过那个叫排岭镇的地方。那天父亲说要带我去排岭,我内心压不住地喜悦,一个人躲起来暗暗地发笑。

乘坐装满猪的挂机船,我第一次来到了千岛湖镇。到达千岛湖镇时已经是中午了,前来装运毛猪的车子已经等候在码头了。爸爸和同事把几十头猪赶上了货车,于是我又连同猪一起被运到了当时的毛猪仓库,位置指向现在明珠花园。

那晚,我第一次住进了传说的旅店——食品公司招待所。这招待所的牌子现在仍在,就在十字街,千岛湖大厦边上,如今牌子在但已经是一家足浴店了。站在房间的窗前,看着对面那些饭店,感觉不出这与姜家和汾口有什么差别。如今的千岛湖大厦当时也是一家餐饮店,晚饭我就跟着爸爸在那里吃的。

第二天早上,很早就被爸爸叫起来去赶船了。走到老财政局门口那里吃了早饭,那时的丁字路口没现在这样宽,只有单行道,现在的中间花坛处原来是一排营业房,记得有一家饭店叫"实验饭店",后街就是大排档,赶船的人正好在此吃饭。

县府招待所

在那个没有星级宾馆需求的年代,县府招待所无疑是宾馆业的老大,不管是招待能力与档次都是千岛湖镇第一。那个跟四合院差不多结构的县府招待所,在1993年那个夏天成了我和我的同学们常去的地方。

1993年7月高考结束后一个星期,我和同学们从四面向县城集中。一是估分数,二是体检。这次也算是第二次来到县城,来到千岛湖镇。那几天跟着老师同学跑县一医院,实验小学,来来去去大半个千岛湖镇的道路给摸清了。反正来来去去就那么两条街:新安大街和排岭南路,如今的广场原来是西园码头,到了西园码头就算是出城区了。

两天后,我回到老家,开始了高考成绩的等待,因为当时从我估分的情况来看,上线估计没问题的,只是那个等待仿佛漫长了。

有一段时间,县府招待所改名为"千岛湖度假村","淳安县人民政府招待所"的牌子还刻在那里,多多少少都让人感觉少些当初的那种平民化的旅馆味道。

林业局招待所

1995年6月底,带着行李从宁波回家,开始了自己的独立生活。在家待了几天就去单位报到了。在宁波读书的两年,每年都路过千岛湖镇几次,而这次再次踏上千岛湖镇,开始了在千岛湖镇的生活,而不再是路过。

报到的那天正好是星期天,接待我的是老叶。他告诉我,因为单位的单身宿舍比较紧张,只能就近安排我住在林业局招待所。当时的林业局招待所在现在林业大厦东边地段,与水利水电局招待所相邻。

我被安排在了四楼向南的一间房间里。四楼都是长住的,南面第一间住的是一家人,我住在第二间,第三间住的是跟我在同个大楼里上班的老哥,第四间住的是木材公司的一位老哥,住我对门的是一对父女。我隔壁的那位老哥跟我对门的那位大姐后来成了一家人。

卫生间在三楼,三楼和四楼的中间有扇门通往一个大露台,平时衣服都晒在这里。有几个晚上跟隔壁的那位老哥坐在露台喝酒唱歌,闹到半夜方休。

住在林业局招待所两年多,直到那些房子拆了建林业大厦。这两年多时间里留下很多回忆。上班后的第一个春节,留在单位值班。年内的某个晚上,跟那位老哥及一位同学一起在房间里烧了面条,吃完后,发现楼下的门被服务员锁上了。出不去,那时通信没现在这么发达,打电话给服务员是不可能的。三个人很无奈地待在房间里看电视。

我却没闲着,从楼上跑到楼下,又从楼下跑到楼上,发现他们的仓库门没上锁,就冲到仓库里一看,找到了一根橡胶水管。二话不说,跑到三楼(二楼窗户有保护杆)往楼梯窗户上放下来,别说,还刚好到地,于是兴奋地跑到楼上叫了两位正在看电视的。三个人从三楼的窗户里抓着水管爬到了楼下。幸好那时体重没现在这个吨位,要不然那水管根本承受不了。这事之后,搞得那些服务员经常对我翻白眼。

还有一件事,从家里拿来的猪脚被风干了,叫了一位同学一起来吃。因为条件有限,我只买了一只电炒锅,猪脚半天也没煮透。此时另一位同学过来叫我们出去玩,我们寻思着,猪脚就煮着,等我们玩回来应该煮得差不多。不想外出一玩就把这事给忘得干净了,回来的时候已经晚上十点多了,服务员大声叫住我,你房间里着火了,那么大的烟,我把插头给你拔掉了。我拼了命地往四楼跑去,一看,锅子里的猪脚都成黑炭了。

时过境迁,如今林业局招待所也没了,每每经过此地总有一些零碎的片段在脑海中闪现,当时的那些服务员如今分流的,下岗的,退休的,但在街上相遇还经常打个招呼,虽然我干了很多让她们难堪的事,但那些已经都不重要了。

招待所的牌子越来越少,但也还总有那么一点东西会留在人们的记忆里，我似乎还能看到"水利水电局招待所"的牌子，但已经不再是主要的了，而是像文章的副标题一样，成了一种提示。

繁华制造

　　新安大街,千岛湖最繁华的街。曾经,粮食局、邮电局、新华书店、乡镇企业局、百货公司以及各大银行都点缀其左右。

　　当年梦想从求学开始,梦想的起点是客运码头,从客运码头到长途车站,刚好是一条新安大街的长度,因此新安大街是我梦想的必经之路,这个长度也就成了我梦想起飞的跑道。那些年,我对于新安大街而言,只是一个过客,一个追逐梦想的过客。那时,这里只是人生路上短暂的片段,偶尔驻足,触摸一下这里的繁华,不经意间便在这里播下的梦想种子,如今梦想已渐渐成长。

　　无数次以各种方式穿梭于新安大街,步行、自行车、公交车和小车,却没了当年对这里繁华的那种感触。或许人生也就如此,"不识庐山真面目,只缘身在此山中",当置身于繁华之中,成为繁华的制造者和组成部分时,繁华也就成为一种理所当然而被轻易地忽视掉。

　　那个起风的夏日午后,步行于新安大街,街对面店里的音箱高功率地放着一首歌,"繁华声遁入空门,折煞了世人……",是林志炫版的《烟花易冷》,此曲原唱是周杰伦,与原唱那短促的声音相比,林的声音拖音更加圆润,正是这种放慢节拍而带着拖音的节奏,却完美地演绎出歌曲旋律之下那凄美的故事。就这么一句钻入耳中,一种心境无意间被激活。我停下了匆忙的脚步,用二十多年前那过

196

客的心境看着这熟悉而又陌生的一切。

急速的车流，匆忙的脚步，无时不显露出新安大街经历了几十年的蜕变，甚是繁华。却不知是匆忙改变了繁华，还是繁华加剧了匆忙。匆忙也加剧了拥堵，原来千岛湖少有的堵车，在那年的夏天开始愈演愈烈，急促的喇叭声，喧嚣着人们内心的匆忙。

尽管时代在变，新安大街的繁华形式在变，沿街的商铺在变，可有一些东西始终没有变，站列于街道两边的行道树，那些一到春季就飘毛毛的梧桐树，它们始终没变，这条街的名字也始终没变。尽管生活在变，但我们对繁华的渴望没变。

一位流浪汉光着上身坐在橱窗前面，与橱窗内那些穿着精美的服装模特构成一幅对比强烈的画面。流浪汉说不清是哪年来到这条街上，他如今已经成为街道繁华的一部分，他很少向路人伸手乞讨，只是偶尔向着街边的垃圾桶索要食物，然后对着垃圾桶毕恭毕敬地鞠个躬。有时候觉得流浪汉的生活远比匆忙的人有情趣得多，不要因为匆忙而无暇顾及繁华，不要因为匆忙而淡忘了繁华的味道。

偶尔停下你匆忙的脚步，踏上曾经播下梦想种子的街道，用轻盈的脚步把自己当成繁华的过客，触摸一下这城市的繁华，重温这城市繁华的味道。别忘了，制造繁华者更是享受繁华者。

下一站，更美

文昌镇王家源村，村口立着一块牌子，写着："下一站，更美！"

五个字，简捷，一笔一画刻入木中，就像当下生活，深刻，又富有诗意。

党的十九大将我国的主要矛盾重新定位为：人民日益增长的美好生活需要和不平衡不充分的发展之间的矛盾。美，是这时代的追求。美好生活包括生活美、生产美、生态美等各个领域。

而水，是生态美的晴雨表。2013年10月，浙江实施"五水共治"战略。以改善水质为目标，促进社会治理和产业转型升级，说是抓住了"牛鼻子"。

淳安作为生态屏障，一直将生态保护作为自己的使命，从"五水共治"实施以来，淳安在原先的基础上，自加压力，以只争朝夕，时不我待的责任担当。率先在全省实施农村截污纳管工作。五年多以来，淳安农村污水治理成效显著，现在的淳安农村处处是美景，天更蓝、水更清、山更绿。

让我们一同走入淳安的农村，去村里看看，走走。很多细节，都让我们感受新时代农村的美好生活，这些点滴的变化，如春风润物，无声，却沁人心脾。

苍蝇去哪儿了

正值夏季,是蚊子苍蝇最活跃的季节。

在农村长大的我,对夏季的印象:树上嘶鸣的知了,还有烦人的苍蝇。屋内屋外,房间电线上都停满苍蝇,雁过留声,蝇过留斑。苍蝇并不只是停停这么简单,它们会到处留下自己的排泄物,一看电线就很清楚,本来红的黄的电线,经它们一逗留,都统一成为黑色。不只是电线上,墙壁上,还有我们的食物上都有它们的杰作。

记得那时,扇子除了扇风外,最主要的功能是赶苍蝇。每年暑假最喜欢玩的游戏,拿把蒲扇打苍蝇,然后投到蚂蚁洞口,成为我们童年最深的回忆。但苍蝇根本打不完,赶出一群,又飞来一群,打死一只,又冒出十只。粘蝇纸、电击拍,百样武器全用上了,尽管粘蝇纸粘满黑黑的一层,电击拍击落一只又一只,到了第二年,苍蝇仍是有增无减。

2019年7月初,前往王阜乡山川村采访胡琴师管国柱。

沿着小溪逆流而上,溪水清澈,小鱼儿在水中游走,如浮在梦里一般。水泥路面,洁净平整,中间的路面水泥颜色明亮点,是重新浇筑过的,隔上一段就有一井盖,虽没有城市里的那么大,但小而精致,不用多问这是污水收集井。虽是新浇筑的,但与老路面的平整,无差落,可见施工时的认真与细致。

在管国柱家里,刚刚落座,与老管一起玩二胡的村民也一起到场了。

"截污纳管这事你们怎么看?"我在电话里跟他们说是采访乐器制造一事,可我第一个问题却与乐器毫无关系。

他们相互看了一眼，最后还是老管回答了我的问题。

"这个截污纳管，污水处理，起初大家都有抵触，你说一个农村哪用得着这样折腾，这点生活污水，自由排放都好上百年了，几十代人都这习惯。再说现在农村平时人本来就不多，产生的那点污水还没流到千岛湖就被土地给吸收了。"

"对，我们当初都是这个想法，认为是村里干部没事找事干。"几个人一同附和着说。

"村里干部说是任务，一定要完成，做完还要验收，不能做表面工作糊弄人。乡里村里的干部都很认真做这事，按要求所有生活污水全都纳管。工程是2014年开始做的，年底完成。当时好多人想，反正不用自己掏钱，做就做呗。"

当初淳安在全县推行截污纳管时，确实存在如老管他们这样想法，包括我在农村的亲戚都很不理解政府为什么要这么做，说是钱多了没地方花，瞎折腾，搞什么鸡地皮（GDP）。好好的水泥路面，浇筑才几年，就要从中间挖开铺管垒井。

面对百姓的不理解，县里乡里一方面做好解释，一方面全力落实。

"那么现在再回头看看，这样'折腾'后，好还是不好？"我问他们。

几个人同声说："好！"

"好在哪儿？"

老管看看其他人，看到他们都不说，"那我说吧。你有没有发现，我们现在坐在这里是不是少了些朋友？"

"朋友？什么朋友？"我惊讶地看着老管。

"苍蝇没了！蚊子也少了。"老管顿了顿，继续说，"那年，就是纳管第二年六月,我就到店里买了很多粘苍蝇的粘粘纸,你可能也知道,农村每年夏天苍蝇特别多,特别讨厌,到处飞,到处停。但我没想到的是,整个夏天只粘到几个苍蝇。我还跟我儿子说,奇了怪,今年苍蝇不知飞哪儿去了。当时没想到是纳管的功劳。又过了一年,苍蝇几乎看不到了。才有人说是因为截污纳管后,苍蝇失去了繁殖的场所。我才明白原来是这样。"

我环顾了一周,确实没看到一只苍蝇,儿时记忆里的打苍蝇画面不断冒出。要不是老管的提醒,我根本就没注意到这些细节的变化。

很多时候,一些政策实施后,带来的变化,尤其是细节上的变化,很少有人去留意。仿佛一切好的都是本应存在的,轻易地,无意识地忽略政策带来的变化。很多人关心的,往往只有那些物质经济利益方面的。但置身于其中的百姓,心里是雪亮的,政策的好坏,他们心里都有杆秤。

水清鱼更欢

"爸爸,'水至清则无鱼,人至察则无徒',书中这句话不对。"女儿拿着书问我。

"那你说说,哪里不对了?"

"水太清了,鱼儿照样可以生活,反而是太脏的水,鱼儿就直接挂了。"

"比如说……"我鼓励她说出自己的想法。

"为什么大家都喜欢吃千岛湖鱼头?为什么小时候我在老家的小溪里看不到鱼,而现在水清了,鱼儿就回来了?"

女儿一连串的反问句,让这个假期变得特别有意思起来。

我童年那会儿,溪水清澈,螃蟹、虾、虾虎鱼(婆婆鱼)、石斑鱼都是童年的伙伴。但随着时间推移,人们只关注生产,对生态不重视,农药化肥超量使用,特别是草甘膦被当成除杂草的法宝使用后,小溪里时常漂着一些说不上名的垃圾,流水之中常有不明絮状物。

物质丰富后,垃圾也跟着丰富起来,生活污水混杂着各种洗涤剂残余,直接排放进小溪。小溪成了消化垃圾的主阵地,没人敢在溪里洗衣服,鱼虾更是消失得无踪影。每年春季,村民都盼望着涨大水,将千疮百孔的小溪好好冲刷一次。

"不能再这样了。"2010年村两委决定建一座污水处理设备,将直接排放到小溪的各个排污口纳管,收集生活污水进行集中处理后再排放。

这个工作推进相当艰难,当时的村支部书记董向阳说,多数村民不理解,就连有些党员也不支持,他们说这纯粹是浪费钱。村两委顶着压力,工程最终得以实施。年底,污水处理池正式开始收集生活污水。那时全县对于农村生活污水没有运维标准,只是鼓励自愿建设,没有排放标准。

污水处理只是通过简单的沉淀,然后溢出,自然排放,仍排在村口的小溪里。

用现在的标准来衡量,这样的污水处理是不合格的,但村民们却发现村中间的溪水变干净了,那些不明絮状物少了。更让人惊喜的是,一些溪水较深的水域有了石斑鱼的影子。

2014年,浙江省以"五水共治"为抓手,全面推进产业转型升级,面对千岛湖生态重要性不断提升,淳安县在全县境内开展"五水共治"，农村污水治理再次被推上日程。每家每户生活污水必须纳管，集中进行生化处理，达到标准后再排放。

难度是可以想象的，来自各个阶层的反对声，理由跟几年前的自愿建设一样，认为大自然是最好的净化专家，尤其是偏远山村，水还没流到千岛湖就已经被净化了。再难的事，也挡不住对美好生态的向往。

从2014年下半年开始实施全县范围的截污纳管工作，到2015年底，全县新建192个农村治污项目，包括182个行政村和10个集镇，受益农户达46395户。

而在老家石颜，因为有了之前的铺垫，在事实面前，很多村民都支持这项工作，推进比较顺利。整个工程由接户井、管网系统和污水终端池等组成。根据全村村落分布情况，建有污水终端池四个。污水在终端池里通过厌氧处理后，排放到人工湿地，人工湿地就建设在田野之间，种上美人蕉等进行最后自然处理，处理后的水也不直接排入小溪之中，而用于农作物的灌溉。有效地增加水循环利用。

在污水设施运维上，污水终端池和村里网管由专业运维公司负责清掏和日常管理，而接户井由农户自行清理。村里还专设一名污水管理员，负责对接户井的监管。运维费用每年在2万元左右。清出来的淤泥可以运到田地里直接作为有机肥，又减少了化肥的使用量。

目前，全县共建厌氧池1408处，容积63744立方米；好氧池430处，容积38819立方米；人工湿地53050平方米，日处理能力达到3.4万吨。

淳安县农村截污纳管，村里污水集中治理后，很多村的小溪水重新清澈起来，多年失去踪影的小溪鱼又回来了。水是一个村的灵魂,鱼是水中精灵。

2003年,时任浙江省委书记的习近平同志在赴下姜调研时,曾说过,"我们要靠山吃山,更要养山"。其实水也一样,我们不但要靠水吃水,更要养水。怎么养?淳安百姓已经给出了答案。

"水清鱼儿欢,至清是灵魂的追求。"我对女儿说,"也是乡愁的回归。"

其实李白早就用诗说明,"清溪清我心,水色异诸水。借问新安江,见底何如此"。

两条腿走路

村里的小溪、河流、水塘,多少都有点村史文化沉淀。

文昌镇王家源村头的池塘,过去就是村里的排污沼泽地,一些生活污水经过沼泽地的沉淀和植物净化后,再排入地表自然水系。过去,农耕时代,以自然经济为主,农村生活污水有着自己的处理方式。餐余泔水用来喂猪,其他生活污水可作为有机肥,直接排放的污水并不多。随着生产规模化,现代生产科技的运用,化肥和农药的使用,生活污水因易产生异味,让人不再选择其作为有机肥,农村还没有排污设施,那么只有直接排放了,大大地超出沼泽地这样的简单排污设施,加上运维管理跟不上,造成多数污水直接排入地表水系。池塘、沼泽成为农村水污染集中爆发地。

于是农村的地表水系又成了生活污水的直接消化地。传统的生活习惯被淘汰,新的生活习惯没有形成之前,这便是发展中的烦恼阶段,造成农村水系被生活污水直接污染。

人们生活质量提高,对美好生活要求也提高,对生态环境要求也随之提高,农村也开始认识到自己的生活习惯必须要改变。变,是痛苦的,需要与之前的生活习惯割断,打破利益固化等问题。尤其是对规模养殖户来说,他对环境恶化最有感触,要改变,就必须打破原有的生活习惯和生产管理模式。

内在需求与外部政策驱动,促使了这一场农村污水整治的变革。经过截污纳管后,新农村水系开始两条腿走路:一条是传统的表面水系,以河流水塘为主,是看得见的乡愁,水清可见底,照见了多少往事和回忆。另一条是看不见的现代文明,以网管组成的水系,包括饮用水和排污管体系,它埋在底下,维系着我们传统水系的清澈。两个水系相辅相成,是淳安现代农村的标配。

在规模养殖业方面,近几年来,淳安县关停畜禽养殖近300家,对符合条件的养殖场,在技术上进行指导和维护,实现养殖场畜禽排泄物应农牧结合就近就地利用,推广"养殖场—沼气池—果园""养殖场—沼泽地—渔业""养殖场—沼泽地—草"等立体生态养殖模式。全面提升农村污水治理管理的模式。

从2014年到2019年,五年时间,淳安县农村水质在一点点地改变。那些曾经反对这项治水系统工程的声音,渐渐地,再也听不到了。偶尔无意间问起,这截污纳管的事,村民们总是竖起大拇指,好!

一个简单的"好"字,异口同声的"好"字,是政策深得人心,是百姓心中最真切的表达。大道至简,或许无需多余的修饰和形容。

好的政策也如同这好的设施一样,好的设施可以将污水净化,好政策却可以净化人心,如今人心也如同溪水这般清澈,杂音和异议,都被政策的实效给过滤掉了。

微信群治水

2017年初，我被拉进了两个群，一个是老家的村民之家群，另一个是曾仕过第一书记的枫树岭伊川村党员群。

起初并没多在意，但渐渐地发现了这两个群打开我了解基层的另一扇窗口。我在群里听到最多的并不是埋汰和讨伐声，而是积极参与村务管理的声音，为全村发展提出自己的想法，提出自己的解决方案，其中就对污水治理的声音。

2017年底，伊川村党员群内，突然有人说，村中间某家污水井接户井有污水外溢，初步判断是需要清淤了。并拍了照片到群里。

马上就有人发了运维管理人员的电话上来。村支书余站明马上在群里说，已经通知在家值班村干部前往查看，同时可通知运维人员到现场进行维护。一个小时左右，有人把现场处理的情况，拍了照片发到了群里。

我看着手机屏幕上不断跳出的语音，文字和照片，似乎自己就在现场。现代科技打破时间和空间，在任何时间任何地点，都可以解决问题。

也是在差不多时间，我老家村民之家微信群里出现了一串图片和文字。溪里的很多小鱼翻白在水边，并附带了文字说明："村头小溪里出现大量翻白的小鱼，是不是溪水有问题。村干部去看下呀！"

很多人在群里回复：

"是不是有人毒鱼？村干部，监控去查看下。"

"会不会是哪家厂违规排放污水了？"

"这么多鱼死了，真可惜。"

"赶紧派人在溪边值守,不要让人去捡呀,万一是中毒的话,不能吃,切记！！"

······

看着一串的回复,心里感觉是暖暖的,谁说我们村民没有自治意识,这些人的话语明显是在参与村务的治理,从这一件事上来看,能看到村民们的热心肠,把主人翁意识诠释得淋漓尽致。

值班的村干部看到消息后,分两路分别察看:一路到现场察看,另一路去调看沿溪的监控录像。现场察看人员沿着有小鱼尸体的水域逆流而上,不放过每一个水口。最终找到了元凶,村民张某在溪里洗了刚打过农药的喷雾器,并将农药残留倒入了溪中。

微信、监控等现代科技的运用,让农村治理污水如虎添翼。信息反映渠道的畅通、便携,加上处理及时,极大地提高了村民参与污水治理的热情,也让村民更加自律。

每到周末或是节假日,约上儿时小伙伴,或是带着自己的子女,去家乡,寻找童年的记忆,那些散落在家乡田野上的美好时光。在家乡土地上走一走,感受一下当下的生活,回忆一下当年,跟子女讲一讲家乡故事。这些故事,一直都被故乡的山水所收藏,收藏在清澈的溪水里,同时被溪水一遍又一遍愉悦地叙说。

水更清,回忆就更清,故事也就更多,乡愁就更浓。

我们的生活,大家共同努力,创造,那么,下一站,会更美！

梦境千岛湖

静静的。没有声息。

我感觉到它。它总是这样。

想说。又不想说。

纯净。和谐。与世无争。

就像一个泛音。

它骚动。是因为风的诱惑。

湖性如此。

一个甜得腻人的梦。

在反复说情之后,将命运交给别人。

有想象,无创造。

它从不涌动。即使涌动也绝不流露。

无论是在阳光下还是在月光下。

我望着它。

它平静得不行。

夜深的时候,一个人静静听着这张《湖》的音乐,总有一种置身千岛湖之上的感觉,任日光穿透厚厚的云层,随意地散落在山水之间,散落在意境与梦幻之中,随风闪烁着耀眼光芒。泛舟湖上,或静卧舟中小憩,或危坐船头独钓,或荡桨前行,湖光山色尽收眼底。风掠湖面，微波荡漾，舟随波走，心随舟游，俨然与山水成一体。

江南多雨，千岛湖更是如此，夏雨狂澜，山雨欲来风满楼，平静的湖面上掠起阵阵波澜，若夜间独处湖边，水浪拍岸，虽比不上海浪的惊心动魄，却别有一番意境。春秋之时，未雨绸缪，湖面依然平静，水中倒影清晰可辨，雨点散落在湖面，荡起阵阵涟漪，将水中景物揉得粉碎，然后又慢慢地拼凑成原来的模样。春秋之际时有大雾笼罩整个湖面，水面五米以上，雾气随风飘尽，岛屿半显，美不胜收，如同梦境一般。

每每雨后初晴，洗去尘埃，空气格外清新，能见度高。伫立湖边极目远眺，天蓝，山绿，水暗绿，"山水共天一色"，此时游艇飞驶，在湖面划出一道漂亮的弧线，不用渲染，用手指组成一个相框，不断移动，每到一处便是一幅画。夏天雨后黄昏，落日红润，挂于山水之间，湖光山色沉溺于红色之中。渔船在晚霞中归来，像是刻意留在画面中的。

晴朗的夜空之下，月光静静地照着湖面，晚风徐徐从湖面吹来，依偎湖边栏杆，放眼千岛湖，七彩灯光与湖水相映成趣，湖水微动，闪烁的粼光与天空星辰遥相呼应。月光淡淡，静洒湖面，平静得让人只能听到自己的呼吸。此时若能置舟湖面，或荡桨慢行，岛屿山脉如微波鳞动，叹造物之神秀；或停舟湖面，聆听月光下的协奏曲，偶有鱼儿跃出湖面，留下清脆水声，立即又恢复平静。

冬天清晨，湖面袅娜的丝丝水汽，编织着仙境一般的意境，在晨曦之中，袅袅升起，弥漫着仙境般的朦胧，然后慢慢消散殆尽。大雪过后，山脉岛屿皆白，远远望去，茫茫一色，让人赞不绝口，一湖绿意被悄悄地收藏，皑皑白雪在阳光的照耀下，闪烁着金色的光芒，与湖水相映,衬出了一个洁白华丽的世界。

千岛湖,梦境一般的千岛湖,寄予了多少离愁,用五十年的时间糅合了千年的岁月,湖面是绝世之景,湖底埋藏了千年的梦想。

睦剧,唱出淳安新风尚

千岛湖的夜幕,湖光山色在灯光的辉映下更加妩媚。此刻,新安大街与新安北路交会处,一棵大雪松下,几位戏剧爱好者在二胡的伴奏下,咿咿呀呀唱起戏剧。引来游客和一些戏剧爱好者驻足喝彩。给千岛湖的夜平添了几分诗意。细心的游客也惊讶地发现,就在这棵雪松下,这几位临时演员与几座以戏剧为主题的雕塑相映成趣。

这几座雕塑所表现的,以及他们唱的,是淳安独有的睦剧。

睦剧是新安文化与外来文化融合的结晶,与安徽黄梅戏、湖北花鼓戏、赣东采茶戏等均有渊源,为全国315个地方剧种之一。外来戏传入淳安时,与淳安当地农村盛行的民间歌舞竹马班相结合,逐渐形成了极具浙西地方色彩的剧种。演出角色以小生、小旦、小丑为主,因此在最初被人称为"三脚戏"(三角戏)。在表演中以当地语言为道白,表演风格淳朴粗犷、活泼风趣,富有浓郁的乡土气息,以喜剧、闹剧见长,不出皇帝少出官,演的基本上是百姓身边事,比如种麦、牧牛这些为百姓所熟知的事情。唱腔粗犷豪放,伴奏以二胡为主。淳安2014年省委宣传部组织的"钱塘江抒怀"在千岛湖采风期间,组织观看睦剧《牧牛》,台上演员一句"哇噻",引起台下观众笑声一片。

睦剧的发展几经盛衰。20世纪30年代,淳安的三脚班发展到七十多个,艺人达300余人,形成以淳安、遂安为中心,并辐射了浙西开化、常山和安徽屯溪、绩溪以及江西婺源等地。新中国成立前夕,睦剧连遭禁演和农村日趋贫困,睦剧艺人星散,剧种几濒湮没。解放后,得到了党和政府的关怀和扶持,睦剧重获新生,并逐渐兴盛起来,业余剧团纷纷恢复,淳安成立了专业的剧团,并整理改编演出一些传统剧目,像淳安人熟悉的《南山种麦》《牧牛》《看花灯》《补背褡》等。那时淳安几乎村村都有戏班子,逢年过节,在点鼓铙钹二胡的伴奏下,唱着浙西独有的韵味。这些村里的戏班子,淳安百姓称它为草头班子。别看这些草头班子,他们活跃在淳安当时的农村,唱着淳安人的喜闻乐见和心声,在一代代淳安人心中都留下过一些鲜活的记忆。正是因为这些草头班子,奠定了睦剧在淳安的民间的群众基础。直到今天只要有人拉响二胡,拉起那些睦剧的曲目,就能站出来一两位睦剧爱好者,唱出当年那些腔调。

1951年,淳安首次举办三脚戏艺人讲习班,在这次讲习班上,因淳安原属睦州,便将三脚戏改名为睦剧。在千岛湖镇炉峰路水之灵剧院边上,《南山种麦》的雕像至今还立在那里,此地就是当年睦剧团驻地,"睦剧团"在淳安人心中渐渐成为此地的地名。从三脚戏到睦剧,不仅仅是名称上的改变。睦剧在很多方面做了有益的探索。在艺术表现方式上,包括唱腔和唱调都做了些规范。对伴奏乐器也进行了有益的探索,改变过去那种以锣鼓铙钹和二胡为主的伴奏方式,逐步增加了中西管弦乐器。

王朝有史,民间有戏,戏剧于民心,往往比史料陈述更有力量。戏剧里所表现的善恶,往往是民间道德的标准,在中国多数地方,民间的舞台更像是一个道德的审判台。但睦剧却是一个例外,传统剧目有大小戏70余个,表现的几乎都是淳安人的现实生活,与其他剧种相比，它更侧重于生活的真实一面，入戏的都是像牧牛、种麦这种与生活生产息息相关的事。这跟淳安的"隐士"文化有关。淳安历来都是隐士的乐园，至今在淳安的农村还流传着"脚踏白炭火，手捧苞芦（玉米）粿，除了皇帝就是我"的民谣，这也从另一个方面印证了睦剧中为什么极少有官的原因。

当睦剧邂逅新安江水库，淳安人的命运与国家的发展有了一次紧密的合作，睦剧的视角也有了新的转变。改变过去单纯只表现生产生活这些内容，出现了新编历史剧《海瑞斗赃》《海瑞审石头》《方腊起义》等。2008年，大型睦剧《雪兰花》上演，是杭州抢救非物质文化遗产结出的一颗硕果，更是睦剧史上的一个里程碑。

2010年6月睦剧入选国家级非遗名录推荐项目名单，2011年6月正式入选第三批国家级非物质文化遗产名录。2015年，睦剧小戏《心愿》，参加由国家数字文化网组织的大年小戏闹新春展播活动，被评为观众最喜爱的十部小戏之一。

近年来淳安文广新局每年组织"送戏下乡"，每年巡演的总场次将达到100余场。淳安睦剧正以她独特的魅力继续扎根于淳安大地，唱出淳安人的幸福生活，唱出淳安的新风尚。

时间里的大排档

一个城市有他特有的记忆,一代人有一代人共同的记忆。

千岛湖这座年轻的城市,在她短短的五十多年历史中,留下过很多让人回味的记忆。

千岛湖镇以前叫排岭,每一寸土地都留下过淳安人重建家园的汗水和难忘的记忆。码头和排档就是其中之二。可在社会发展中,一些事,一些物虽然湮灭在了历史的脚步之中,消失在我们的视线之中,却无法从一代人的记忆中抹去,而有些事总在适当时候再次唤起大家的共鸣。

大排档曾是千岛湖的一大特色,平民化的餐饮,三五好友,几个小菜,几瓶啤酒,或露天,或坐在篷中,海天海地侃着那些不着边际,又似乎就发生在身边的事儿。

曾经的排岭,从十字街到客运码头,沿街布满了大大小小的平民餐饮店,尤其是现在的丁字街到码头一带的板棚店,因为靠近客运码头,板棚店里生意特别红火,赶船的人们在起航的间隙,在这里稍作停顿赶跑饥饿虫,各色小烧,各色小吃,应有尽有,看着炉子里往上蹿的火苗,听着勺与锅碰撞的声音,闻着浓郁的家乡味道,狠狠地勾起心底的食欲。排档与码头的结合,也暗合了人们聚散两依依的情愫。这是千岛湖的第一代大排档,是属于淳安本地人的大排档。

214

20世纪90年代中后期,随着千岛湖知名度的爆棚,千岛湖镇的城市建设、城市品位与千岛湖的知名度有了较大的脱节,大排档自然而然地列入了整改的名单,板棚店也被列入首先拆除的名单,同时为了顾及民生,取而代之的是限时段内不固定的场所,新安北路如今三小门口、李家坞口子到枇杷园路段一到下午下班时间就被排档摆满。那种露天的餐饮,处处显露着低调的奢华,三五朋友围着一张小小的餐桌,几个小炒,几瓶啤酒,就可以打发一个个寂寥的夜晚。排档从头天下午五六点开始,到第二天早上三四点方收摊,此时的小城尚在睡梦之中,摊主们看着渐渐发白的东方,揣着一晚上的收获,将桌椅和炊具拉回到住处,期待新一天的开始。

作为千岛湖第二代大排档存在的时间并不久,可以说是临时和过渡性的。因为"创卫"的缘故,很快就被第三代形式的排档所代替。所谓的第三代排档,就是指定地点开设排档,现在的千岛湖饭店原址、西园广场原址、西园码头附近、老客运码头附近都曾是大排档的设定地点。此时的大排档摊位相对固定,营业时间也相对较长,像原客运码头附近的大排档几乎是24小时营业的。那时的工资只有四五百,却也经常光顾大排档,挑一个临湖的位置,吹着晚风,喝着啤酒,看着攒动的人群。还经常有背着吉他卖唱的流浪者,这些都给排档增添了许多珍贵的记忆。第二代到第三代,除了地点场所固定之外,最大的变化是客源不再是单一的淳安本地人,更多的游客也经常光顾千岛湖大排档。

千岛湖的旅游进入21世纪后,对餐饮业也有了新的要求,大排档拉客、宰客现象较为严重,加上卫生环境的要求,原有的大排档已不适应旅游城市的发展,为了千岛湖的整体形象,及市容市貌建设的要求,大排档要求全部入住营业房。于是原有几处大排档一夜

215

之间全部被取消了，现只有在秀水街边上保留几家，因为太远，已渐渐地被千岛湖人所遗忘。

在没有大排档的日子，有多少千岛湖人开始怀念起那些光顾大排档的点点滴滴。终于在2014年4月底，千岛湖新的大排档开业了，在千岛湖越来越受关注的今天，新的千岛湖大排档临湖而建，这是千岛湖新大排档得天独厚的优势，不管是白天还是夜晚，让人可以尽情地享受美食，尽情地欣赏美景。真心地希望新的千岛湖大排档能够成为千岛湖又一张金名片。

拾级而上

　　一个人真正地融入一座城市里,你的脉搏将与这座城市一同跳动。城市不仅改变我们的生活习惯,也改变我们的思绪习惯。一座城市不仅仅拥有高楼大厦,更重要的是拥有了多数人的共同记忆。这种记忆,是一座城的灵魂,这种记忆,是一座城的文化脉络,它散落在城市的角角落落,藏在人们内心的深处,在时间的打磨下,显得尤为珍贵。

　　千岛湖这座年轻的城市,因地形所致,山山相连,路路成环,是地道的山城。1995年,我来到这座城市,工作生活,二十年时间并不算长,因为骑龙巷,悟到这座城市独特的哲理:有时上是为了下,下是为了上,就像射箭,往后拉是为了更好地向前冲。

　　一个人的人生道路是平坦还是崎岖,也许根本没有时间去思考。因为骑龙巷,给了我思考人生的空间和灵感。起初以为自己的人生就如这座城市发展一样,按部就班地往前一点点地攀升,不想却在那几年出了点意外,生活一下子又退回到原点,就像电脑被人无意触碰到了复位键,所有的思绪和积累的文字在重启的时候全部失去。因为这次变故,我的生活中心从新安北路移到了火炉尖。从常规人生的经历来说,我此时走了下坡路,但从地理位置来说,我的生活中心却提升了海拔位置。一上一下,不得不让自己停下来思考一些问题。

生活中心的变化，带来的是生活习惯的变化，随之而来是思维习惯的变化。

每天从骑龙巷走过，数着台阶上上下下，穿行于这条没有车流，只能步行的台阶小巷。古玩、花鸟、日用杂物，各色小摊席地而设，摊是摊，道是道，人来人往却井然有序。小摊、琐事以及摆摊人的笑声在那段时间里，都成了我生活的点缀。他们日出而作，日落而息。他们总是将生活过得简单，就像摆摊收摊那样，哪怕一天下来，没有一笔生意，也照样日复一日，年复一年地坚持着自己的生活，把日子过得清闲。在我看来，他们出售的不是廉价的商品，而是他们清闲的生活。这种清闲不经意间也影响了我，本来浮躁的心绪渐渐地平静了下来。就像上坡的时候，开始总是走得急，速度快，走到后面就没了力气，速度自然也就慢了许多。

一百二十多级台阶组成的巷子，两头陡，中间相对平缓，也似乎与人生有着某种高度的契合。在中间那段相对平缓的路段，一位又瘦又矮的中年男人带着一只矮腿的小黄狗，每天都会出现在这里，雷打不动，他和他的小黄狗已经成了这条巷子的一部分。那位卖衣物的中年女人，操一口遂安话，嗓门特别大，或许衣物质量与她嗓门存在某种比例。时常见她搬条小板凳坐到摊子对面的树荫里，跟着树荫的移动不断地挪着位置。也时常看到几位大妈，坐在石阶上打盹儿，一篮菜就放在身边，那安详的睡姿，如雕塑一般，凝固了一段午后的时光。而树上的知了，浮夸地叫嚣，与这条巷的静谧形成了鲜明的对比。一阵雨突然袭来，摆摊人忙着收拾摊位，速度快的收拾好自己的也帮助其他摊主一块收拾，收拾完对视一笑，又各忙各的去了。

偶尔也有几位摆摊的新面孔出现。曾在一个冬日，一位衣着略显单薄的小姑娘,摆摊子卖袜子。我停下脚步,问多少钱一双,她伸出一只手,我拿了两双,给了她20元转身就走,她追上来找我十元,我说算了,她就回去拿了两双袜子给我。

我不知道小姑娘为什么会出现在这条小巷,或许她跟我一样,经历了一些变故,生活迫使,或许只是想体验一下生活。但原因已经不重要了,这些平淡的小事,让我对这条巷子有了全新的认识。这一条小巷对于意义,不仅仅载着清闲和淳朴的生活。更多的是对这座城市的情怀,以及文化的沉淀。这就是这座城市藏在这条小巷里的记忆,一种原始的,没有任何修饰的城市气质。这种气质不经意地影响了一代又一代的淳安人。

这条巷,明明只是一条步行街,却冠名"骑龙"。而唯一能够找到与龙有关的,是紧靠塘边那顶端的两壁上的雕龙。龙有十八条,每侧九条。这十八条龙凝固和沉淀了一种动态的意向,仿佛是要从水塘里游出来,要顺着骑龙巷游向十字街。

火炉尖和十字街,千岛湖城市在发展历程中的两个中心。而骑龙巷,却连接起了这两个中心,也连接起了这座城市的历史。拾级而上,是头二十多年排岭的中心——火炉尖,沿着石阶往下是现在千岛湖的中心——十字街。

人生的魅力在于奔波后的沉淀。安逸的现状,只是人生路的小憩,就如这骑龙巷中间段的平缓,如同这整条骑龙巷里清闲的日子,还有些被巷子珍藏的城市记忆。这种清闲和记忆也是一种力量,就如箭在弦那最后一刻的平静。

从火炉尖到十字街,城市中心位置的改变,也催促了发展理念的改变。因为海拔的下移,突破了地理位置限制,让发展有了更大的空间。今天,千岛湖未来的蓝图也已经绘就,骑龙也不再是梦想。

骑龙巷记录了这一变化,便如那两边墙壁那些雕龙,从火炉尖的水塘游进了浩渺的千岛湖,在一个更大的空间里施展了淳安人的创造力。

一座城市的中心可以变,一座城市的记忆却不能丢。

从贺城到排岭,一座城市拾级而上。从排岭到千岛湖,一座城市开始新的征程。我读到这座城市的记忆,那一点点记录在青石台阶上。很多时候,我行走在骑龙巷,拾级而上,或踏步而下,望着那些台阶,留在青石台阶上的记忆被来往的脚步不断打磨,闪着时间的光芒。这光芒里蕴藏着这座城市的哲理,一种激人前行的力量。

四段

说到四段,大家都自然而然地跟围棋联系起来,却很少有人把它跟一条街联系起来。这条街就是千岛湖镇的新安北路。认识一个城市从认识一条街道开始,而新安北路正是我认识和融入千岛湖镇的一条街。新安北路随着千岛湖镇的扩充,经历了一些变迁,这些变迁或多或少给这条街留下了一点点淳安独有的文化特质。

自从新安江水库形成后,淳安人民经常做一件事,就是选择。第一次选择就是让一个小小的排岭半岛承载一个县域复兴的历史重任,因受着地理位置的限制,千岛湖镇多丁字街,新安北路曾是淳安人踏上县城所面临的第一个丁字街口。新安大街、新安北路的交会处就是曾经的客运码头。新安北路相对于新安大街、排岭路和新安西路来说,算是一条较新的路。在20世纪90年代它只有从客运码头到现在的水利局门口,再过去就算是进入郊区了。1986年淳安县政府搬迁到这条路上,给这条路带来了发展的机遇。

如今的新安北路可分四段,第一段从供电局到档案局门口,算是新安北路最开始的一段。这一段的两边有林业局、县政府、千岛湖镇三小、档案局。

第二段是如今的千岛湖饭店到龙门隧道这一段。20世纪90年代中后期,冬瓜坞一带发展起来以后,并开通了龙门隧道,这一段也归入了新安北路,成了新安北路的延伸段。这个延伸段在起初有

221

着很多的别名,因为理发店较多被人称为"鸡场路",因两旁种植了银杏又被人称为"银杏路"(银杏不做特别解释),又因连接龙门隧道又被人戏称为"洞口路"。

千岛湖北面发展起来以后,阳光路也纳入了城区道路之中。千岛湖镇最让人感觉到莫名其妙的事情就发生了,新安北路在水利局门口转了两道弯到达新安北路延伸段。在第二道弯处还设了红绿灯,直走成了阳光路,转弯走还是新安北路。为了纠正这个尴尬的情况,新安北路从档案局门口到千岛湖饭店这一段进行了改道,新安北路从原来的湖滨公园内穿过,算是拉直了与延伸段的衔接。这段从档案局门口到千岛湖饭店几十米的路段也就成了新安北路的第三段。原来从档案局门口到水利局再到千岛湖饭店这段成了一条支线。

新安北路的延伸段,也就是上文所说的第二段,在私家车日益普及的今天成了千岛湖镇最拥堵的路段之一。为了缓解交通的压力,2012年年底开始动工从宏山到冬瓜坞再打一条隧道,再建一条道路连到水利局门口,与原来的延伸段一起成为单行道。如此,新安北路也将迎来它的第四段。

新安北路上的故事,远远不止这些表象,这里曾是农产品的码头,来自原来东亭、光昌等地的农产品在这里上岸。在现在的千岛湖饭店区块,曾是千岛湖镇夜排档之一。如今的新安北路还保留着整个城区唯一一家"招待所"——水利水电局招待所。

新安北路的四段发展史是淳安人民摸索发展的见证。

涛涛饭店

很多年以前,在县政府的外围店面房,现如今的新安北路邮政储蓄银行一带有家小饭店,名叫"涛涛饭店"。涛涛饭店因老板叫王涛而得名,由于所处位置与我住处较近,自己懒得烧饭时就到涛涛饭店下馆子,单身嘛懒点是情有可原的。

涛涛饭店最有名的两道菜,一道是红烧泥鳅,另一道是烧玉绵子(很多人都叫肉圆子,就是用番薯粉调成糊状,然后烧成的那个),这两道菜好像每次都是必点的菜。那时的涛涛饭店没有包厢,只有一个通间里摆着几张小方桌,厨房与餐厅只有一窗之隔,在享用美食的同时还可欣赏老板的厨艺。我们经常三五个人围坐一张小方桌,点几个菜,就几瓶啤酒,然后边吃边畅谈人生。尤其是在夏天,空调对于那时来说,只是一种奢望,尤其是在小饭店里,有个吊扇吹吹已经不错了。我们是老顾客,老板给我们特殊的待遇,搬来大功率的落地扇对着我们一阵猛吹。而我们吃着侃着,有时干脆脱了衣服,光着膀子,几杯啤酒下肚后,不可否认那时的我们很幸福。

王涛有个儿子,那时在附近的镇三小读初中,如果没记错的话,那时镇三小好像不叫镇三小,而是叫千岛湖镇中心小学。而我们几位臭味相投的同学,一下班就捧个足球去三小操场上对着墙壁一阵乱踢。那时对足球的追捧已近痴迷,还专门买来不同版本的国家

223

队队服。我在自己的足球服上用墨水画了个大大的问号。在踢球中也认识了王涛的儿子。

时光在一点点地流逝，在千岛湖镇一起玩的几位同学先后散去，两位同学先后去了新加坡淘金。在飞往新加坡前一晚，我们在涛涛饭店里度过，面对漫漫而又未知的前程，欢笑、泪水和啤酒都在酝酿着我们的离别愁绪。那一年，王涛的儿子读了高中，原来一起踢球的一班人也就散掉了。之后，但还时不时光顾涛涛饭店，少了臭味相投的伴儿，光顾涛涛饭店似乎也少了点味道。

又过了几年，王涛的儿子考上了大学，为了给儿子读书筹钱，王涛将饭店盘给了别人，同时盘过去的还有他自己，他一起给新老板打起了工。涛涛饭店也就在新安北路上消失了。

忘了什么时候，在新安北路的延伸段，如今的冬瓜坞菜场附近，王涛的"涛涛饭店"重新开张了。店名还是那个店名，老板还是王涛，菜的味道也还是原来的味道。似乎又让我想起那些逝去的岁月，只是怎么都回不去那个年代。涛涛饭店有了包厢，包厢有了空调，时代在变，做生意的方式也在变。涛涛饭店迎来一批又一批念旧的顾客，生意红火。

城市在发展，原来的低矮的营业房成了城市品位继续提升的阻碍。新安北路延伸段，新塘公园以西这一排两层的营业房的拆建摆上了城市发展的议事日程。涛涛饭店又一次面临了抉择。

旧的终归要被拆掉，涛涛饭店也终于完成了在这座城市里的历史。连同它一起消失的还有我们那些再也回不去的岁月。我们念旧，但并不恋旧，任何事物都有它存在的价值和意义，不管它带给你欢乐还是悲伤。正如涛涛饭店带给我和我的同学幸福，还有离愁。

重拾城事

有时,面对一座城市,因为这里有自己曾经生活的身影,显得特别亲切,这种亲切并不因为部分残缺而感到遗憾。而在时间里,当所有熟悉都变成陌生,只留一个熟悉的城市名,或许会带给我们一些新奇。可这些新奇,大多都缺少时间质感,容易在一夜之间变回"皇帝新装"。我们对一座城市的情感,更多是面对不完整的缺憾,而重拾的一份珍惜。排岭,千岛湖镇的乳名。因为是山城,有她独有的城市风景,也是几代淳安人共同的财富。

我们这座城市有故事,我们这座城市具有独有的文化,那些不被时间所腐蚀的精神,在时间里终将成长为城市的灵魂。

我们脚下走过的路,很多可能会忘记,但总有人会记得,记住的就能成为故事。不管时间过去多久,总有一些东西会留下来,留下来的那些,就可能会引爆一代人的记忆,成为一座城的集体记忆。

台阶

因是山城,台阶不可少。

一位本土的诗人,曾经告诉我,小时候曾随父亲来排岭,父亲去办事,他无聊就坐在十字街一家店面门口的台阶上等父亲。中午吃饭时,他兴奋地告诉父亲,整个上午他看到了三辆车从十字街经过。

在那个步行为主的年代,台阶和车子都出现在了故事里,诗人的兴奋或许有点无厘头,却绘出了那个年代真实的画像。

排岭始建于20世纪50年代末60年代初。依山而建的城,没有过多破坏山体,沿着山体整理出一垅垅平台,就如整理梯田一般。房子就如梯田里的庄稼,一叠复一叠地长出。叠与叠之间,用台阶互联。于是就有了骑龙巷、向阳巷、枇杷园这些带有农耕时代气息的地名。为了生活方便,室外各式各样的台阶也随之出现,就像田畈里的田塍一般,纵横交错。不同的是,台阶连接起不在同一个水平面的生活区。尤其是在李家坞这一带,北面靠山,大致朝南,适宜生活,到了七八十年代,成了当年的居民区。在这一片,台阶样式也多,台阶也有分支,分别达到不同的高度。如果可以,这里完全可以申请为台阶博物馆。

0和1构建的二进制,让计算机改变了人类信息处理方式,横和竖构成的台阶,也如这座城市的二进制,让排岭的生活有了人间烟火,山岭不能阻断彼此间的交往。台阶将不同层叠的房屋串联起来,顺着地势而建,级数可多可少,但一阶的高度和宽度总是适合我们抬脚,落脚,又不显得吃力。

沿着一级一级的台阶,往上走,就能走进一座城的内心。淳安精神就是靠这样,一级复一级,一步抬一步,磨砺出来的。从新安江畔,到排岭山腰,就是靠一步一级台阶不断累加起来,在崇山峻岭间建造起一座全新的城,排岭镇,才有现在的千岛湖镇。

等有空了,我要去走走千岛湖镇城区这些百级以上的台阶,或许会有新的收获。几年前,有人这样跟我说,我当真了。可去年3月16日,他却倒在了工作岗位上,至今没醒。

我想起了他的文字,他的话语,他用一个个字符将淳安的乡镇码成了文章。对于我来说,这一个个文字就是一级级台阶,通往另一种乡愁的台阶。

在他沉睡一周年之际,我开始寻访千岛湖镇城区所有一百级以上的台阶,并将其一一记录下来。沿着台阶,走街串巷,我走进了很多之前从未走进过的小区,就算是最繁华的十字街附近也还有那么多我不知道的小区和建筑。虽然在千岛湖镇生活了近三十年,除了那几条街、那几条巷比较熟悉外,众多的老小区,还真没有到过。

附部分百级以上的台阶:

1. 骑龙巷,鱼味馆至塘边,共126级。

2. 淳建新村至李家坞公园,主体分两段95级,李家坞公厕上面还有5组,共100级。

3. 李家巷13幢至枇杷园16幢,由下而上途经向阳巷17幢、5幢,共226级。

4. 向阳巷13幢至枇杷园15幢,由下而上穿过向阳巷7幢,共155级。

5. 西园菜市场(新安大街100号)至景秀花园公厕,共196级。

6. 新安大街121号(千岛湖银泰城西后侧)至长运新村2幢,途经风瀑巷23号,共133级。

7. 贸易巷(原机油泵厂)至塘边弄25号,共117级。

8. 老电影院售票口至排岭南路9号,共107级。

9. 排岭南路3号(工商银行淳安行支行)至排岭南路9号,共170级。

10. 南苑新村西门至最后一幢,134级。

11. 宋家坞绿园幼儿园至佳逸公寓,109级。

12. 云梯巷(里杉柏至新安西路城区医院),70+,因施工有三分之一被封未计数。

13. 盐库至知丰路(知丰路7号),110级。

14. 排岭南路87号至知丰路,143级。

15. 睦剧团到原技校,141级。

16. 实验小学后到原技校,118级。

17. 人民路到金鸡弄,218级。

18. 新安大街总工会至人民路,124级。

19. 新安大街至电信员工宿舍,140级。

20. 新安大街18号(松城饭店东边)至新安大街15号,188级。

垃圾滑滑梯

一些城市的基础设施,会随着社会发展而没人使用。像邮筒、公共电话亭,作为城市的基础设施,显然已经退出了历史舞台。在淳安还有一种城市设施,或许是千岛湖独有的,但也已在时间里湮没。

曾为了方便市民扔垃圾和清运垃圾,政府为住在高处的市民建了一些专用的垃圾通道,被市民们称为"垃圾滑滑梯"。住在高处的市民,只须将垃圾扔进通道,垃圾就会顺着这个通道滑下去,滑到路边的垃圾箱内。垃圾清运车只需将车后斗对准处在路边的垃圾箱口,打开门后,部分垃圾就会顺地势滑进垃圾清运车斗内,大部分垃圾还须清洁工人靠人力推入车内。

　　这样的垃圾通道,只在千岛湖镇这样的山城中才特有。也是淳安人借地形而发明创造出的一种设施。

　　这样的垃圾滑梯,也无法统计当年建了几处。印象中,像老淳中(现淳二中)到新安西路上有一处,专门为当年淳中而建。因为城市的有机更新,这处垃圾滑滑梯已经不存在了。

　　在排岭北路42号楼边上,还没被拆除,路边的垃圾出口已被藤蔓缠绕,滑道内稍缓处也积满了泥土,一些野草正茂密地生长着。顶上垃圾投放口也被封住,变成市民堆放杂物之处。

　　随着垃圾数量的增多,和环境保护要求的提高,特别是实行垃圾分类后,这样的粗线条作业被摒弃,而这些为垃圾修建的专用通道,也完成了自己的历史使命,多数都已经被拆除,只留下为数不多的几处。排岭北路,枇杷园至金岗殿中间这处,因为远离闹市区,而被人所遗忘,才有幸得以保存至今。

　　保留几处历史的痕迹,更能见证城市成长的轨迹。也增加了城市的文化沉淀和文明的进化。

城市隧道

　　对于山城,隧道应该是常见的。但在千岛湖镇,真正能够通车的隧道是20世纪90年代末才建成的龙门隧道。而在此之前,有一条,不能算真正意义上的隧道,只适合行走,或是骑自行车。隧道北面入口在知丰小区东边入口的下面,老二中,现在排岭初中旁。南边出口在南山大街449号,曙光路与南山大街交接处对面。

　　20世纪90年代,从学校毕业分配到千岛湖镇。周末邀上三五好友,从老二中那里出发,钻进南山隧道。正值暑期,隧道外烈日炎炎,一走进隧道凉气便扑面而来。窄窄的通道,体型富态点只能一人行走。如遇对面来人,还须将身子往壁沿上靠靠,以便腾出更多的空间让对方通行。就是在这样的通道内,还有人骑着自行车而过。那几年,这条隧道还是学生常去春游的地方。

沿壁与顶部都保持着原始打凿的痕迹,没有任何的混凝土加固,有几处还有水滴长年滴落。地面也没有浇筑过,保持原始的砂石子,因为走的人多了,也被踩平整了,加之没有雨水的侵袭,不会坑坑洼洼。

这条隧道当时是为给南山片区通自来水而打的一条铺设水管的隧道。隧道长600米左右,就因为这条隧道,铺设水管减少了几千米。

这条通道,为了安全目前已经不允许人通行了。南边入口,增加了很多污水处理设施。北边入口在知丰小区东门的下面,那条通往隧道口的路还在,只是已经被人遗忘。

入口已经用钢筋铁门封住,因长年没人行走,入口处已经长满了野草。南边的出口,"南山供水隧道"几个字依然在隧道口上,只是那些从火炉尖穿越到南山,从南山穿越到火炉尖的日子已经一去不返。如今只需乘4路公交,就能轻松到达。

而城市的隧道也越来越多,龙门隧道、西园隧道、翡翠岛隧道、南景路隧道、新龙门隧道、鼓山隧道、里联隧道、南山二路隧道相继建成使用,千岛湖镇交通也越来越便捷。但南山供水隧道却怎么也无法从这座城市的成长史中抹去。

邮筒

这曾是一个城市的重要组成部分,但如今和公共电话亭一样,成了鸡肋。偶尔看到它们,绿色依旧,只是在时间的长河里显得那么苍老,老得可以听到了它们高频的咳嗽声,却始终咳不出一封信来。

当然,城市里的邮筒还在,只是当年邮筒旁那些繁忙的景象已一去不返。如今只有零星的几只邮筒孤零零地在城市几条主要街道之上发着呆,看着匆忙的人群和车流,却没有一封信投进邮筒。发展无情,还是造物弄人,或许根本就没有答案,又或许都是正确答案。

想起20世纪90年代初期,还在求学的我,将一封封写满感情的信投入邮筒,然后开始盘算起,几天后才能收到对方的回信。这种等待是痛苦的,也是幸福的。有收到信后的狂喜,也有收不到信时的暗自悲伤。

有位朋友对我说过,小时候看到这邮筒很好奇,常嘀咕"那些信难道是从地底下流到收信人的城市的?"这个问题她藏在心里一直没敢问大人。直到长大后,有一天看到邮递员打开了邮筒的柜门,把所有的信件取出,拿到里面去处理,才知道是怎么回事了。

说起邮筒当然要说邮票。邮票是邮资的凭证,贴了邮票才能把信寄到对方的城市,要不然就会被无情地退回,或是丢弃处理。邮局会在邮票上打上邮戳,申明这个邮票已经用过,不能再用了。邮票因为图案精美,是一个国家的文化的代表,因此也被尊称为国家名片,吸引了一大批集邮爱好者。对于寄信的人来说,邮票还有另外一个功能,怎么贴都被人赋予了含义,斜着贴,倒着贴,横着贴,

231

都有不同的意义。尤其是对于青春期的少男少女,邮票的贴法,说不定就是一次爱的含蓄表达。

邮筒还是那只邮筒,只是再也没有人再拿信去"喂"它。

时间进入20世纪90年代末期,手机和网络的普及,QQ等即时通信软件的流行,人们的思想交流、信息的传递有了全新的载体,即时、快速完全取代了写信,写信也便成了一种生活的奢侈。邮票被人全都收藏进了邮册,没有人再热衷于一张邮票,各种各样的图片,在网上都能找到,中国的,外国的,信息迅速就能获得,那种神秘感被彻底打破。邮票也就失去了它的社会功能,集邮也渐渐地成了历史词汇,而唯有邮筒仍是一座城市的必备设施。坚守着,看着自己的阵地一点点地失去,强忍着,内心的空虚和寂寞,更加讽刺的是它还必须站在热闹的街道。

千岛湖城区,或许还能找到几只孤独的邮筒:开发路,中国邮政门口;西园广场,邮政银行门口;十字街,排岭北路原天鹅饭店对面;新安大街,老邮电门口。

时代已经抛弃了它们,但它们还在等一个时间,等一个确切的时间,宣告它们真正地退休。

窗灯孤影

走出大联小学已经整整25年,大联小学也已不复存在。当时学校的教学楼仍然存在,千汾线没通车之前,每次去汾口都会路过那里,忍不住多看几眼。破旧的楼房,经历风雨的洗礼,二十多年后孤独地立在新居民房中间,显得那么不合时宜。而在千汾线通车后再也看不到这幢小楼,这幢伴我度过最纯真四年的小楼。

大联小学二十多年前是浪川乡大联村的一所小学,坐落在占家坞自然村,附近的碣头、邵家、孙家、毛家山底、占家坞、毛家队等自然村的小孩全在此就读,因为大联是浪川乡政府所在地,所以在这所学校就读的还有当时吃"皇粮"一族的孩子们,其中也包括了浪川初中老师们的子女。那时父亲在食品公司浪川食品组工作,有幸就读于此。

当时学校极为简陋,二层楼里,五个教室,楼下四个,一个为幼儿班,其他三个为一到三年级,四年级在楼上。楼下四个教室分布在四个角落,每个教室只有一扇门,三扇窗户。门槛很高,至少儿时记忆中感觉很高。楼上除了学校最高年级四年级教室外,还有供老师们备课,批作业用的几个房间。房间很简陋,房间之间用木板隔开的,木制地板,踩上去还吱吱作响。整个学校除了几盏电灯外,找不到任何一件电器。就连上下课铃,也是用铁锤敲一块挂着的铁。虽然学校就在公路边上,但那时车辆极少,噪音很小,方圆几里,都能听到"当当当"的铁块发出的敲击声。

学校只有四位老师，一人负责一个班级，两个方老师，一个毛老师，一个孙老师，都是大联人。教我的是孙老师，大联孙家自然村人。孙老师名讳华琴，高高瘦瘦的，和蔼可亲，讲课时总是不紧不慢，在四位老师中，孙老师身体状态最差。三年级下半学期，他因长期受粉笔灰的影响得了肺结核，不得不与我们暂时分开。学校给我们找来了一位新的代课老师。到了四年级时，孙老师的病情好转，又回到了我们的教室。当时开设的课程除了语文数学，还有几门像自然的副课，另外还有音乐、美术和体育课。不过在这所学校里体育课叫军体，至今还记忆犹新。音乐课和美术课是另外两位方老师兼的，其他的课全由孙老师一人任教。全校的音乐同时开课，大家集中在一楼的大厅里唱。学校大门与公路之间那块空地就是我们的操场，不下雨天，学校每天都出操。

那个年代娱乐项目很少，一听说哪里放电影，附近村里的人都会出动。曾有几次，父亲带着我去沙众看电影，途经学校门口。二楼几间备课房里的灯都亮着，从路边上看去，孙老师瘦弱的身影清晰可辨，昏暗灯下的身影更加瘦弱。父亲对我说："看你们老师多出力，现在还在批改作业。"

读完四年级，就算从大联小学毕业了，去了浪川中心小学读五年级。从此告别了这所大联小学。1995年我去了宁波读书，曾经给孙老师写过一封信，后来回信的是他女儿，她告诉我孙老师已经在几年前去世了。那一刻孙老师那瘦弱的身影再一次映在了那孤独的窗前，昏暗的灯光渐渐地清晰，往事一幕幕地浮现。

高中毕业时曾特意去大联小学看了看，也不知什么时候开始，大联小学已经被撤了，只留下了一幢孤零零的二层楼房。二十多年

234

过去了,四周都建起了新的居民楼,而那座二层楼仍孤立在那里,或许是周边的村民对这所学校有感情没有将它拆除。

又一年教师节来临了,在我们身边这样的学校还有很多,曾经为教育事业默默耕耘的教师也有很多,他们的辛勤劳动培育了我们的成长,我衷心祝愿他们健康快乐!

行走牧心谷

　　牧心谷,位于排岭半岛,地理位置十分优越,集峡谷、湿地、森林景观于一身,置身其中仿若世外桃源,是难得的休闲之地。

　　乘4路车到旅游码头下,沿公路步行至新景酒店,再往前十几米,便是牧心谷入口,沿坡上行十几分钟到达坡顶,此处有一个消防水池。接下来,沿山路下行,没什么错路,下至坡底就进入了峡谷地带,有一大片香樟林,可以闻到樟木那股特有的芳香。潺潺的泉水伴着崎岖的小路向前延伸,偶尔还有用杉木搭起的小桥,两边的山紧紧地保护着这一片净土。走十几分钟路后,前面出现一片开阔地,是枇杷园,枇杷园内有一幢生产用房,还有一口水塘,可以想象出枇杷成熟时,这里繁忙的景象。穿过了枇杷园,再往前就能看到千岛湖的库湾了,山水相依,别有一番景象,阳光照在对面山林,形成阴阳明显的界限,让人感觉身处仙境之中。沿着山路再往前,有一段向湖边延伸石阶梯,石阶梯的尽头是一座凉亭,亭楣上写了三个字"牧心谷"。可在这里休息片刻,看看这里的水,听听这大自然的乐章。

　　休息够了,沿着阶梯回到山路,继续往前,就到了牧心谷的精髓所在,水杉林。水杉林以当年千岛湖林场在这里的员工宿舍为界分为前后两片。水杉,笔直的树干在这个峡谷里显得特别宁静,也赋予了这峡谷更多的灵性,它们高昂着身躯向着高处的阳光和天空。时值冬季,走在水杉林中,路面已被水杉的落叶覆盖了厚厚一层,那种热情似火的颜色,在这个冬日里让人感觉特别温馨。置身林中,平视水杉像一位位身材挺拔的士兵,保卫着这片净土。抬头仰视,水杉更是营造了一种别样的意境,伸向天空的树枝,仿佛是在托起这片天空。穿过水杉林再行二十几分钟就到了程家坞村,走完全程,估计三个小时左右。

当年员工的宿舍已经无人居住,留下当年繁华的痕迹,不仅是房子,水井,小桥,这一切都还在等当年那些留下这片奇迹的人回来。我也在想,在这样一个环境里,连手机信号都没有,日照时间要比外面少两小时以上,待在这里,需要多少勇气和毅力,又需要一颗怎么样的平静耐得寂寞的心。过厌了都市的繁华生活,似乎又让人开始逃避,开始向往这宁静的世界,这或许就是众多人行走牧心谷的缘故。所以又不得不从"牧心谷"这名字开始说起。

牧,最初是指放养牲畜,后又引申为治理等意思。王莽称帝后,封疆大吏由刺史改为州牧,我们所熟悉的曹操为兖州牧,刘备为豫州牧,治理地方也就被称为司牧一方。以牧入官名,且不说这有鄙视百姓之意,但从此牧也多了治理这一层意思。那么"牧心"又做何解释,放养心灵也好,治理心灵也好,似乎都点到这一层意思,但似乎又意犹未尽,不管是修身养性还是陶冶情操,一切都得从"心"开始,由此,牧心的意思也只能意会不能言传了。我不得不佩服为这峡谷起此名的人,好一个"牧心谷",让这里充满了诗意的浪漫,又极符其名。

第 五 辑

只要用心地付出，用心地去做一件事，你都可以成为自己心中或是周边人心目中的冠军。

和尚一直都是有的

一次与同学闲谈，得知对方高升到原单位当了副主任，便打趣道："和尚太肥，外面的庙太小。"但这位仁兄很是不给面子，说："现在花花世界，哪儿来的和尚。"

见此在下很识趣地就中断了话题，只在心中嘀咕着，用了一句很鲁迅的话来安慰自己：和尚一直都是有的。

和尚一直都是有的，正如穷人也一直都是有的一样。只是有些人当了领导，或上升到了一个层次，他所有的视线都集中在了与其相邻的某几个层次之内，形成了视觉上的盲点，但这种盲点只会存在于他所在层次之下，而不会存在他所在层次之上。

花花世界中，修心者有之，修行者有之，修德者有之，只是被众多的修花者所掩盖了。人们对"真善美"的追求从来都没有停止过，花花世界只是一个表象。在花花世界中更能体现出"真善美"的可贵。乐过，疯过，然后面对虚伪，面对丑恶，心灰意懒，削发出家，这跟放下屠刀立地成佛有何区别？佛的伟大之处或许就是在此，允许人犯错，更允许人改正错误。但和尚一直都是有的，从一开始就追求"真善美"的人也一直都是有的。正因为这些人的一直坚持，才让社会和心态不至于完全失衡。社会的正能量总是在必要的时候出现，制衡着社会的负能量。

和尚一直都是有的，未来也不会消亡。

坚守与妥协

　　嵇康坚守着自己的人格，一曲《广陵散》后，从容走上刑台，这种魅力，至今仍让世人为之动容。作为"竹林七贤"之首的他，不向世俗妥协，是世俗的需要，也是文学的需要。阮籍作为七贤另一位重要人物，在魏晋禅代之际，他目睹了大批文人学士被司马集团所残杀，在血腥的政治氛围中，侥幸存活下来的他，重新思考哲学、历史以及生命的存在方式，以一种独特的人格魅力，同样也赢得了世人的赞许。嵇康和阮籍最大的差别在于，嵇康坚守，而阮籍作了妥协。

　　嵇康的坚守与阮籍的妥协，同样都得到了世人认可。这似乎是中国文化中的悖论，但细细品来，却是中华文化中的精髓，坚守与妥协同样重要，坚守的是个性，妥协的是共性。

　　事物的发展，会打破原来的平衡，妥协的目的在于找到一个新的平衡点。而在自然界，妥协无处不在，那是因为妥协是生存之道，更是一种智慧。河流遇到阻挡，就会绕个弯，中华文明的摇篮黄河，在中国的版图上画下了一个大大的"几"字，这正是河流与山川相互妥协的结果。

　　"天行健，君子以自强不息地势坤，君子以厚德载物。"《周易》里这句话也饱含着坚守与妥协的真理，坚守就需要足够强大的内心，需要有自强不息的刚劲力道；妥协有时就是包容，包容万物。妥协也并不是毫无原则的，"有理、有利、有节"，这毛泽东对于统一战线的"三有"原则，用在坚守与妥协之间也恰到好处。

坚守与妥协有时互为前提，没有嵇康的坚守，阮籍的妥协也将举步维艰。

人学会妥协才会成长，学会妥协才能去体谅他人，包容他人。学会妥协并不是简单地放弃，而是学会吸纳他人的长处，用以改进自身的不足。就像中华文明，走到春秋战国，礼崩乐坏，却迎来了百家争鸣，各种思潮的争鸣之中，有些传统被打破，有些被重新洗牌，这就是一个传统思维坚守与妥协的过程。没有坚守就没有中华文明一脉相承，没有妥协也就没有中华文明的进化。如果没有东晋的坚守，没有五胡的妥协，汉文化就没有隋唐的崛起。

宁静的小溪

"生命就像一条大河,时而宁静时而疯狂",这是汪峰在《飞得更高》中所唱,但生命并非只有大河,还可能是一条小溪,没有疯狂,只有宁静。宁静得可以让人忽略它的存在。

这也是一条多弯的小溪,全长不到十公里,迂回地流过村庄,不管经过多少弯,却始终坚定自己的方向——郁川溪和千岛湖。时间在小溪里流淌,多少人的童年和梦想也在追逐着小溪的脚步,从村庄走向城市。

这是一条无名的小溪,孕育着村里一代又一代的人,她的方向也是全村人的希望。她的源头在银峰和公山尖,这两座海拔只有七百多米的山峰。从公山尖和银峰下来的两股水在村口交汇,然后一起奔向郁川溪。每到春季,小溪开始涨水,而在这两水交汇之处却显得异常平静,正是这平静的表面,在这河床上刨下了深潭。

潭很深,足可以没过我童年的身躯。那年我下溪摸鱼,不知深浅,在水没过头顶那一刻,外公刚好路过,一把将我从水中提起,紧紧抱在怀里,用他那满是老茧和伤疤的手掌抚摩我的脸,我懵懂地看着那潭水,水底的石头清晰可辨,鱼儿正欢快地游弋,看上去并不深。我紧紧抓住外公的衣服,显然对刚才所发生的事仍有余悸。

当天下午,我开始发烧。村里的赤脚医生给开了药,打了针,两天过去仍不见退烧。母亲急了,便找了外婆商量,外婆说可能在水里受了惊吓,叫魂试试。

于是,外婆背起了竹撩盆,母亲抱着我来到两水交汇处的深潭,外婆将米放入水中,那白色的米粒一入水中,便像精灵一样舞动起来,飘飘忽忽地往下沉。外婆抡起撩盆,将米捞起,装进一个小酒盅里交给母亲。简单的仪式后,外婆重新背起撩盆往家走,母亲抱着我跟在后面。整个过程,外婆一直喊着,"囡囡,归家来吧。"母亲就应一声,"嗯,来了!"我看着她们一前一后,一唱一和地走在回家的路上,夕阳闪着最后那一缕金黄色的余晖,将外婆和母亲的背景耀成了我永久的记忆。

回到家,母亲将盛有米的酒盅用手巾裹了,拿着它,从我头上到脚上抚摩一遍,口中仍是念着"囡囡,归家来吧"。那声音中带着颤抖,我不知是对仪式虔诚还是恐惧,或是浓浓母爱。母亲将酒盅放在我身边,让它陪着我睡一个晚上。第二天一早,母亲把酒盅里的米烧了饭,让我吃下。不知是药物功效,还是叫魂的灵验,我的烧慢慢消退了。

从那之后,村里的小孩都笑话我,说这是迷信。可我不这么认为,母亲和外婆那急切关爱的呼唤声经常在我梦里响起。我也经常对着这两水交汇的深潭发愣,我的魂真的在水没过头顶的那一刻,掉入水中了吗? 我问过外公,外公只告诉我,两水交汇处,水深。

外公一家是在建新安江水库时移民到村里来的。跟多数移民一样,在那些年月里,受到老社员的排挤,甚至被驱赶过,缺吃少穿,日子过得非常艰苦。外公抵着各种压力,坚强地留了下来,最终融入了这个村庄里。外公一直保持着厚道和淳朴,谁家有困难都尽力帮上一把,从来不去嫌弃和怨恨那些曾经辱骂和驱赶他的人,外公正是用他的这种淳朴和大度,慢慢地渗进了这个村里,一家人也渐渐被全村人所接纳。

外公一生与水有着不解之缘,移民前撑排,在枫林港、遂安港和新安江之间来回,过着衣食无忧的日子。但为了建设新安江水电站,不得不背井离乡,饱尝生活的艰辛。移民让他的性情变得跟村里的这条小溪一样平静。他从来不抱怨命运的不公,村里安排他去干只有六七分劳力的活,他也没怨言,从未与村里任何人红过脸。水的包容、清澈、随遇而安,都体现在了外公的为人处世上。

多年后外公带着微笑离开了我们,出殡的那天,在村里的人都来为他送行。出殡的队伍,经过两水交汇之处,我想起了外公说的那句话,"两水交汇处,水深。"

我突然感悟到,原来村里的社员是一股水,而外公他们这些移民又是另一股水,两股水在特殊的时间里交汇、冲击,注定要在交汇处形成一个"深潭"。于是有了排挤,有了驱赶,有了对叫魂的嘲笑。但这一切都无法改变两股力量和文化最终的融合。深潭大度和包容,融合了两股来自不同方向的水。人心的平静和包容,融合了两股力量、两种文化,相互影响,相互渗透,融为一体,一起奔向希望,便有了村庄今日的发展和繁荣。

深潭是小溪的哲学,包容是处世的哲理,深潭汇聚着小溪向目标前进的力量,包容凝聚和沉淀了文化的深度和厚度。每次回老家,都能发现小溪的变化,河岸漂亮了,原来那堰坝也重新修整一新,但小溪水的清澈却始终没变过,小溪依然没有名字,那交汇处的深潭仍平静如初,清澈的溪水中蕴藏一股迷人的美。

听雨

喜欢雨天,不是因为可以撑着伞,或不撑伞漫步在雨巷,寻找戴望舒笔下那位丁香般的结着愁怨的姑娘。喜欢雨天,喜欢站在窗前,看着雨点轻轻敲打窗户玻璃那情景;喜欢雨天更是因为可以在深夜里,静静地躺在床上,倾听雨声,不同的雨声正如人生不同的阶段,有的情意缠绵,有的呼啸而过,有的却如泣如诉……

春雨声是缠绵的,仿佛是恋人在斗嘴,骂声中都带着温馨。又仿佛是向人在叙述一些美丽动人的故事,情意之缠绵,感情之真挚。伴随着的是欢快的格调,听着富有节奏感的春雨声,心情也会随着那欢畅的节奏起伏,让人忘记世间一切杂乱的思绪,这不正是一曲青春赞歌吗?它虽没有跌宕起伏的旋律,却有如微风掠过平静的湖面荡起的涟漪,让人遐想联翩,随着欢快节奏进入甜蜜的梦乡。

夏天的雨声是一阵阵的,来之匆匆,去之匆匆,透着一股时代的节奏,像是久别的友人邂逅街头,几句寒暄,几声祝福,回头又消失在人海之中。时常还有雷声的伴奏,正如陆游所说的"铁马冰河入梦来"。如果说秋雨是一曲《梁祝》,那夏雨便是《黄河》。

秋雨和冬雨总是淅沥的,且带着点寒意,那时隐时现、时近时远的雨声,少了春雨的缠绵,却多了份凄凉。凄凉的旋律总是伤感的,满地的落叶便是见证,它们是因为听了秋雨和冬雨那愁绪难解的故事而伤感落下。冬雨却有着它美丽的梦想,那是化成一朵朵美丽洁白的雪花,凄凉仍无法阻止人们对美好生活的憧憬。

听雨,在雨声中品味人生;听雨,在雨声中领悟人生。

我们的秀水，我们的秀水节

坐上了从开发区到火炉尖的四路车，一路过去，看着路两边被新换上的秀水节的广告牌，心头还是不由得触动了一番，秀水节今年第六届了，掐指算来今年秀水节刚好是十周岁。十年间，淳安的发展，千岛湖的变化，无需太多笔墨，淳安人已经用实际行动说明了一切。

五十多年前，淳安人民"为大家舍小家"，30多万人背井离乡，成就了今天的千岛湖，成就了这一湖让世人为之倾倒的秀水。望着这一湖秀水，每个淳安人都有说不完的"秀水"情结，不管是上了年龄的，还是年轻人。"秀水"是新时代淳安精神的体现，"秀水"是淳安的代名词，"秀水"是新时代淳安文化的浓缩。我们的"秀水"从千岛湖走向了世界，走出去的不仅仅是水，而是淳安的精神，和淳安的品质。过去说自己是淳安人还有点羞愧，现在淳安人可以大声地、自豪地说"我是淳安人，我是千岛湖人"，是因为这五个字中包含了"追求卓越"的品质，这种品质因素是淳安人用奋斗拼搏写就的。

车子在路过广场时，上来一位穿着演出服的老奶奶，我赶紧让座，老奶奶坐下后冲我笑了笑。老奶奶看上去很精神。我问她穿着这身行头，排练什么节目。

她笑了，"这不是秀水节要来了吗，社区组织了些老人排练节目，准备上秀水节的文化踩街。还不知道能不能上。反正是重在参与,能上最好,不能上就当健身呗。"说完,老奶奶像小孩一样笑了起来,天真、无邪。

我也乐了,我们的秀水节走过十年了,从第一届开始,就把挖掘淳安本土文化当成一项重要工作来抓,从竹马到板龙,再到草龙,一个个民间文艺被挖掘出来。淳安千年古城虽然已沉入湖底,但很多民间文化并没有随着新安江水库的形成而被掩埋,有些东西已经留在了淳安人的骨子里,流进了淳安人的血液之中。秀水节的出现为这些民间文化创造一个展示的平台,创新的平台,不但继承了千年的记忆,还融合了新时代的精神。

秀水节的意义已经从最初的推销千岛湖,走向了向世界展示千岛湖,展示淳安新时代风貌的平台,从推销到展示不仅仅是字面的差异,而是质的飞跃。秀水节的成功离不开淳安人积极地参与,就像眼前这位老奶奶,把秀水当成自己的节日,积极投入秀水节的各项活动之中,以全新的姿态喜迎四方来宾。

我正胡思乱想着,车子到了度假村站,老奶奶跟我打了招呼下了车,很快就消失在我的视线之中,秀水节正是因为有了百姓的参与才变得有活力,有生命力,"我们的秀水,我们的秀水节"这话突然从脑海中冒了出来。

远去的航班

清晨,汽笛长啸,划破了宁静的港湾,船启航了,对于外出求学和务工的淳安人来说,新的人生历程也就此启航了。站在甲板上,注视着远去故乡和亲人,船航行的速度让我们有足够的时间来酝酿自己离别的情绪,不是对故乡的迷恋,而是对美好未来的憧憬。故乡在我们的视线里慢慢地远去,慢慢地模糊,心里浮现出无限的感慨。这样的情节,这样的场景,曾经在每一位淳安人心中都留下过深刻的记忆,那便是伴随淳安人走过五十年历史的航运。这段历史深深地烙在了淳安人的心中,五十年的风雨,五十年的累积,为淳安今天的腾飞做好了充分的准备。

1959年,新安江水库开始蓄水,两座县城、五个建制镇、49个乡镇和30万亩良田被淹,随同沉入湖底的还有淳安千年历史累积和发达陆地交通,于是在一夜之间,淳安县境内的交通发生了变革,陆地的交通变成了零,水路运输成了主干,从此船成了淳安人出行的交通工具,登上了淳安交通的历史舞台,一登就是50年。航班联系着县城和各乡镇,即使在隔水相望的两岸也要乘船前行,在那个年代淳安除了航班还有轮渡和摆渡。

这陪伴淳安人走过五十年的航运公司前身是水运社,1956年三大改造时由私人船只船队组建成水上运输合作社,1960年初新安江水库形成后正式成立航运公司,航运公司伴随着淳安人走过五十年的风和雨,成为淳安新文化中不可缺少的组成部分,赶船成为淳安人走出淳安必走的第一步。多少熟悉的场景一一展现在我们面前:赶船,送客,接客,形成了淳安人特有的出行文化。

淳安经济社会在千岛湖形成后经历了十年后退,十年徘徊,十年恢复,航运在这三十多年中也形成了固定的模式,固定的班次,日复一日,年复一年,不同的只是乘客在变,乘客的心情在变。到了20世纪90年代,客流量逐渐地多了起来,尤其是年初和年末,每年春运期间码头总是最热闹的地方。1993年,千岛湖水上客运达到了顶峰,客运航线开通了23条,客轮84艘。这84艘客轮每日穿梭于千岛湖镇与各个乡镇之间,运载着淳安人的希望从乡村到县城,年客运量达150万人次,相当于每个淳安人在一年里要乘坐3次多客班,也创下过日客运量3万多人次的纪录。淳杨线、上江埠轮渡、环湖公路、千威线等陆上交通及配套设施的建设,大大缓解了水上交通的压力。20世纪90年代后期,随着陆路交通的不断改善,水上客运量开始呈现下滑趋势。客运公司也与时俱进,大客船由于速度慢,有意识地淡出了正常的营运,由速度较快的高速客轮所取代,大大缩短了航行时间。

码头是水上与陆地交通的中转站,有水的地方就有码头,就如有人的地方就有江湖一样。淳安人对客运码头的记忆或许还多于乘船的记忆。客运码头,一个曾留下多少淳安人的希望的地方,一个淳安人的梦想起飞的地方,多少淳安人背着行囊从这里上岸走向全中国,走向世界。每年她都会送走一批批淳安人,从这里走出去,到外面世界创造属于自己的新天地。年底她又迎来载誉而归的游子们,将他们深深拥入怀抱。最初的那个客运码头,那个承载着多少淳安人希望的客运码头,如今已不复存在,但淳安人的梦想还在,曾经播撒在码头的希望种子如今已经苗壮成长,淳安这艘晚点的航班正以更快的速度追赶着杭州其他县市。

2005年千岛湖大桥通车,威坪方向的大客班停开。2007年千汾线建成通车,同年12月28日上午9时40分,从界首乡松源始发的"淳航115"客班船经过了两个多小时的航行,抵达千岛湖客运码头,靠岸的汽笛声响过之后,随着这艘当时千岛湖上载客量最大的客船的靠岸,也宣告了一个时代的结束,汾口姜家方向的客班全部停开。有着近五十年历史的千岛湖大客班船从此退出淳安县境内交通的历史舞台,渐渐地从淳安人的生活中淡出,淳安人的出行方式也从水上回到了陆地,那些大客班船完成了它们的历史使命,重新装修后以全新的面目投入旅游班船行列中。

最后一个境内大航班,能容纳近300人的客舱里只坐了十几位乘客,都是界首乡松源、严家、姚家几个村的蔬菜、水果种植户。他们挑着农产品上岸来,回头看了看那船,那码头,这是一个被人忽略的回头。他们自己或许没有意识到,这一回头宣告了淳安50年航运史的结束,这应该是菜农们留恋的一回头,也是老一辈淳安人留恋的一回头。

新的客运码头已于2009年7月1日投入使用,大客班只有开往安徽深度方向的一班,在春运期间和雨雪天还会增开安阳许源方向的高速客轮,在淳安县境内水上交通已经由主干回到辅助。随着2011年6月,上江埠大桥建成通车,淳安县境内的航班彻底地退出淳安人的视线,退出淳安人的生活。

如今站在江滨公园,凭栏而望,那湖中来往船只,飞驰而过,在湖面上划出一道道漂亮的弧线,但已不再是淳安人代步出行的航班,而是清一色的旅游船,豪华且快速。那些朴实的客班船只能行驶在我们的记忆里,停靠在岁月的码头之上,随时都可以载着我们的回忆驶往过去,站在记忆的码头上,看着载着我们回忆的航班慢慢地远去,淡出了我们的视线,却淡不出我们的记忆,她已经成为一种文化基因,深深地植入了我们的血液之中。

做一个爱喝茶的男人

"青青芽,锅里炒,水里泡,皇帝老儿见它也低头。"

那几年,每到采茶季节,母亲都会给我出这个谜语,让我猜。每次,我都似笑非笑地看着母亲,看着那一枚枚碧绿的嫩芽,在她的手指间舞动。这春天的精灵,在母亲的心里该是有多高的地位,以致皇帝老儿也要向它低头。就在我迟疑没说出答案的片刻,母亲哈哈一笑,对我说,"就是茶叶呀!"

对,就是茶叶。

1993年去宁波读书,在出发前一晚,母亲把一包自炒的炒青茶叶放进行李箱,"宁波的水肯定没家里的山泉好喝,喝不习惯的话,放点茶叶试试"。

炒青是当时最常见的茶叶成品。炒青是母亲自己炒的,炒制的手艺是从外婆那学来的。在我五六岁的时候,那时还没分产到户,茶叶自然也没人上门来收购,生产队里采摘下来的茶叶都是社员自己炒制,然后按劳力分给各家各户,用于过年过节时招待客人用。家里就母亲一个劳动力,按劳动力分,家里分到的茶叶很少。但父亲爱喝茶,为了分到更多的茶叶,母亲就报名去炒制茶叶,这样可以多分一点点。

老家多山,很多丘陵低山被整理成一条条的垄地,种上茶树,一到春季,满垄满垄的茶树抽出了新芽。于是,每年到这个季度,母亲就特别忙，白天进茶园采茶叶，晚上又在生产队里支锅炒茶。我就带着妹妹，在炒茶叶的现场逗留，等着母亲收工，经常等着等着，就打起了瞌睡，闻着茶香便安然地进入梦乡。

每到过年或是家里来了客人，母亲就拿出自己炒制的茶叶，给客人泡上一杯茶。茶叶在热水的冲泡下，香气四溢，沁人心脾，那碧绿的茶汤总有种说不出的诱惑感，有时我也偷偷地喝上一口，微苦。当时就想不通，这样略带苦涩的茶，大人为什么就这么爱喝，尤其是父亲，泡茶时喜欢泡得很浓。看到我尝过苦茶的表情，母亲总会说："等你长大了，你会知道茶真正的味道，你也要做一个跟你父亲一样爱喝茶的男人。"

进入初中后，每年跟着父母去走亲戚，他们也会给我泡一杯茶，渐渐地我接受了，也习惯了这种略带苦涩的茶。初喝时那种苦味，渐渐地淡去，留在唇舌之间的茶香，让人不断回味，尤其是苦味之后微甜感觉，有着故乡土地的气息。

在一个陌生的环境里，就会自然地与原来的环境做一比较。到了宁波，倒了一杯开水，真如母亲所说，那水不但没家乡的山泉甘甜，还夹着一股淡淡的漂白粉的味道。这股味道对于刚到宁波的我来说，尤为明显。我拿出那包炒青，那股清雅的香气，立即扑鼻而来。多么熟悉，多么亲切，是故乡山水的气息。撮一小把茶叶，放入玻璃茶杯，倒上开水，看着叶子慢慢地舒展开来，一股更浓郁的茶香扑鼻而来。在开水的浸泡下，叶子完全舒展开来，慢慢地沉到杯底。

父亲爱喝茶，记忆中，外公也爱喝茶。外公以前在水上撑排，从事水上运输，外婆就给他准备一大壶凉茶，那壶是用竹节制的，就算在炎热的夏天，茶水放上一天都不会馊。那竹节超大，满满一竹节，够外公喝上一整天的。那竹节茶壶在岁月和茶水的浸泡下，闪着泛黄的光泽,打开塞子便能闻到一股茶香,还有时间的味道。当然,这茶叶都是外婆自己炒制的炒青。

在中国,像母亲这样普通百姓的心里,"开门七件事,柴米油盐酱醋茶"。在外国人眼里,茶叶就是中国文化最典型的代表,在英语中称中国为"China",取音"茶叶",而与"china"意思有关还有"瓷器"。但不管是茶叶还是瓷器,其实对于我们来说,是一回事。自唐朝以来,茶与瓷器便分不开了,就像唐朝与诗,宋朝与词,这种文化上灵与肉的关系。母亲没有上过学,不知道茶叶、瓷器和China之间的关系,但她知道茶是生活必需品,尤其在逢年过节,茶是招待客人不可缺的。为客人泡上一杯茶,是最基本的礼仪。但母亲会炒茶,更多的原因还是父亲爱喝茶。

从走出校门,参加工作,到自己成家,茶也渐渐地成了我生活的一部分。经常一个人坐在电脑前码字,泡一杯茶,闻着淡雅的茶香,让思绪变成文字,有时呷一口茶,稍作休息又继续。微苦的茶,总能让思绪不中断,尤其是在夜里,一口茶总能让情绪宁静下来,而思维却异常活跃。

"做一个跟你父亲一样爱喝茶的男人",母亲的话也常常被想起。茶除了与瓷器有关外,它内在的文化还与中国化的佛家思维有关。茶在中国可以追溯到神农氏时代,那时的茶作为草药被记载,但真正变为百姓饮料,是在南北朝,而此时正是佛教在中国传播鼎盛时期。南朝梁武帝四次脱下帝袍出家侍佛,佛和茶都让皇帝老儿低了头。于是,吃茶便有了禅意,种茶、采茶和炒茶都成为修行的一部分。在中国,各大寺院都种茶,茶与禅的结合,这人间的佛法便扎进了中国人心中。我也渐渐开始懂得了母亲这句话内在的文化底蕴,这是一种经过几辈人言传身教的文化现象,成为多数人自觉遵守的生活习惯。一个爱喝茶的男人,总是内敛的,有修为的,手捧着或端着茶杯,轻柔而不鲁莽,就像是把生活小心地端在手里,怕摔了,怕碎了。这样的生活多少也有了一点禅意。

蛋炒饭

　　周日,和女儿在家,临近中午,女儿突然说要吃蛋炒饭。好吧,冰箱里有剩饭和鸡蛋。饭是昨晚吃剩下的,蛋是从老家带来的。蛋炒饭对我来说没任何难度,没过多久,两碗蛋炒饭就好了。

　　看着女儿的吃相,就忍不住问了一句:"好吃吗?"

　　"嗯,"女儿点点头,"不过,没爷爷炒得好吃。"

　　我一时语塞,被一口饭给哽住了。我已经记不起有多久没给父亲打电话了,更不用说去看望他了。但父母总是隔段时间就托人送一些鸡蛋、蔬菜过来。我知道那一小筐鸡蛋是父母一枚一枚攒起来,自己舍不得吃。

　　记忆深处的父亲蛋炒饭味道被女儿一句话给翻了出来。那年我在汾口中学读高二,一般都是周六下午回家,周日下午赶回学校。交通工具是自行车。有个周日,要赶到学校参加上午八点多开始的全县物理竞赛。从家里到学校,骑自行车差不多要一小时,老师要求我们务必在七点半之前赶到学校,所以不得不六点半就要从家里出发。那天六点多,我起床就听到厨房有声音,以为母亲在给我准备早餐。走进去一看才发现是父亲,我叫了一声"爸",他头也没转,只"嗯"了一声。然后把一大碗蛋炒饭摆在我面前,"赶紧吃"。我坐下扒了两口,父亲又在我面前放了一碗汤,说是汤,其实是开水冲一点熬熟的猪油冻,再点缀点蒜花和酱油。在那个年代,没听说过紫菜,这样一碗汤就能下一顿饭。

我偷瞄了父亲一眼,不知什么时候白发已经爬满父亲的头顶,那几年,父亲为了生计,早出晚归,周末也很少能见到他。如果不是这次起早,我可能又错过见面的机会。我低头看着碗里的蛋炒饭,蛋花、蒜花和饭粒均匀地搅在一起便成了人间嚼不尽的美味。我知道,这个味道再也不能从我的记忆中抹去。

吃完饭,我就推着自行车出发了,我刚出门,听到父亲推车出门声。下半年六点多的早晨,略带些凉意,天蒙蒙亮,又遇上雾天,骑车速度也快不起来。一路上我满脑子都是物理题目,隐约感觉到有人不紧不慢地跟在我后面,我没有回头看。一直到浪川孙家我才扭过头去看了身后,才发现是父亲。我还在想,父亲也到浪川谈生意吧。继续往前骑,到了扬旗坦镇,我下车推车上坡,回头看到父亲仍跟我在身后。父亲也没有说话,只是对我看了看,然后继续跟着我,到了学校的岭脚,才停住。我在半坡的老树边停下,回头望了一眼。雾没散尽,父亲瘦小的身躯已经湮没在晨曦之中,砖瓦厂的大烟囱高昂着头颅。

那次竞赛我拿到了全县二等奖,每每念起,倒是父亲那一碗蛋炒饭让人回味了近三十年。我知道那碗蛋炒饭,并不只是三种食材简单地翻炒,而凝结了一个父亲对儿子的爱。这种爱深邃,包容。就像我常年不给他打一个电话,他也依然在我生命的寂静处,默默地注视着我。

父亲总是把我目送到更远的地方,就像那个早晨一样,看着我消失在他的视线里。可我却始终走不出父亲爱的视野。

岛与礁

风拂过湖面，微浪。船缓缓驶向月光岛，一座无名岛，在前方12点方向。

我欠起身子面对大家，重复起从导游那儿学来的解说词：这座岛对于千岛湖岛屿是一个标准，水位漫过金腰带时，露出水面超过500平方米，为岛，小于则为礁，而此岛正好是500平方米。也就是说，比这岛小的，在千岛湖都叫礁。

话音刚落，艾伟接过话题。岛与礁，大小之外，还与人类能否生存有关，岛必须适合人类生存。要生存，至少得有淡水吧。

敬泽笑了，作家的标准，总挣脱不了人类的活动。就如文学的存在，以人的学问存在一样。严谨，是生活态度，更是文学态度。可岛与礁，应是以自然定义，排尽人为的、政治的因素。

艾伟翻出手机，一段关于岛与礁界定文字：岛，能维持人类居住或者本身的经济生活。强调，出自《联合国海洋法公约》。

我想做更多解释，又不想破坏思辨的精彩。风荡，波浪又起，船开始摇晃。这片水域，是旧时贺城的上空。我突想让船老大关掉发动机，不要让轰鸣声淹没船舱里精彩的辩论。

船走走停停，关于岛，关于礁，船舱内，谁也没有说服谁。谁也不想说服谁。高手的争辩，不在输赢，而在乎自己观点的出处与权威。

权威,这无可厚非。诸如联合国,成立之时,尽可能多地掩盖西方文明的BUG,强调自由个性的同时,社会关系靠什么维系,地缘政治就应运而生。毕竟世界大战的伤痕历历在目,世界政治精英,以此反思西方文明中的森林法则。

权威,更多时只是摆设,从西方民主思想出发,他们要更多自由和利益,而不愿接受权威。时至今日,利益冲突之时,美国为首的西方国家,照样崇拜利益至上,以美国利益居首,世界组织稍不服美国利益,美国就纷纷退群。商人想重构的国际秩序,崇拜森林法则,考虑更多的是个人、集团或是一地域的利益。就如美国,眼下所有社会活动都要为美国服务。标准,权威,又有何用?岛与礁的界限还有必要吗?西方,既定原则可以恣意破坏。

而在华夏文明里,标准是有,但并非是一个确定的数据。岛,也可以不是岛。礁,也一样,也可以是岛。在中国南海,将礁变为岛,这并不是中国首创。500平方米,又是一个什么样的数字,精确吗?世上哪有一个完全精准的数量,是多一根发丝的直径,少一个原子质量。那么,精确标准是否还有意义?

坐标上的渐进线,无限接近纵轴,用数学的方法却永远抵达不了纵轴。无限小,无限接近。科学,最终成为西方文化追赶东方,甚至是碾压东方的利器。

西方精准的科学,让西方文化在近代迅速崛起,一时成为地球的主宰。中国人的经验学,一度被世人怀疑,包括五四以来的文化大家,对中国文化的否定又否定。可在当下,特别是2020年新冠肺炎疫情防控期间,中医药的成功,又让中国经验文化自豪了一回。那些被人诟病的中国优秀文化,又一次被擦亮。

近代的科技发展,也证实了不确定性的真实存在。波粒二象性,用西方的精准理念无法解释清楚,量子的纠缠又让精准思维陷入危机,中国经验学却出尽了风头,在一个不确定的区域内寻找平衡,可以是岛,同样也可以是礁。中国人所推崇的"中庸"之道,核心思想就是在不断地运动中寻找平衡,在找平衡中向前推进。不断地找,就不可能有清晰的标准,只能靠经验,靠观察。那么所谓的界限也只能是一个范围,一个不那么确定的标准。

岛与礁,本来就是一笔糊涂账。他从乾隆年间走来,走进山东潍县,谁也没把他当回事,一身书卷气,不过是一位带着官印的书生。世俗在金钱享乐时,他却极力发展文化,发现文艺人才。他关心百姓疾苦,更关心百姓的精神。他在找社会进步的平衡点,在世人嘲讽下,他写下"难得糊涂"。

是岛是礁,多数时候就是一个经验。对于游客来说,岛也好,礁也罢,没有人会用尺子去丈量,只能目测其大小,更何况岛与礁除了大小之外,再无区别。

船已在龙山岛码头靠岸。在这个时间点上,这是一个岛,无疑。时间往前推六十多年,这个定义并不成立。是新安江的不断上升的水,对淳安腹地进行了重新定义,对起伏的山峰重新定义。在群山相拥的淳安,有了岛与礁,高的成岛,低的成礁。

文学意义上的礁,完全可以虚构成岛。对于千岛湖更是如此,573平方千米的水域之下,曾经连绵山体,仅存在于记忆,及语言文字无力的描述。因水,山脉被虚幻成岛,成礁。

在千岛湖,岛可以是岛,也可以不是岛。具备岛的属性,不过六十年。相对几百万年岁月的天然岛,只是瞬间而已。

岛,不过是不想忘掉根脉,用自身的海拔,担当起山脉存在的真相。而并非只是浮出水面。礁,更是如此,挣扎在水面上下,有时仅靠几棵树，努力地证明自己真实的存在。

岛，因水而与大陆在一个海拔高度上隔开。他们望着陆地，在水中坚持陆地的愿望。其实，他们一直没和陆地分开。

船离开了龙山岛，在月光岛码头靠了岸。月光岛，曾经的五龙岛，岛与岛之间有浮桥相连。从浮桥上走过，右边一礁上，一棵树，一丛芦苇，几块石头在湖水拍打下，显得特别精神。敬泽笑了，那是艾伟所说的岛吧。按大小显然这只能称为礁，但也能在上修建一间房，可以钓鱼，淡水更不用考虑，周边是一类水体，人类生存不是问题。岛乎？礁乎？艾伟也跟着笑。

有时，一个人就是一座"岛"。

外公努力地给我描述那个叫富西的村庄。那个再也回不去的村庄，永久地封存水下，人"浮"上了水面，成了一座座"岛"，只能靠曾经村庄才关联起来的"岛"。这种关系就是岛屿之下看不见，却真实存在的根脉。离开老村庄时，母亲不到十岁，外公外婆可以称为"岛"，不到十岁母亲却只能称为"礁"，她对于老村庄的感情，懵懂的，模糊的。那个叫富西的村庄，她们仍存在这个地球，仍在母亲朦胧的记忆里。外公外婆早已去世，母亲却从"礁"成长为"岛"，是我去认识水下富西村的"岛"。我只有沿着母亲那些朦胧的记忆，去探寻，去还原富西村。

母亲永远无法成为外公那样的"岛"，却是我存在的全部。

在岱山小岙村，双合石壁的山顶，眺望，跨海大桥还正在建造，已初具规模，向前方海域延伸，长度超出我的视野。桥尽头在哪儿，应该是一片陆地，或是一座岛，一座礁，也可能是一片更广阔的海洋。桥连起了岛与岛，也可能是礁。

是岛，是礁，显然已经不重要。

跨海大桥，可以带我去海深的岛礁。亲情的血脉又是另一座桥，那个在水下的村庄，一直流淌在我们的血液里。作为移民的后代，我们努力的存在，就是证明村庄的存在。千岛湖拥有的不仅是1078座岛，还有不计其数的礁，更有我们这些文学意义上的岛和礁。

船在酒店码头靠了岸，岛与礁的思辨，也跟着上了岸，在夜色里落下帷幕。岛在夜幕下隐去，只听见湖水轻轻拍岸声，那应是来自湖底村庄的问候。

房子里的老鼠

　　最近碰到两件事,都特别让人烦。这两件事,本来是土归土,尘归尘,风马牛不相及,可仔细一想,又有很多共通之处。

　　第一件事,家里不知何时跑进了一只老鼠,本来平淡无奇的生活,又多添一点烦恼。垃圾桶内,没及时扔掉剩饭剩菜被叼得到处都是,餐桌上下时常出现老鼠活动的痕迹。更可气的,沙发上、衣柜里经常发现老鼠屎。床底下、沙发下屋里角角落落都用手电照个遍,用棍子敲个遍,就是找不到它的一点踪影。生活因为一只老鼠变得乱七八糟,怕它在整个屋里乱搞,于是房门紧关,窗户紧闭,什么孔呀,洞呀全给堵上,整个屋内也暗淡了许多。可这样,似乎于事无补,老鼠照样夜间出没,神不知,鬼不觉,等到第二天一早,又发现一堆它吃剩下的菜饭,还有那让人生恶的老鼠屎,它似乎很得意这样的胜利,用这些来晒它的存在。也有几次,无意被撞见,那溜走的速度,就如闪电,摄像头都无法捕捉到它真实的面貌。

　　第二件事,有位比较要好的朋友,最近准备买第二套房,不是自己住,纯投资的那种。看着房价噌噌噌地往上升,很多人都心动了,想发财。这位朋友也逃不脱这样的发财梦。于是天天缠着我问这问那,是买杭州的房子好了,还是买千岛湖的好。开始几次,我很客气地跟他分析一下,但分析的结果,往往是越分析越糊涂。为了实现自己的发财梦,朋友这几天似乎并不开心,那脸拉得沉沉的,用宋丹丹的话来说,拉得跟长白山似的。起先几次问他怎么啦,不说。经过几次打听,才知道为了发财梦,与妻子意见分歧,两人因此吵了几架。生活有时候就是这样,不知什么时候会跑进来一些欲望。把原来平静的生活搅得一团糟,各种怨气,各种不满,各种争吵,心扉也被一一关上,怨气不满越积越深,内心被阴霾牢牢地控制。这些欲望就像那只跑进屋的老鼠,怎么也找不着,更不用说赶走。如果就此让它在内心妥妥地安个家也就算了,可总是时不时地跳出来,搅乱你的生活,影响你的情绪。

为了逮住房子里的老鼠,用了各种方法,老鼠药是买不到的,只好买些粘鼠纸。还在上面放了美食,想想应该可以足够诱惑一只老鼠了,但老鼠就是不上当。小时候就听大人们说过,老鼠智商高,狡猾机警,排在十二生肖首位,并非浪得虚名。再说那粘鼠纸,可粘了,如果不小心踩进去,那麻烦就大了,怎么弄都甩不掉,只好脱了鞋处理。每发现一处老鼠活动过的地方,就放一张,没过几天发现屋里到处都是这个粘鼠纸,在屋内活动要格外小心,弄不好自己就成被抓牢的"大老鼠"了。

朋友最终向妻子妥协,决定在杭州买房,但首付钱少了一大笔,估摸着差了五十几万元,去哪儿筹钱？这成了他最痛苦的事。欲望之所以被称为欲望,或许是因为超出眼前的能力,有时它能够成为奋斗的目标的动力,可更多的时候,欲望往往超出现实一大截,就目前的能力再努力,再奋斗也不太可能实现。或许是太想抓到那老鼠,就像实现那些欲望过于急切一样。如此,只能自寻烦恼。

终于在一个早上,它躺在粘鼠纸上,各种挣扎,两条后腿因挣扎的缘故被那些粘粘剂紧紧地粘在一起,因为粘,挣扎的速度比平时逃跑的速度慢了几十倍,就像是以前武打电影中常用的慢镜头。

长长的尾巴也被牢牢地粘住。那绿豆大小的眼睛看着我,有恐惧,有绝望,还有哀求。那一刻,所有的憎恶,所有的情绪都没了,变得那么平静,我望着它,它看着我,一切都结束了。我可以打开窗,不用时刻都要关门,屋内突然变得亮堂起来。

实物的门窗好打开,人的心扉却不易被打开,老鼠逮到了,可欲望还在那儿。

母亲的工资

母亲出生于1951年，比共和国小两岁。母亲一辈子都没离开过土地，一名地道农民，却从没想过，有一天她会成为农业工人，跟城里人一样，在家乡土地上上班，拿工资。

母亲对土地的感情极深，用她自己的话来说，她就是一棵长在土地里的庄稼。从互助组，到集体化，再到承包到户，与土地的关系，形式一直在变，唯一不变的是母亲对土地的情感。早年，在土地里播下童年希望，那是对土地最单纯的情感。年轻时，在土地里挥洒青春的梦想，看着精心培育的希望，一年年成长，幸福洋溢在母亲的脸上。

集体化年代，每天出工，生产队分配任务，一天下来，按事先量定好的劳动量记工分，到了年底按工分多少分得自己的劳动成果。这或许是母亲这一生拿到的一份特殊工资吧。一年的辛劳，分到粮食，多少也有点欣慰。但这些粮食往往不够，在集体上工之前，或收工之后，母亲就与村里几位同龄人一起上山采摘金银花、覆盆子、野菊花，只要收购站收的，都会弄回来换点钱，大家叫这为副业。起早摸黑，只为攒几尺布钱。20世纪70年代中期，我和妹妹相继出生，那点微薄的收入还不能满足日常生活。

80年代初，土地承包到户。一年三季粮，解决了一家人吃饭问题。又在地里种起了各种经济作物，种得最多的是桑叶，养蚕的技

269

术在集体化时就学会了。一季蚕，一个月左右就可以出售，一担担绿色的桑叶挑进家门，变成一担担白花花的蚕茧挑出去卖，换回来的钱除了给我和妹妹交学费，剩下就是买农用物资。春蚕，秋蚕，气温适宜，桑叶量足，蚕茧质量也相对较好，这两季会养多点，想法很简单，多攒点家用。

2006年中央取消了农业税，大量的劳动力从土地上解放出来，很多年轻人离开了土地，进了城。土地流转给种养大户经营，成为农村发展的必经之路。年过半百的母亲，仍坚守着土地，不是土地能带来多少经济效益，而是，她说她这棵庄稼已经到了最后成熟期，不能半途而废。土地流转需要成片土地，其中就有母亲的那几分地，从对土地情感角度来说，母亲并不愿意把土地流转出去，但从村集体的角度出发，母亲还是同意了流转。

那段时间，母亲经常因为土地流转的事问我有关政策，最担心的还是没了土地，她不习惯。我安慰她说，放心吧，会有事做的。

土地流转出去的第二年，母亲在电话里跟我说，她在村里大棚里做了临工，赚到了四千多块工资。母亲在聊天中，不断突出"工资"两字。有次假日回家，临近中午我们还没到家，母亲便打电话过来，说不等我们一起吃了，她吃下就要去大棚上班了，不能迟到，迟到会扣工资的。母亲口中的"上班，工资"等词语，让我们笑了起来。一辈子跟土地打交道的母亲，早年赚过工分，承包到户后，养蚕，养猪，为这个家赚下不少家底，但赚钱与拿工资完全是有区别，工资有身份认同感和归属感。或许正是这一点儿区别，让母亲引以为豪。

驼背的外公

外公的驼背不是与生俱来的，是被生活压弯的。

撑簰人的幸福生活

外公46岁以前，一家人生活在遂安县岩村乡富西村，那个村，母亲回忆说，依山傍水，风林港从村前穿过，雨水多的季节，水会漫过堤坝，漫进屋内，母亲跟大她两岁的大姨就坐在楼梯上，啃着外婆做的玉米粿、番薯干，两脚伸到水里，看着鱼儿游弋着。外婆28岁都没怀上孩子，大舅是抱养来的，抱来后，外婆就怀上了大姨，两年后又生了我母亲。母亲8岁以前童年全留在富西村，那里的山山水水，现在说起来只有模糊的记忆。外公排行老末，外婆是童养媳。外公常年在外撑簰，全家人的吃穿都由外婆操持，农忙季节外公不在家里，外婆就会亲自牵牛耕田。生活不算富裕，但吃穿不愁。

外公撑着簰，顺着风林港进入新安江，他们的簰队沿着水路去狮城，去港口，去贺城，在那个以水上运输为主的年代，他们往返在徽商的黄金商道上，进行着最原始的商业贸易，将该流域的物质运出去，又将所需求的物资运回来。每次回家时，外公都会捎上些目的地的特产，那时捎来最多的除了糖果就是山核桃，偶尔也带来一

271

些新鲜的水果。大姨最喜欢的是山核桃了，只要带山核桃回来，就乐得合不拢嘴。

这样的生活，在外公46岁被新安江水库所隔断。46岁的外公和37岁的外婆携着一家老小后靠到了姜家石颜村，那年大姨10岁，母亲8岁，大舅16岁，一同迁来的还有姑婆(外公的姐姐)，那年姑婆已经近60多岁了。在"多带新思想，少带旧家具"的鼓舞下，一家六口人只带了少许的日常用品。1958年对大家来说，日子还是好过的，所以老社员对新社员的关照还可以用现在的话来说，是人文的关怀。新社员到来的时候，村里还组织了人到村口进行迎接。到石颜村后，移民的房子还没建，只能暂住在老社员家里。

开荒刨出了全家人的口粮

到1960年，情况就不一样了，三年自然灾害席卷了全国。老社员开始仇视新社员，说是新社员占用他们的土地和口粮，有很大一部分新社员受不了老社员的辱骂，而改迁去了江西。外公作为一家之主，三个儿女又尚未成年，再迁也折腾不起，便横下一条心，不走。那几年外公在富西与石颜之间来回地奔波，新安江的水还没完全淹没富西的土地，外公就在富西附近的山上开垦种粮食，以弥补在石颜不足的口粮，每次从富西回来都不会空手：春天带上一袋的乌饭子，让外婆和上点面粉玉米粉，做成糕点，晒干可以放上很长一段时间，吃的时候隔水蒸一下。夏天玉米成熟了就带些玉米回来。实在没东西带，也会挖些葛根什么的带回去。到了第二年，新安江的水已经漫过了整个富西村，只有村边的几个山头变成了岛屿，那个叫富西的地方再也回不去了。

那边断了额外的口粮,这边又饱受老社员们的冷嘲热讽,一家人都要张口吃饭,尤其是大姨和母亲还未成年。石颜村多山多缓坡,而且很多地方都没有开垦过。外公每天忙完集体地里的活儿,腰里系把柴刀,背起锄头就去开荒种庄稼,这里挖一块,那里挖一片,适合种什么就种什么,花生、玉米、番薯、黄豆什么都种。一家人口粮在这些零碎的荒地上算是解决了一部分,可外公的背却更驼了,上身跟下身差不多形成了七十度的角。

因为少吃的,外公有很多的不良饮食习惯,其中一个就是吃死鸡死猪,不管怎么死的,人家扔掉的,他都会捡来让外婆弄给他吃。当然这些食物只有他一个人吃,从来不让其他任何人尝一口。他的这个习惯,开始时,为村人所不理解,后来大家也都习惯了,以为他就是好吃。哪家死鸡猪什么的,都会告诉他,让他自己去拿。这个不良饮食习惯直到后来生活条件有所改善才有所改变。

老社员接纳了他一家

在缺吃少穿的年代,有些移民被老社员赶到了江西。1961年,大舅一个人离开了石颜去了江西。本来就少劳动力的外公一家,又少一个全劳力。自从大舅去了江西,那些说要赶外公一家走的老社员对此也宽容了许多。外公用他的勤劳向老社员说明他不靠现有的土地也能养活一家人。外公为人和善,从来不跟人红脸,哪怕是怎么得罪他的人,他都不会记恨,只要需要他的地方,他仍然去帮助人家。外公经常跟我说,受人的恩惠要记住一辈子。

几年后,外公被安排到了村养猪场干活,这活工分很低,但外公仍然很开心,说这是村组已经从心里开始接纳了他一家。大舅离开一年后,也就是外公50岁那年,二舅出生了。按辈分来排,二舅这辈在石颜村是"之"字辈,村里都习惯在二舅的名字前加个"之"字,所以村里人叫二舅时去掉姓还有三个字。这事,最开心的是外公,一方面老来得子,另一方面说明老社员们已经完全接纳了他。

终于不用驼着背走路了

那个午后,外公和往常一样去了村后的菜园地里干活,不小心摔倒在了水沟里,没能爬起来。等人发现后,已经过了三个多小时。外公患有高血压,这一摔,摔成了半身不遂。刚刚好转的生活,再一次被拖入了贫困线以下。外公的最后几年都躺在床上。那时我跟着父亲在浪川读书,每个星期六下午才有时间回家,我回村后,先不是回自己的家,而是直接去看望躺在床上的外公,叫他一声,跟他说说话,问他要不要吃什么。

每次我去看他,他就让我扶他到门口,只要脚落地,他的背就是驼的。他勉强地坐在凳子上,靠在墙上,两眼直直地看着门口那一片田畈,只要看到庄稼,看到田地,他已经歪掉的嘴角仍然会流露出喜悦。

我读初二那年,外公去世了。出殡那天,除亲戚送来的香纸外,还收到了一百八十九副香纸,而当时的全村就是一百八十九户人家。这个可急坏了外婆和二舅,这么多人,拿什么来招待人家,家里的粮食本来就不太够。外婆的担心完全是多余,村里人来祭拜时都带来几升米,几斤面。

那个晚上,我帮着外婆收拾,外婆对我说:"你外公终于不用驼着背走路了。"

274

那位编扇人

2011年第五届千岛湖秀水节的开幕式,以歌舞《千岛秀水一扇收》开篇,一把小小扇子收进了千岛湖的绝世山水,曲美,意境更美。在古代,扇子总是无处不在,读书人喜欢摇一把折扇,可以在扇子上题诗,画画,以显高雅。诸葛亮一把羽扇,更是智慧的象征。但在淳安民间,除了折扇外,更多的是蒲扇、麦秆扇以及棕芯扇等。我就珍藏了一把棕芯扇,这把扇子对我来说,有着不一样的意义,它不仅仅是一把扇子,却更是一件纪念品。

思绪回到了三十多年以前,那时的我可以说是个野孩子,父亲在外上班,母亲整天在生产队里赶工分,我带着妹妹村前村后乱跑,一到夏天就泡在小溪里,虽然能图一时的凉快,但极易中暑。我头顶着烈日,在小溪里摸着鱼,让妹妹在凉亭里等我,突然感觉到一阵眩晕,我拖着沉重的脚步走进了村口的亭子,刚到亭子就晕倒在地上。等我醒来的时候,发现自己躺在凉席上,凉席铺在地上,我胸口敷了一块毛巾,妹妹坐在一边玩耍。我从地上爬起来,看到陈老太太坐在小矮凳上,弓着身子,两只手飞速地来回穿梭。

陈老太太跟我们不一样,从大人们的话语中,他们经常用一个词来代表他们的身份——新社员。我当年并不知道新社员指的是什么,但确实陈老太太说话的腔调跟我们不一样,她说的话明显柔和得多。

275

我很好奇,蹲在她身边睁圆眼看。陈老太太摸摸我的额头,"好点了吧?"

我点点头,"奶奶,你编什么?真好看!"

"编扇子呀,你看天这么热,如果你有把扇子,就不会热坏了。"

陈老太太继续编扇子,我蹲在一边看着她,她不断地重复着一些简单的编织动作,每编好一脉又细心地紧一紧那些经纬。我第一次发现,原来扇子也可以编得这么好看。

那个下午,我一直待在陈老太太家里,看着她编扇子。妹妹玩了一会儿,哭着说肚子饿,陈老太太拿出一个麻饼来给妹妹吃,饼没啃完,妹妹又睡着了。

她拿了一把编好的扇子给我,让我帮妹妹赶苍蝇。我把扇子拿在手上,看着那纵横交错的纹路,扇边和扇柄都经过工艺的处理,儿时虽然不懂得什么叫艺术,但对美的理解是与生俱来的,我知道我已经深深喜欢上了这把扇子。

当太阳西下的时候,赶工分的队伍也从田地里回到家里,陈老太太把没编好的扇子整理好后就去烧晚饭了。我看着熟睡的妹妹,手里还紧紧地攥着半个麻饼,我吞了吞口水,头感觉到一阵眩晕,便又倒在凉席上"呼呼"睡去了。

母亲四处找我和妹妹不着,焦急在村口呼唤着我和妹妹的名字,我在梦中听到呼声,赶紧从凉席上爬起来,然后推醒妹妹,妹妹醒来就哭,陈老太太已经领着母亲到了门口。

"孩子今天可能是热坏了,晕倒在村口亭子里,我刚好路过,他妹妹在哭,我就把孩子背到家里来了。"我头仍是晕晕的,被母亲连拖带拽地拉回了家。

回到家后,我被母亲告知:以后不许再去陈老太太家里!我圆睁着眼,却不敢问为什么。

经过陈老太太家门口,只能远远地看着她忙碌的身影,看着她家里挂满了一把把编好的扇子。出于对扇子的喜爱,我还是带妹妹走进了陈老太太的家里,蹲在那里看她编扇子。

陈老太太一边编扇子,一边跟我讲她的故事。她家以前不在这村,是建新安江水库时,后靠到村里来的,来的时候一家五口人都在,那几年闹饥荒,老社员就想把新社员赶走,她儿子儿媳就是那时迁去江西的,她就和老伴儿留了下来。说到这里时,她顿了顿,问我:是不是我妈不让我来她家里玩? 我点点头,她只叹了一口气。继续跟我说她的故事,她以前那村叫富西村,离狮城比较近,这编扇子的手艺是从一位老奶奶那里学来的,那位老奶奶说这手艺不是用来吃饭的。她编的这些扇子拿到狮城去卖,城里人很喜欢这种扇子,由于一个人编,一年也就编十来把,经常有人提前预订。现在城被水淹了,但这手艺不能断在她这里,她得把它传下去,所以这些年日子好过了些,也就想着再编下去。

我经常有事没事就往陈老太太家里跑,陈老太太就跟我说了做这扇子的流程:每年的春夏之交,上山去砍些棕芯来,用水煮泡后,再曝晒,原来略显黄色的棕芯变成了白色。把晒白后的棕芯进行剔筋,挑丝,剔筋就是将棕叶间那些硬筋剔除,只留下有韧性的叶片,挑丝便是将宽的叶片挑成均匀一条条。接下来就可以编了,一根棕芯编一把扇,棕柄就是日后的扇柄,所以砍棕芯的时候,柄要留长一点。编扇子最关键就在前几个步骤,经纬之间一定要紧,这样编出来扇子才更美观更牢固,编好一把扇子要四五天时间。

我经常去陈老太太家的事,还是被母亲知道了,她没打我也没骂我,只问我陈老太太有没有说过我家的坏话,我摇摇头。母亲告诉我,陈老太太的儿子儿媳是我爷爷带头赶走的,从此我家自知理亏,不敢接近她。第二天,我去了陈老太太家里,问她我妈说的是不是真的。她摸了摸我的头,笑了笑,只说一声:"傻孩子。"

她虽然没有正面回答我,但我心里清楚,母亲说的是真的,我暗暗地下了决心,要用实际行动来弥补爷爷当年对她家人所犯下的错。读小学后,跟着父亲去了邻乡读书,每个周末回家只要不下雨就上山砍柴,春天的时候,我看到棕树顶上有抽出的嫩芯,我突然眼前一亮,于是在砍柴的同时,顺便给陈老太太带些棕芯回来。我第一次将几根棕芯交到她手上时,我感觉自己做了一件很了不起的事。

在她家里经常能遇上来买扇子的人,都是一些常客,有的是自己用,有的是帮朋友带,有一位在单位上班的本村人,每年都要来买五六把,他们说陈老太太的扇子编得好,物美价廉,还主动要求加价。陈老太太笑着跟他们说,她卖的不是扇子,是手艺。看着挂在屋里的扇子一天天地减少,我有时突然冒出奇怪的想法:如果把陈老太太这些年来所编的扇子全都挂起来,那盛况必定空前! 显然,那时压根儿不知道有艺术展这回事。

我读高中时,待在家里时间少了,有次回家听母亲说,陈老太太上山砍棕芯时摔了一跤,大腿骨骨折了。我去看望她时,她还很乐观,说等腿好了之后还要继续编扇子,顺便问我学校里的生活。但她的腿好了之后留下了后遗症,走路都得拄拐,编扇的事也就被永久地搁下了。

我读高三那年春节,陈老太太拄着拐去我家找我,要我今年有时间的话去帮她砍一根棕芯来,她反复强调只要一根。我也没多想什么,就一口应承了下来,四月份的一个周末,我特意去山上砍了一根棕芯给陈老太太送过去。

七月高考结束后,我在家里焦急地等着放榜,那时村里还没有一部电话,只能靠写信或人工传递消息。那天中午,陈老太太拄拐来到我家,"孩子,我刚才听到广播里说,要你去学校,怕是你考上了。"

我一听之后,立即骑了自行车向学校飞奔而去。当我拿着成绩单回到家的时候,陈老太太笑呵呵坐在我家里,见到我便问,"考上了吧?"我开心地点点头。

"那就好。我没啥给你的,这扇子给你吧。你帮我砍了那么多的棕芯,都没给过你一把。"我接过扇子,看着陈老太太那张苍老的脸,那满头的白发,说不出一句话来,我难以想象她在腿脚不方便的情况下,是如何编完这把扇的。

这把扇子我小心地保管着,一直没用过,我知道这把扇子是陈老太太所编的最后一把扇子,她把它给了我,也在不知不觉之中将编棕芯扇的手艺全都教给了我,如今陈老太太已经驾鹤西去了,这样的纯手工编制的棕芯扇再也没见过。看着这把扇子纵横交错的经纬,正如人生走过的曲折历程,最终都集中到了扇柄,被编成了麻花。扇子正直的经正如人的品格,纵向的纬便联系起了你我,在纵横交错中编织着扇子,也编织起了人生。

如今天热天冷都有空调,风扇都已快退出历史的舞台,更不用说那一把小小的扇子,很多东西已经在历史的进程之中湮没,有些东西却永远留在人们的记忆之中,就像这把扇子连同那些回忆一起,我将继续细心地保管和珍藏。在淳安一千多年文化积淀中,这样凝聚着劳动智慧的手艺还有很多,像"淳安三雕"、麻绣,在千岛湖形成以后,大部分随着移民外迁而流失,有的却像两座古城一样,被固封在了水底,静静地等待着被重新启封的那一天。

碗底的名字

回老家，父亲给我倒了满满一碗啤酒。碗底那个"彩"字清晰可见，突然感觉身心被某种力量所击中。"彩"是爷爷名字中的一个字。

碗，是老式的青花碗，碗体上的青花已磨得模糊，闪着时光磨砺后的光泽。记忆中，这样的碗家里只有两三只，是当年分家，从奶奶那里分出来的。

碗内刻上几个字，作为物件归属的印记，是一个时代留下的痕迹。但凡物件都会写上名字，有的还写上置办时间，箩筐、桌椅、筛子，有时刚浇筑好的水泥地面，也捡些碎石、碎瓷来拼出几个字。这些字，总在不经意间，提醒我们历史是在时间里一点点累积起来的。

在三四十年以前，农村但凡要办大事，起屋、婚嫁丧娶，总要设宴招待，在晒坦里摆上十几桌，全村家家户户都派出代表参加。没那么多餐具、餐桌，只有向左邻右舍借。那个年代，在中国农村也就形成了互帮互助的氛围。大家置办的物件都差不多，借谁家还得要分清，做个标记，不然还的时候就弄不灵清了。

餐桌餐凳可以写上字，但碗不能。但都难不倒人们，就在碗底刻字。

新购置的餐具，就找村里一些土生土长的专家去刻。

刻字的工具很简单，一把锥子，一只锤。

在碗底刻字的最重要的技巧就是力道的掌控。力小了，刻不出。力大了，碗易碎。每批碗的硬度不一样，在刻的时候，需要探试，由小，慢慢加大，直到找到合适的力度。在瓷碗里刻字，不像在石碑上刻，它无法一笔一画地刻，而只能用点来描。在碗底刻字，跟绣花有得一比，以点作为基本单位，集点成线，集线成画。跟现在的数字显示器一个模型，以发光点作为基本单位。给一升豆、几升米算是给刻字的工钱。

现在已经没有人再在碗底刻字了。农村办大事，直接找一些公司办，餐饮、餐具一条龙服务，用不着左邻右舍地东借西拼，或是干脆到饭店里办。

碗底刻着祖辈们的名字，中国人文化中流着的是对祖宗崇拜的血液。一只刻有祖辈名字的碗，瞬间把你与祖辈连接起来。

端起一碗啤酒，透过啤酒，看到祖辈的名字，那一刻内心闪过了什么？

客从何处来

客居在人身上的微生物多达200多种，一个行走的人，相当于一个独立运行的生物体系。我们的身体每年能产出上千亿个微生物。在我们的肠子上，每一平方厘米的地方就聚居着百亿个微生物。

微生物于人的身体，是客与主的关系。我们的身体天然好客，这些客也给主带来众多益处，肠胃里微生物能够帮助我们消化食物。它们的排泄物还能杀死一些有害的细菌病毒。我们的身体每天都有新的微生物入住，也有老的微生物消亡。这些看不见的客体，与我们相安无事，互利互惠。

在中华民族的传统里，有客来，便有过节般的招待和宴请。中华民族，是一个好客的民族，"有客自远方来，不亦乐乎"。汉族、壮族、藏族、蒙古族等，无一例外。这是中华民族文化中天然地有着包容和开放，用软件界术语来说，就是开源，文化接口很多，热情好客只是其中一部分。有客来，成为中华文明绵延不断的秘籍。

我们的汉语有多少外来语，从西汉的"葡萄"，到近代的"沙发"，汉语总善于把这些客来词吸纳，重组，变为自己的语素。我们的风俗习惯吸收过多少其他民族的文化，甚至我们的食材也一样。"番薯""番茄""胡萝卜"，带上"番"，带上"胡"以便于区分。分着分着却成了一道文化风景线。

更多的时候，客与主相安无事，各自扮演好主与客的角色。

屋檐下,几个燕窠一字儿排开。它们的主人飞去了南方过冬,几只麻雀,叽叽喳喳地跳进了空巢。这些燕窠的主人,是一群春天里的燕子,它们用自己的勤劳和智慧建筑了这些完美的艺术品。在这个时间点上,麻雀是客还是主?

来年开春之时,燕子归来,麻雀主动还窠归燕。麻雀似乎在燕子不在时,客串了一把主人。客串,影视界的术语,说到底是知名演员来当次群演罢了。

但并非所有的客,都给主人带来欢乐。有些客,却善于"夺主"。

己亥年末庚子年初,新型冠状病毒肆虐神州。人的身体成为它的新宿主,这个本来客居在蝙蝠上的不速之客,在人的身体里,似乎找到了主人的感觉,不断上演自己的好戏,让人产生恐慌。

19世纪30年代,英国人开着油轮而来,这远道而来的客人,不知哪儿来的自信,要与中国开展公平贸易,中国靠着丝绸和瓷器实现了顺差。让大英帝国失了面子。英国人不干了,便用鸦片毒害中国人,夺回自己在"公平贸易"中的利益。在中国土地上,中国人是主人,哪容得"客大欺店",于是林则徐在虎门销烟。英国人便借机用大炮打开了中国的大门,让中国沦为半封建半殖民地社会。

1996年的一部电影《红河谷》,西藏人拿着哈达迎接远方来的客人,英军却用大炮攻打迎接自己的西藏人。两者的反差,画面让观众沉思。不得已,西藏人民拿起了武器进行反击。明知斗不过,仍誓死反抗。用以挽回"主人"的颜面。

病毒对于人的身体,是客。英国人对于中国人来说,是客。

客者,外来也。客与主相对存在。

何为主?权力或财物的所有者。当然包括对生存环境、空气、水的占有。

我们要做自己身体的主人,那些病毒、细菌却也想成为这身体的主人,更多的时候,它们并没有这种想法,只因为我们自己足够强大,足够健硕。它们从我们身体里汲取它们所需要的营养,也为我们的身体服务。但也有例外,比如这冠状病毒,不管是2003年的"非典",还是庚子年的新冠,它们占据你的身体,让人大病一场,甚至失去生命。就像殖民者那样,既想从当地得到利益,还要残害原居民。那一套公平的交易规则,不过是欺凌弱小的牌坊而已。

　　不仅是人,自然界也一样。加拿大一枝黄花,被人有意无意地带入中国,便在中国这片没有天敌的土地上肆意疯长,完全把自己当成这片土地的主人。它们疯狂地掠夺土生土长的植物生存的空间,争夺阳光空气和水,排挤那些土生土长的"原居民"的生存空间。都说"外来的和尚好念经",这或许就是。

　　有客来,或许正在揭开迎来新主人的序幕。

　　中国神话中的女娲,西方伊甸园里的亚当和夏娃,人类用神话的形式,作为客人来到了地球,用漫长的岁月完成了从客人到主人的身份转变。

　　五胡乱华,让华夏的正统偏安江南一隅。在冲突和包容中,南北朝孕育出了一个盛唐,迎来了华夏大地全新的主人。

　　中国人,总在主人与客人间不断地转换角色。主客,是一个相对的概念,在时间里不断迭代。有客来,可能是新一代的主人,主人有时也能变成客人。

　　两鬓斑白的贺知章回到故乡时,物是人非,却发现自己已经成为故乡的客人。都说乡愁是一种病,更何况"少小离家老大回",病已入膏肓,那个可以治愈乡愁病的医生,已经长眠于斯。她就是母亲,用冰冷的墓碑宣告了一个事实。没了母亲的故乡,乡愁病让我们在故乡从主人病回了客人。

故乡的孩童一句"客从何处来",此时老贺的心情如何?

有客来

一

往灶坑里添把柴,隔着灶门能听见灶肚里火焰声,"呼呼"作响,像劲风掠过山林时,唱起的欢快山歌。火焰透过灶门孔,明灭的光影里,可以感知它们的欢快。

外婆笑了,要来客了,要来客了。外婆嘀咕着,生怕我没听到。这灶坑,今儿个叫得这么欢,肯定有客要来。

真有客人来就好了。桌上会多几个菜,说不定会有肉,外婆给客人下鸡子茶时,我还可以喝点蛋糖水。

十几岁的记忆永远那么鲜活,尽管时间过去快四十年,这一幕时常在记忆里浮现。这样类似占卜的预言,在那时的农村,司空见惯。灶坑"呼呼"作响的火焰、不小心多拿了一双筷子,多拿一只碗,都可能成为有客来的预兆。甚至打个喷嚏也是因为有人想你了(另一版本:有人在骂你)。

没有电话,没有手机的年代,这样的"占卜",是生活的一部分,而且不可缺少。显然,外婆不是占卜师,她的预言往往以失败告终。但从来没有人追究它灵不灵验,就像地里庄稼,并不是所有的勤劳,都肯定有好收成。老天经常会给平淡枯燥的生活,带来些许不确定的色彩,那样,才具备了人生的意义。就像后来认知的博彩业,也是因为它的不确定性。

而作为"占卜"者来说，也不会因为多次失灵，而放弃这祖传的预言方式。就像一场淋坏了心情的雨，也总能找到一些让自己心宽的理由。总把失灵归咎于自己，而把快乐留给他人。

外婆预言有客来的那个下午，真有客来了。

我跟小伙伴在村口玩耍。一个老婆婆带着个小女孩进了村。那女孩跟我差不多年纪，扎两根辫子，辫子梢系着彩绫，特别漂亮。我想，如果那彩绫是妹妹的就好了，妹妹爱漂亮，但没有系头发的绫子。

老婆婆问我，法林家怎么走。

我摇摇头。那时，我不知道法林就是外公的名字。

刚路过的一位大人说："你个傻子，还不去告诉你外婆，来客人了，法林不就是你外公吗？"

我看着老婆婆，从她眼神里看到了与外婆一样的慈祥。我转身疯跑而去，边跑边喊，外婆，来客了，真的，来客了。

我兴奋之余，满脑子闪过的不是鸡子茶，而是那呼呼叫的灶孔火焰，真的那么灵验吗。

二

1993年中秋前一个月，我到了宁波江东区曙光路80号。

中秋前一天，收到另一座城市同学的来信。

简短的问候外，说要在国庆期间来看我，却没说具体哪天。本来计划好的出行，于是彻底泡汤。

回信吧，来不及了，从这座城市到那座城市，一封信起码要四天。没有微信，没有QQ，也没有手机。唯一的办法：等。

每天躺在寝室里，看着天花板。 思绪便如水，渗进那些纹路里，在迂回曲曲折折的纹路中来回游走。同学到哪里了？ 会不会已经抵达了这座城市，正穿行在纵横交错的街道上，或许跟我的思绪一样迷失在这座城市如同森林般的建筑群之中。渴望下一秒的敲门声，能够将自己从纹路的丛林里解救。

"咚咚咚"，敲门声一响，我便从床上跃起，来不及穿鞋，就向门口冲去。古人倒屣相迎，我却赤脚开门。古人倒屣，足见以诚待人，我赤脚开门，却一副狼狈相。开门的瞬间，看到门口站立的人时，一股凉意从脚板一直往上蹿，那是来自水泥地面的嘲笑。来的并不是我要等的同学，而是来串门的其他寝室的同学。

"你怎么没出去？"每次开门，都有人这么问我。而我的回答也只有一个标准答案："有同学要来！"

国庆三天，转眼就过了。要等的人，终究还是没来。

节后第三天收到那同学的来信：实在抱歉，中秋晚上喝多了，把来看你这事给耽搁了。

三

搬进了新房，一百多平方米，上下两层。平时就一家三口，显得有点空荡、冷静。父母偶尔也进城来看看，但当天就回。

正月里，走亲戚完全成了过场，拎点礼品，放下就走。客人，是什么？ 曾经做客感觉，在现代人心中已经荡然无存。

要增加点人气，朋友这么对他说。什么是人气？ 不就是多几个人来吗？ 刚参加工作那会儿，十几位同学挤在只有二十几平方米的单身宿舍里,汗味酒气,烟味掺杂在一起,那真叫人气。

时间向前,手机有了,千里之外瞬间就能通话,信息交换瞬间完成。汽车进入家庭,几百公里不再是距离。信息的准确,即时,人的活动半径被速度一破再破。有客要来,已经不再需要用占卜来预测。也不像用书信交换信息时代,用几天时间,做好心理和接待准备,但仍可能会落空。现在,一个电话通知,几分钟,客人就站在了门口。客人与主人的身份,已经湮没在了信息交换之间。

防盗窗、防盗门、摄像头,人世间,一切都被一张网给网住了。人与人的关系,固定成了网上的结点,位置固定,关系固定。像防盗窗,永久地定格,冰冷的寒光时刻提醒,那是一道不可逾越,不可触碰的网,屋内的人,屋外的人,被有形的网和无形的网同时隔开。

正月假期接近尾声,想给屋子增添一点人气,给几个同学打电话,邀他们来家坐坐,叙叙旧,顺便在家吃个饭,显摆一下放下多年的厨艺。纯粹的坐坐,没有邀他们来做客的意思。人们被喜宴、乔迁、寿宴困惑,对邀客产生心理上的抵触,却又拉不下面子。虽然喜宴的请柬早就被人称为红色炸弹,但这轰炸面却越来越广。

多麻烦呀,出来吧,我们去某新开的酒店,那里的菜品不错,再邀几位同学一起聚聚,算是过完年了。

果然,同学的回答这么干脆。

有客来,成为现代人奢望又越行越远的心理障碍。

馒头

周末，闲来无事，在家人的提议下，用做馒头调剂一下枯燥的周末生活，结果失败了，蒸出来的馒头全都是硬邦邦的粉团。费神费力，还浪费了几斤面粉，不由得发起牢骚，做什么馒头，还不如去买几个，省心又省力。

唠哆着馒头，又让我想起了十年前的"一个馒头引发的血案"。一个小小馒头，造就了网络红人胡戈，引爆的不仅是网络短片与传统电影业间的血案，很多社会深层的问题也引起了人们关注，人心的浮躁，喜欢看人家的笑话和围观，既对现实不满，又想远离政治和社会，事不关己的"打酱油"精神在国人这里得到了淋漓尽致地发挥，现实生活中冷漠的"打酱油"，网络上的"愤青"，形成了两个鲜明的阵营。也有传统的文艺在网络时代如何生存等问题。我又突发奇想，这个馒头会给我们现实生活带来什么样的社会问题呢？

记得小时候，那时的农村还处在半自然经济状态，麦子成熟季节刚好临近端午，家家都蒸馒头，蒸包子，大概也就两层意思，一为庆祝丰收，二为解馋。蒸出来的馒头，跟现在市面上的馒头比，就是黑了点，却少有失败的。那时家庭主妇对于传统的小吃，都很精通，过什么节做什么糕点，端午包子清明的粿，还有重阳的粽子。就算你不会，随便讨教下，都是师者，各种制造工艺口口相援，代代相传。中国经济进入市场化后，市场上的商品只有你想不到的，没有你买不到的，一些传统的民俗文化产品，也被市场化包装后上市，包装，卖相也相当好看，但似乎少了点什么，是什么？或许是妈妈的味道，也或许是人情味。

市场化后，制作工艺渐渐地被大部分人所遗忘，就像这一个小小的馒头，它的制作工艺虽然简单，但已经不为多数人所掌握，就像我的失败一样。现在想来，传统文化不是没有市场，而是被大部分人忽视，被少数人垄断，尤其是制作工艺被垄断。因为垄断，所以不透明，又滋生了另外一个社会问题，食品安全问题。不要看这一个小小的馒头，有着众多的安全问题，面粉的安全，配料的安全，等等。

一个失败的馒头引发我思考了一个社会问题，我们身边很多细节同样可以让我们去思考社会的大问题。

《神都龙王》里的那碗茶

徐克导演的电影《狄仁杰之神都龙王》，片中有一物品，成为影片的重要道具，也是故事发展的重要线索，此物便是那盅的媒介——雀舌茶。

雀舌茶又名"白毛尖""都匀细毛尖""鱼钩茶"。产于贵州南部的都匀市。据史载，明代列为贡品，深受明崇祯皇帝所喜爱。而此影片反映却是唐代武则天时期的故事。

作为淳安人，当然知道淳安的鸠坑毛尖是唐朝贡品。鸠坑毛尖是历史名茶，陆羽在《茶经》中也提及鸠坑茶，1959年鸠坑茶列为全国十大良种茶之一。鸠坑茶冲泡后，香气浓郁醇厚，无青涩之味，且耐泡。

撮一把鸠坑茶入杯，冲上烧开的山泉水，杯中的毛尖便如剑一般，直指向杯底，这浓郁的茶香中，又多了一层武功的意境。这便是淳安人的性格，柔中带刚。自然也就联想到了中国历史上有名农民起义之一的陈硕真。陈硕真与武则天为同时代人，比武则天大4岁。而这场起义也跟鸠坑茶有莫大关联，鸠坑茶被列为贡品的同时，也增加了当地百姓的税赋。永徽四年（653），陈硕真便在搁船尖云心寺组织农民起义，自称文佳皇帝。

毕竟电影是艺术化的东西，不能代替真正的历史和真实的生活。但影片的宣传效果不亚于巨资投放的广告，《泰囧》带动了泰国的旅游热,《非诚勿扰》火了杭州西溪湿地和日本北海道的旅游。而对淳安来说,黄百鸣的《家有喜事2009》曾也让千岛湖的旅游再上了一个热度,同时也让那杯"爱如潮水"的咖啡声 名鹊起。商业化的今天,影片等文艺作品的宣传效果不可小觑。从2001年以来,千岛湖每两年举办一届秀水节,其宗旨也在借助文艺的力量来宣传千岛湖,来制造商机和发展机遇。在这十几年中举办的八届秀水节,也确实给淳安带来了众多的商机,但仍缺少一些力度较大的文艺作品。

电影以艺术的形式宣传一个地方的风光,同时也可以宣传某些特产。如前文所提到的以雀舌茶为道具。道具是可以有多种选择的,《神都龙王》完全可以不用茶当道具,既然选择了茶,也可以是龙井,可以是普洱,可以是大红袍,但道具选择得是否恰当对影片剧情本身来说也是相互促进的。对于雀舌茶,在看《神都龙王》之前一无所知。在看影片时,我还在想徐克大导是否是因为"雀巢"而虚构了"雀舌"之名。之后上网百度,果真有"雀舌茶",只是作为贡品却迟了一千年。在文学创作中,有一个"真实性"要求,尤其是在写实的作品中,真实性并不是指作品反映的事件是真实存在的,而更多的是指作品所反映的大环境。我们都喜欢看金庸的武侠小说,有很大的原因是因为金庸的作品有一个真实的而且相当明确的历史大背景,不仅是历史背景真实,而且地理环境也有很大部分的真实存在。

说了这么多,无非只想表明两点。其一,影片中的"雀舌茶"若换成鸠坑茶,更符合历史的大背景。其二,电影的宣传不可忽视,作为淳安人要善于抓一些机会,让淳安的物产上几回电影,尤其是淳安的茶叶。淳安就是一杯茶,连绵的山脉是茶叶,千岛湖水泡出淳安茶香:纯、淳、醇!

冠军

当帕尔哈提用他那独特的嗓音唱完老歌《花儿为什么这样红》后，我感觉到冠军已经是他了。而且在张碧晨唱完《时间都去哪儿了》后，老那的点评让我感觉她已经放弃了冠军的争夺。确实老帕的歌声就是那样，不经意地触及每位听众的灵魂，有人说他是灵魂的歌者。从海选那首《你怎么舍得我难过》开始，很多人都被他那种独特的嗓音，以及毫无掩饰的感情投入深深地打动，原来歌还可以这么唱。融入真情的歌声才最能打动人，歌的真谛也就在这里，感情应该是一首歌的灵魂。他说的话语跟他的歌声一样，简单而不修饰，情感自然流露，用朴素去触及灵魂深处。

可大众评审和手机投票的结果，却让我大跌眼镜，冠军居然不是他。有人说这比赛太黑，或许有其商业的因素在里面，毕竟张姑娘的形象良好，也有一定的实力，最后那一曲歌也为多数年轻人所知道。相对而言，老帕只是一个大叔，而且他唱了一曲很老的歌，很多年轻人都没怎么听过。因此说老帕不是输在实力上，而输在时间上。

在输赢不再重要的时候，我想到了当晚邓超说的那席话，"每个人都是自己的冠军"。对，只要用心去唱，每个人都是自己心目中的冠军，每个人自己心目中都有一个冠军。尽管老帕不是第三季好声音的总冠军，但他已经成为很多人心目中的冠军，至少是我心目中的冠军。

其实不仅是歌者,在任何一个领域,只要我们用心地付出,用心地去做一件事,你都可以成为自己心目中或是周边人心目中的冠军。这是一个需要倡导脚踏实地的时代,在这个浮躁的时代里太需要这样的意识了。尽管比赛可以让一些人瞬间地凸显出来,但一场比赛只有一个冠军,比赛是残酷的。这点,老帕在今年这个夏天始终在说,不要比赛,只要表演。这正是打动我们的语言,在这个物化的社会里,还能将功利放在一边,只追寻心中最真实的声音,我不得不佩服老帕。我也经常在问,我们工作为了什么,赚钱为了什么?是炫耀,还是让自己和家人过得好一些,再广一点就是让身边的人都过得好一点。这种好是什么?是物质的还是精神的?或许两者都需要,这两者之间应该有一个平衡点。

从现在开始,我们用心去做好每一件事,做自己的冠军。从现在开始,我们自己当裁判,去夸一夸你自己心中的那些冠军。

由《江南style》想到的淳安竹马

神曲《江南style》MV中鸟叔模仿骑马动作的滑稽舞步,这些简单的运作,让此曲风靡网络。

初一看,觉得这些动作很熟悉,仿佛在哪儿见过,百思之后,才突然明白,原来这几个动作跟淳安本土的传统剧目《跳竹马》中的动作如出一辙,不过神曲中的动作更具节奏感和喜感。我特意从网上搜了一下《跳竹马》仔细观看一遍,确实,神曲中的很多动作在《跳竹马》中都能找到影子,而且跳竹马中的运作更加完备。

在艺术成就上,《跳竹马》完全可以超过什么神曲,虽然前几年也得过奖,但总归只在少数人群中传播。淳安竹马少说也几百年历史了,但这个艺术形式在如今却日益衰败,除了少数人还在坚持外,似乎没有更好的方式传播出去。

前些日子去了遂昌和武义的移民村,发现他们那里还保留着淳安人大多数的生活习惯,米羹和方言,他们守着淳安人的牌子已经50多年了,真的很不容易,为了成就千岛湖,这些人背井离乡,却始终没有忘记自己是淳安人。他们的精神家园仍在淳安,他们的根在淳安。作为留守在淳安本土的淳安人,如何用一种什么样的形式将天下的淳安紧紧地围在一起?我想除了文化艺术,再没有别的可以替代了。

《跳竹马》这个艺术形式或许可以担起这个重任,只是需要赋予它时代的节奏感，就像周星驰的《大话西游》虽然将原著解构得"一塌糊涂"，但它仍是《西游记》没有偏离西游的本义，却赋予了它浓厚的后现代主义色彩。

《江南style》能火，那么跳竹马也可以火，可以用它来团结天下的淳安人，可以让更多人认识淳安人，认识淳安文化，需要我们做的文章就是，赋予跳竹马这种形式更多的时代内容。

后羿为什么不射月

传说后羿射落了九个太阳,得了颗仙丹,后来被妻子嫦娥吃了,嫦娥飞到月亮上去了。这个神话故事,作为中国人大家都听过,但最近感觉这个神话故事哪里不对劲。是哪里不对劲了?后羿既然能够射落太阳,为什么不把月亮射下来,好跟妻子团聚。射个月亮对后羿来说不算什么难,想想他当初射太阳的英姿,射个月亮应该不在话下。可是后羿没有射,难道是后羿没想到,还是没信心?让我们一起走进传说去探个究竟。

后羿生活的那个年代,应该是母系氏族向父系氏族过渡的年代。后羿的"后"是一种氏族内部的职务,跟后来的"後"不是同一个字。母系向父系过渡,权力赋予了男人更多的空间,部落与部落之间经常因地盘问题发生冲突,那是一个弱肉强食的年代。所以有理由怀疑,后羿射落的不是太阳,而是灭了或强并了九个部落。太阳、鸟和蛇是中国古代父系氏族的图腾,所以用射落的太阳来寓意后羿的战功。而月亮、蛙和鱼却是中国古代母系氏族时的图腾,月亮里有只蟾蜍,也就是蛙。母系氏族相对来说较为温和,没有血腥的部落间的斗争。

于是我们可以这么去理解,嫦娥为了逃避现实的血腥,私奔到了月亮,那是一个人的私奔,是逃避现实进入了虚幻,极像现在的穿越。此时的月亮代表了虚幻的过去,那后羿再有多大能耐,他的

298

箭也无法穿越现实射到过去。

后羿为什么只射太阳,而不射月亮,还是有点意思的。

喝口水

那天,爸爸给我讲故事,讲到一半,他停下来说,要去喝口水再来给我讲。当时我就笑得从椅子上掉到地上。爸爸问我为什么笑成这样子。我还一直大笑,笑得止不住。爸爸又说,"我说喝口水,至于笑成这样子吗?"我笑得更加厉害了,有点儿接不上气的感觉。

我干脆就躺到床上继续笑,躺在床上笑有很多好处,可以翻身打转地笑,笑得肚子有点痛了,我干脆就捂着肚子继续笑。

我经常这样,一笑起来就止不住。老爸也就见怪不怪,独自走开了。老爸不理我,我也就慢慢地止住了笑。

等老爸转回来,又问我:"刚才你笑什么?"

我突然又想笑了,真的,但笑了几声又止住了,然后学着爸爸的口气说,"口水好喝吗?"

老爸一脸的严肃,"什么口水好喝不好喝?"

"你刚才不是说要喝口水吗?"我再一次忍不住地笑到了肚子痛,要知道,口水是多么脏的东西,我们在学校里,老师都严肃地告诉我们,不许玩口水,不许向同学吐口水,向同学吐口水是不礼貌、不文明的行为,要严令禁止的,可老爸居然说要喝口水,你们说我是不是要笑到肚子痛?

老爸却一脸严肃,"这有什么好笑的,我口渴了,想喝口水,有什么好笑的。"

老爸越是严肃，我越是要笑，一笑，就要笑得肚子痛，肚子越痛越是觉得好玩，很少有这样开心的事儿，肚子痛又算什么，大人们不是常说，"笑一笑十年少"吗，不好，我得强行止住笑，我今年还没到十岁呢，再笑一下就要回去读幼儿园了，那就不好玩了。

老爸继续给我讲故事，我一时思想不能集中，又想到老爸刚才说的"喝口水！"忍不住又"哈哈哈"地大笑起来。老爸一脸茫然地看着我，"这孩子今天怎么啦？是不是生病了。"又是摸我额头，又是摸脸颊的。我只是一个劲地"哈哈哈"笑，喘气间说："没……事，我没……生病。呵呵，喝……喝……口水！"

老爸似乎终于明白我为什么要笑了，很认真地对我说："停，我刚才说的是我口渴了，要喝口水。这喝口水，不是指喝的是口水，而是喝一口水，这口是量词，不是跟水组合成的名词。"

我说，"我知道，可是这很好玩？哈哈哈，喝口水！"我忍不住又笑了出来，觉得世上再也没有比这样更好玩的事儿了，你想想看一句人们经常说的话，也藏着让人啼笑的事儿，是不是很好笑呀。

"看，有一枚五角硬币！"正当我笑得不止时，老爸突然喊起来。

我赶紧往地上看，哪有什么五角硬币，连一角硬币都没有。我就说，"爸，你骗人。"老爸却不慌不忙地把一个硬纸板剪成了五角星的形状，并在上面写了"硬币"两字。

我努了努嘴说，"这哪里是什么五角硬币，明明是五角星的硬纸板呀。"

"对呀，你说喝口水，喝的是口水，那么我说五角硬币，不是指硬币的面值，而是硬币的形状。"

"可是，可是，我见到的硬币全是圆的，哪有五只角的？"

"中国没有，不说明外国没有，现在没有，不说明以后没有。我上网找给你看，以前港币就有12角的，既然有12角的，那么五角的也应该会有。"说完老爸就打开电脑找到那枚12角的港币，给我看。嘿，还真有12角形的硬币。

　　老爸对我失态的行为没有严厉打击，而是给予了表扬，说我懂得了独立思考，从一些常用的不起眼的细节发现属于咬文嚼字的快乐。我又不懂了，什么叫咬文嚼字呀？

撒谎

老爸给我出了一道题：有三条虫子在同一条直线上同一个方向上爬行，第一条虫说，我后面有两条虫。最后一条说：我前面有两条虫。中间那条说，我前面没有虫，后面也没有虫。为什么？我想了又想，给了老爸不下十个答案，老爸总是摇着他那颗硕大的头说，"不对"。我实在没辙了，就把老妈拉来当参谋，老妈说的所有答案，也都被老爸那颗硕大的脑袋摇了摇给否定了。

我又不想让老爸直接说出答案，只好一再让他给些提示，老爸说，"这事你干过，而且不止一次地干过。"我在想，我这么小的年纪，居然可以干出什么连老妈都猜不到的事儿。我不得已，只好要求老爸公布正确答案。因为我和老妈都没猜出答案，老爸得意极了。在公布答案之前，还假装一本正经的样子，我知道他心里一定乐开了花，看着他神气的样子，就想起我那些爱出难题来考大家的同学，看到大家猜不出就格外开心。

"我公布答案了，你们听好。很明显嘛，中间那条虫子在撒谎。"

在老爸公布答案之前，我已经做好各种反驳的准备，可听到这个答案时，我知道我所准备的反驳在那一刻全失去了意义。撒谎，我怎么也不会想到是这样一个答案，看着妈妈那可笑的表情，跟我一样迷茫，我就知道她一样也没想到是这个答案。

老实说，撒谎这种事正如老爸说的一样，我干过，而且干过不止一次。我也知道撒谎不好，但有时就是管不住自己要说谎。

并不是小孩的专利，大人也经常会说谎。有次在公交车上，有个大人在打电话，声音很大，我坐在车后面都能听到："我现在理发店里理发。"他明明坐在公交车上，还硬说是在理发，车上所有的人都用异样的眼光看着他。不仅仅是人会说谎，连一些动物也会说谎。我说的可不是梦话，是真实的事。快过年了，爷爷说杀两只鸭子过年，爷爷今年一共养了四只鸭子，到了第二天准备要杀时，发现鸭舍里有四个鸭蛋，鸭蛋肯定是头天晚上生的，因为爷爷每天都去看有没有鸭蛋。这下爷爷有些舍不得杀了，没办法就杀了一只。到了第三天，第四天，鸭舍里再也没出现过一只鸭蛋。爷爷连说上当了，原来鸭子也会骗人的。会撒谎的动物不只有鸭子，还有好多动物会利用环境来掩藏自己，比如说变色龙。只不过，它们的撒谎跟我们不一样，用的不是语言。

不但一个人、一只动物会说谎，有时一个国家也会说谎。那个叫日本的国家，硬说中国的钓鱼岛是它们的，还死不承认在中国犯下的滔天罪行。

我觉得一个不会撒谎的小孩可能更受大人们的喜欢，可是话又说回来，撒谎的孩子可能更可爱些。用我老爸的话说，动物们的撒谎是为了保护自己，对于一个国家来说，撒谎却让人倍感讨厌。而对于小孩子来说，撒谎并不完全是坏事，小孩撒谎是为了掩饰自己的错误行为，以及对未知惩罚的恐惧，你想想，只有意识到自己的行为是错的人，才会挖空心思去撒谎，撒谎或许并不是出于本意。

我每次做错事后在老爸面前撒谎，可悲的是，每次撒谎都被老爸揭穿，老爸很有耐心地跟我说，"做错就做错了，撒谎并不能解决问题，要敢于承担，面对错误，人才会成长。"

蘑菇头

我喜欢留长发，觉得留长发应该是每个女孩子的专利，而是女孩子爱美的天性，可那天妈妈说要给我剪成蘑菇头，我坚决不同意，不要以为小孩子就没有自己的主张，我虽是小孩子，但我有自己的审美观，大人们总是为了自己的省力而不顾小孩子的想法。妈妈想给我剪蘑菇头不就是想每天早上不用给我梳马尾巴吗。连梳个马尾巴都嫌烦，真不知她这个妈妈是怎么当的，如果让她给我编条麻花辫子，那还不是要了她的命。哼，我就是不同意剪成蘑菇头。再说了，蘑菇头多难看呀，而且奶奶跟我说，在乡下蘑菇头还有一个名字，一个很难听的名字，叫什么"汤瓶盖"，叫"汤瓶盖"还是客气的，还有人叫它"马桶盖"。听着名字就让人感到讨厌，所以我坚决地维护自己留长发的权利，誓死与老妈周旋到底。

死缠硬磨地终于熬过了一个暑假，过完暑假我就要上小学了。我要上的那所学校是镇三小，关于镇三小，我曾经闹过一段笑话。那是我读大班的时候，爸爸教我认了几个汉字，其中就有"三"和"小"两个字。某一天，爸爸用自行车驮着我经过三小时，那时的三小没现在这样漂亮，学校门口有一个小店，上面有几个字，那几个字，我只认识两个字，我就跟爸爸说，"爸爸，你看那里有小三。"爸爸一听就乐了，我不知道爸爸听了我的话为什么会乐。难道是我说错了吗？

上学第一天，我见到了我的班主任汪老师，汪老师以后教我们语文。不过最让我想不到的是汪老师居然剪了一个蘑菇头。当时我就在想，汪老师为什么要剪蘑菇头呢，难道她不知道女孩子留长头发比较漂亮吗？不，汪老师肯定知道，要不然她就当不了我们的老师了。那么这是为什么呢？我偷偷地问其他同学，汪老师的蘑菇头好看吗？我得到了两个完全相反的答案，不过还是说好看得多。说来也怪，第一次见到汪老师的蘑菇头，觉得难看，但过了几天再看汪老师的蘑菇头，觉得也不是那么难看，又过一段时间，感觉汪老师就应该是剪蘑菇头的。越看越觉得汪老师的蘑菇头很漂亮。

　　有一天，我看到有好几个男同学挤在汪老师办公室的窗户前往里面看，我不知道他们在看什么，他们一边看一边笑。我跑过去问他们看什么，笑什么。他们神秘地朝我笑笑，什么也没说，一哄而散了。上第一堂的时候，是语文课，是班主任汪老师的课。汪老师一进教室，刚才那几个男同学就乐了。我往讲台一看，发现汪老师好像跟平时不太一样了，对了，是她把头发又剪短了。这下蘑菇头变成假小子头了。可是，我突然觉得汪老师不管剪什么头发都是那么好看，那么地适合她。

　　我突然想到，如果哪天妈妈再让我去剪蘑菇头，我肯定会去的，原来漂不漂亮和头发的长短无关。

"自信"是人生路上最美的风景

女儿跟我说,她今天糗大了,上课的时候她很自信地站起来回答老师的问题,结果她的答案是错的,同学们都笑话她。我跟她说,"这没什么的,反而,我会因你的自信感觉到高兴,要知道自信是一个人必须具备的素质,自信的人才会勇敢,自信才会让人走上成功之路。"

听了我说教式的话语,她仍是嘟着嘴,撒娇似的不开心。

我拽着她走了一会儿,突然看到路边有几朵盛开的小花,灵光一闪,指着其中一棵开着小蓝花的小草对她说,"你看,这小花真漂亮。"

那紫蓝色的小花朵,很容易被人所忽略,在这个春意盎然的季节,这不起眼的小花朵却如期地绽放,这或许就是自信的力量。显然,它比不上桃花的妖艳,更比不上郁金香的高贵,可它有它的自信,骄傲地绽放出生命的颜色。

很快女儿又在旁边发现更多的小花,她高兴地叫我一起过去看。是呀,正是因为有了这样个体的自信,才有春天百花齐放的盛况。也正是因为有了众多个体的自信,我们的世界才会如此精彩纷呈。

看着女儿慢慢变好的心情,我问她:"小花漂亮吗?"

"漂亮!"

"小花有郁金香漂亮吗？"

"没。"

"那为什么它明知没有郁金香漂亮，还要跟郁金香在同一个季节开放呢？"我偷偷地看了女儿一眼，她一脸的茫然，我只好继续说，"因为它们自信，自信自己的美是独一无二的。"

女儿圆睁眼看着我。

"自信"本来就是一道美丽的风景。可有时我们的自信会在小小的失误后，在一些批评声，甚至是嘲笑声和辱骂声中一点点地丧失，遇事便前怕狼后怕虎，畏首畏尾。

春天如果只有桃花的妖艳，似乎是太单调，没有其他差异的花色，便衬托不出桃花妖艳的本色。是小草的自信的绽放，成就了桃花的妖艳，成就了郁金香的高贵。"自信"应该成为人生路上最美的风景，"自信"成就自己也成就别人。

鼓励是培育"自信"最好的土壤，用鼓励细心地呵护"自信"，让"自信"成为人生路上最美的风景。

竹林七贤和嵇康的音乐会

　　说起中国历史,有几个节点是无法绕过去的。一个是春秋战国、一个是魏晋,再一个是近代的五四前后。这几点是中国历史上的乱世,却是中国人思想大解放和文艺大发展的黄金时代。

　　春秋战国,催生了一大批思想家文学家,为秦汉的大一统中国,在思想上做了充分准备。魏晋时代,对这段历史,很多人把它与后面的南北朝放在一起,其实这是两个阶段,就像春秋战国其实也是两个阶段。魏晋是思想准备对撞阶段,南北朝是行动对撞阶段。而五四前后,也一样可以分为两个阶段,思想和行动。思想是各种哲学和主义之间的选择,行动表现在后来的国共两党上。

　　我这样说,不知大家对理解魏晋这段历史,是否有帮助?

　　汉代董仲舒将儒学作为治国的思想,提出"罢黜百家,独尊儒术",而在之前汉代推行的是"无为之治",也就是道家思想,让百姓自养生息,经济社会得到了极大发展。儒家与道家两者主要区别在于:儒家倡导"以有为求无为",而道家却倡导"以无为求有为"。

　　魏晋时代,因为政治格局变得十分微妙,尤其是司马集团与曹魏政治的明争暗斗,造成了很多有学之士只谈玄学,也就是老庄之道,想以个体的自由来达到社会整体的自由。这其中就有了名士集团,其中比较有名的有两个:正始名士和竹林名士。正始名士代表曹魏政治,而竹林名士却代表着隐士。他们在精神上保持着独立和高洁,是中国历史上人文精神独立少有的代表,也成为当时的精神的领袖,有很高的人气,用现代话来说,这些人都是网红。

司马集团掌权之后,正始名士因为政治站位,被全部消灭。剩下竹林·七贤也随之分流,七贤中山涛因与司马集团有亲戚关系,主动投靠了司马集团。阮籍因个人性格被冠以官位,但他从内心来说,是属于曹魏的。而对于七贤中两位较小的阮咸和王戎来说,不存在政治站位的问题。向秀是七人中最有学术研究的。刘伶,一个因喝酒而万古留名的诗人,李白的诗"古来圣贤皆寂寞,惟有饮者留其名",写的就是酒鬼刘伶。作为七贤灵魂人物嵇康来说,他从亲属关系来看,应该属于曹魏,他是曹魏的驸马,但他从来不表态支持哪一方,反对哪一方,他只代表自己的精神世界,一个独立人格的代表。但司马集团却极力地想拉拢他,以达成支持自己篡位的政治阴谋。

嵇康不为所动,继续特立独行。后因吕安家事被钟会诬告入狱。

在政治阴谋面前,嵇康一直保持自己的由性。面对死亡,虽然有所惧怕,但他仍保持着自己的非凡气概,临刑前在刑场,要求抚琴一曲,这便是著名的广陵绝响。从中可以看中,当权者司马集团到最终还是想要收服这匹自由奔放的马,成为自己政治阴谋合法性的有力证据。这时,只要嵇康有一点点向司马集团靠拢的意愿,他都不可能死。但他,完成自己的音乐会后,毅然决绝地走向刑场。

一人,一琴,一曲,一生。

有时面对这段历史,我总有种莫名的冲动,从心底滋生。

看见便是缘

每年三月中旬，经过新安大街人民路口对面，老财政局门口，不经意间抬头，总是惊奇地发现，那两株红花檵木怒放的姿态。"红红翠翠年年暮暮朝朝，脉脉依依时时鲽鲽鹣鹣"，夏雪宜的这句诗总在那一瞬间蹦出脑海。

那日与几位文友聊起这两株红花檵木，他们没说有多惊艳，话语间透着莫名的担心，生怕哪一年春天再次走在这条路上，却无法见到它们。对于两株红花檵木命运的担忧，出于一种关爱，因为它过于绚烂，更容易走出众人的视线。

在我们生活之中，有多少人拥有让人羡慕的生活。这两株红花檵木无疑是幸运的，它们可以肆意地生长，不像公园内其他的檵木，被园丁修剪成固定的形态，没有个性，只能成为点缀。正是因为这种优势，才让文友产生一丝丝不安和焦虑，或许在下一秒，却再也无缘相见。

又有多少人，因为平凡而不被人关注。你每天走过的那条街，有多少人和你一样，在固定的时间，固定的路线，走在上班下班的路上，遇见一些人。如果换个时间，换条路线，又有多少人和你不期而遇。他们可能很优秀，可能更平凡，人的优秀不像盛开的花，不会产生视觉冲击，你无法从表象看到他的优秀。

但人的优秀跟花的绚烂，本质都是一样的，是对生命的赞美诗，只是表现形式不同。

　　遇见春天的绚烂,是种缘。遇见人的优秀品格,也是缘。不管是多年未见的朋友,还是刚刚认识的朋友,能在人海中相见,便是一种缘分。在同一个公交车站等车,在路口转弯相遇,几句寒暄,简短问候,不经意的缘分便建立了,就如你见到檵木花开绚烂的瞬间一样。珍惜珍藏这种缘,哪怕只是一面之缘。

　　生命真的很脆弱,厄运随时都会降临。优秀也好,平凡也罢,都逃不掉。就像这两株红花檵木,能让它们消失的理由可以很多。而我们能做的,就是好好地珍惜眼下,这份能够看见的缘分。不管是一棵树,还是一个人,我们相遇了,便是命中的缘分。

　　不管下一个春天,我还能不能见到这两株红花檵木,但至少这个春天,它的绚烂,它的恣肆,仍在那里为世人绽放。这种美,这种缘,便深烙内心,值得每个路过的人赞美和收藏。

一张照片的生活态度

母亲来电，唠叨着家里的西瓜熟了，问最近有没有时间回老家一趟。几个西瓜，多少钱，来回一趟，油钱可以买好几个了。不去！回答如此决绝。隔着几十公里的距离，从母亲挂断电话前的那声叹息中，感觉到一丝失落。

报社老师说，公山尖那篇散文他们准备用，但需要配张图，问有没有公山尖的照片。照片要求让人一看照片就知道这是公山尖，还要有她孕育的村庄。

手机时代，照片肯定是有的，每年回家过年，有意无意地把公山尖作为背景，拍一两张照片。只是背景，是不是公山尖的全貌，确实也不太好说。很多时候，我们对熟悉的事物总是无视它的存在。就像有父母在的老家，那才是真正意义上的老家，就像公山尖以背景出现在照片里，是不是全貌出镜，那真没有认真地对待过一张照片。

翻遍了两只手机，也没发现一张像样的公山尖照片，更不用说有公山尖指示牌的照片了。无奈之下，只好借助老家的微信群。

"有没有公山尖的照片？急用，发原图，谢谢！"

信息刚刚发出，老家群里就热闹起来了。众人纷纷发来公山尖照片。看得出有手机里的存货，也有现场拍的。叔叔发来的那张，明显就是刚拍的。天蓝，几朵白云飘过。

很多人手机里的公山尖，并不是全貌。其实，山就在那里，是不是全貌根本没人在意。对于家乡的熟悉，从小到大看着公山尖长大的人，都能从山体的一部分认出公山尖来。那种熟悉是流淌在血液里的。

我有时也在问自己一个问题，是我们对家乡一草一木熟悉，还是家乡一草一木对我们每位游子更加熟悉？是我们认识家乡多一点，还是家乡认识我们多一点？是父母对我们的爱多一点，还是我们对父母的爱多一点？

答案，显然已经很明白。

我将微信群里的照片，一张张发给报社老师。他说，还是不符合要求。

行或者是不行，这些照片对于我来说，都值得珍藏。以公山尖为背景的照片，永远值得我去多看一眼，那大山里的传说，故乡就在照片里，故乡故人故事被山紧紧地拥在怀里，包括父母对我的爱。

"好的，老师这样吧。我明天就回去，到现场拍几张符合要求的照片。"

"妈，明天上午我就回来。"

"真的？"

"真的！"

母亲的笑声溢出了手机的听筒。